我的城

纣王的青春往事

我的城

吕埴◎著

南方日報出版社
NANFANG DAILY PRESS
中国·广州

图书在版编目（CIP）数据

我的城 : 纣王的青春往事 / 吕埴著. — 广州 : 南方日报出版社，2014.1
ISBN 978-7-5491-1039-1

Ⅰ. ①我… Ⅱ. ①吕… Ⅲ. ①长篇小说－中国－当代 Ⅳ. ①I247.5

中国版本图书馆 CIP 数据核字(2014)第 001966 号

我的城 ：纣王的青春往事 吕埴 著

出版发行：南方日报出版社
地　　址：广州市广州大道中 289 号
电　　话：（020）83000502
经　　销：全国新华书店
印　　刷：广东信源彩色印务有限公司
开　　本：889mm×1194mm　1/32
印　　张：10.125
字　　数：221 千字
版　　次：2014 年 1 月第 1 版
印　　次：2014 年 1 月第 1 次印刷
定　　价：28.00 元

投稿热线：（020）83000503　读者热线：（020）83000502

网址：http://www.nfdailypress.com/

推荐序1

纣王前尘，事关妲己

老蛇（自由撰稿人）

阅读吕埴的文字不会让你失望。他依然文笔流畅，想象力惊人。只是这一回，他不再拽着你跟随“有熊”天马行空地狂奔了。

《我的城》的主人公是“子辛”，也就是后来的商纣王帝辛。

我以为，吕埴笔下的商纣王，不过是长大了的“有熊”。如此，你才不会为将要成为商纣王的子辛荒诞不经狼狈不堪的出场感到吃惊。

或者说，你将要看到的商纣王，只是一个青春期男性荷尔蒙旺盛的让家长们大失所望的叛逆青年。作者把成为商纣王之前的青年子辛困在了行将灭亡的商王朝的都城——朝歌城。

我一直相信书中子辛的成长与作者的成长息息相关。

与其说《我的城》是关于商纣王的颠覆故事，不如说是作者对于自己青春期荷尔蒙骚动的巨大困惑。

“我的城”这个书名已经强烈地隐喻了作者的表达。朝歌城是一座困惑之城，是成年人暮气沉沉勾心斗角精神萎缩身体阳痿的所在，也是年轻人生机勃发蠢蠢欲动无所事事不知所措的牢笼。所以在这里，子辛的成长困惑就是吕埴的成长困惑，子辛的围城之困就是吕埴的围城之困。如果说穿越历史，那么吕埴的穿越是赴汤蹈火，万死不辞。他以自己的煎熬，以自己的才情，以自己对扯淡的现实生活的解剖和嘲讽，让那个暴虐无道背负千载骂名的商纣王以自己的青春意志再活一次。

别担心故事不精彩。除了黄飞虎、姜子牙、比干、姬发等大名鼎鼎的配角，还因为妲己在这里。

中国男人对妖艳绝色女人“红颜祸水”的终极想象，始于妲己。数千年来对于妲己的所有道德审判，被青春期的吕埴以子辛的身份揭开了真相。作者对妲己形象描写的最有力的佐证，恰恰来自青春期男性荷尔蒙激情迸溅的最具生命力的性幻想。

关于妲己这个人物的构想，是吕埴书中所有角色里最值得玩味的。看罢全书，我哑言失笑。好一个聪明的吕埴！你用如此方式真正彻底地颠覆了中国传统文化中最阴毒的符号。

一部《封神榜》，妖魔鬼怪、各路神仙大显神通，此后的中国历史皆成神话；唯有那个被阉割的史家司马迁笔下，历史才有了一点人的德性。你瞧，神化、妖魔化和阉割，这三个恐怖的符号构成了我们可怜的历史记忆。如此，吕埴的文字才意味深长。

吕埴用一部《有熊》把我看得心花怒放，手舞足蹈，以至于到处跟朋友们吹嘘自己发现了一个牛逼的当代作家。今天才知道这家伙是个年纪轻轻的八〇后！

此前，我说《有熊》让我们看到了“历史的熊样”。

今天，如果给《我的城》推荐一个广告语，我大概可以说：纣王前尘，事关妲己。

推荐序2

怀疑的一代

宗竹（艺术评论人）

一战后美国有“迷惘的一代”，二战后美国有“垮掉的一代”，而在“战争”形式千变万化的今天，青年人（尤其是中国有思想的青年人）可以用“怀疑的一代”来定位。

《我的城》是吕埴第二部小说，在极度的反传统和怀疑历史真相的时代，一本书的出版究竟具有什么意义呢？

我固执地认为，20世纪（在年轻人看来）应该从电影《海上钢琴师》算起。影片中的“1900”（男主角名字，也是其出生时间）浓缩了20世纪在最初的源头上就流淌着怀疑的血液，怀疑时代进步，怀疑工业文明，怀疑欲望无休止的恶果，甚至怀疑历史的真相。

21世纪青年人的思维延续了这种怀疑的精神。走进书店，我们怀疑何以有这么多书；走进商城，我们朝着商业广告撇撇嘴；每逢社会大事，我们怀疑专家的判断；开启荧屏，我们怀疑出名背后有出卖。我们怀疑法庭是讲理的，我们怀疑理发店是只管理发的，我们怀疑孩子的爸爸是明确的，我们怀疑卖狗肉是不能挂羊头的……我们怀疑一切事物的真实性。

青年人越来越清晰地察觉到，某个历史人物的出名，并非因为这个人物的实力本身，而是由于重要人物对这一人物的赞赏性评论。同样的道理，有些事件的传奇色彩，并不是因为事件本身，而是重要人物的想象性论述，例如“孟姜女哭长城”。

考古界郑岩教授已经证实阿房宫并没有真实存在过，而是只有一个建造的详细计划和已经建成的地基。一旦有了详细的计划，就会有人根据计划演绎故事，而且能够代代流传，文人画家可以根据想象将阿房宫画进画里（其实是把见过的别的建筑想象为阿房宫），诗人杜牧的《阿房宫赋》，也许是为了发出骄奢淫逸导致亡国的警告，而做出极具隐喻性的浩荡想象，但是这无疑使得读者确信阿房宫真实存在过。阿房宫火烧三天三夜的故事更是耸人听闻，殊不知被烧的是咸阳城。至今各种相关书籍都依旧严肃地写着：

阿房宫是秦朝的宫殿，始建于公元前212年。遗址在今陕西省西安市西郊15千米的阿房村一带，为全国重点文物保护单位。

我们已经看到了“真相”的形成过程：几个重要的人物就可以将一个故事、一个所谓的“真相”建构起来，有力地影响后世。而后人亦有可能为了表达需要（或托物言志，或构造情节）选择这样的故事或“真相”。时间久远之后，今人所了解的故事或“真相”就真的成为事实了。当代批评家尹吉男先生曾指出，当今天的历史学家去寻找历史的“主线”时，蓦然发现“主线”是在后来的历史进程中被建构出来的。这真可谓是“层累地造成的中国古史”（古史辨派创始人顾颉刚语，顾先生考明孟姜女故事）。

种种考古成果使得怀疑在验证中不断加深。虽然网络上在揭穿周立波的种种真面目，但年轻人只是很有应战经验地一笑而过，大惊小怪是不可能在有思想的青年人中出现了，因为我们一开始就在怀疑了。每当书本、媒体或专家告知我们“真相”时，年轻人已经熟练地左耳进右耳出了。

当“怀疑的一代”发现怀疑本身毫无话语权时，就完全有了自行演绎历史的冲动和举动。正史是如此扑朔迷离，为什么不可以自编自导心目中的历史呢？吕埴两部长篇小说《有熊》和《我的城》恰好为我们提供了“怀疑的一代”自叙历史的范本，而这正是最有意义之处。

我想，以翻译过来的罗丹美术序文作结是最合适不过的了：“要深澈猛烈的真实，你自己想得到的话，永远不要踌躇着不说，即使你觉得违抗了世人公认的思想。”

目录

楔子

在这世上，有很多事情你可以不理解，却必须接受。比如我被人叫作纣王。

——帝辛

第一章 夏

黄飞虎

那是一个午后，知了有一搭没一搭地叫叫停停。偶尔有凉风吹过，太阳很是毒辣，大团大团落在光秃秃的土地上，溅起干燥的浮尘。

我们朝歌城有名的屠夫黄飞虎，背靠着一棵苍老的大槐树，槐树上很多绿肉虫子从咬破的叶子上拉出长长的丝线，悬在半空，肉身子随风飘摆。

妲己可是个美人。

黄飞虎在说这样一句话的时候，目光幽远，充满忧伤。他时常说起妲己，这个女人的名字对我进行了性的启蒙，像一个隐秘的春梦，肉欲性感，带着悲剧的阴影。

黄飞虎是个瘦小干枯的老头，这与他的屠夫身份很是不符，还不到五十岁，但从别的方面来看他已经老了。他头发有点白，眼有点花，手也抖了起来，拿不住东西，一个时辰的时间从南街走到北街都是大问题。脱了衣服会发现他有点驼背，还是漏斗胸，肋骨像是螃蟹腿。他的胃气还不好，哈气时好像一桶时间放久了的猪潲，恶臭中又泛着点腥臊，这种气味是有毒的，可以熏死苍蝇和蚊子。

当然，这和他的屠夫身份有一定的关系。猪肉是拿来卖给别人的，猪潲才是自己吃的。

黄飞虎刚刚午睡醒，内眼角上依旧缀着眼屎。他午觉时一定是靠右边睡的，右边的脸上被苇编凉席硌出清晰的印子，印子上粘着一两片苇篾儿。印子处泛些红色，使得他的那张脸不至于显得太过苍白。

黄飞虎的头发乱蓬蓬的，他说完上述那句话，用手捋下左边额头上的头发，眉头皱了起来。

你别不相信，你迟早会知道她是个美人，那脸蛋儿，那身段儿，那股劲儿，让你一定会硬，一定要上，哪怕是之后你那东西被人剁了。

我点点头，稍稍眯缝起眼睛，尽量在脑子里勾勒出这样的一个绝代尤物：大奶窄腰，肤色白皙，见人必上艳妆，男人看完一眼会想办法以别人不察觉的方式再看几眼。

黄飞虎骄傲地乜斜我一眼，接着说，你放心吧，等过两天去打仗时，我一准儿把她给你捎回来。

说到这里，黄飞虎很是下流地笑了起来，他的笑声有点勉强，笑得上气不接下气。然后他指着我的裆部问，你那东西又大了没有？

我赶紧将手伸进裤裆，拨动了几下那东西，稍作沉思，接着很郑重其事地回答道，嗯，大了。

黄飞虎又是一阵下流的笑，我也附和地笑了两声，不如他那么下流。

在我们朝歌城，黄飞虎是个尽人皆知的下流的人。他年轻的时候，朝歌城的人叫他小下流，长大了就是大下流，现在老了又管他叫老下流了。

不过，现在的黄飞虎也只能在眼神和言语上下流了，朝歌人都知道，黄飞虎现在已经没用了。说他没用，不是因为他现在上了点年纪，身体不如以前健硕，杀起猪来手脚迟钝，相反他杀猪的技艺更为精进了，手起刀落，将猪杀死在不知不觉中。

之所以说他没用，是因为他裤裆里的东西没有用了。

这件事最先是由黄飞虎的老婆发觉的，他老婆姓贾，都叫她贾婆娘，五尺五高，刀条脸，高颧骨，薄嘴皮，皮肤焦黑，鼻窝里还有一撮雀斑。这人很会编苇席，平日里见了人总是昂着头，用俩鼻孔看人。她一说话，又会把人吓一跳，声音粗壮嘶哑，背着身听声，就是个男的。

大概是在三年前的一个深夜，贾婆娘气急败坏地把黄飞虎从炕上踹了下来，边踹边喊，黄飞虎，你个没有用的东西，你裤裆让驴嚼了呀！

贾婆娘是用整个生命在喊叫，因此她的喊叫声气贯长虹，响彻云霄。那声音像一串惊雷在朝歌城上空炸响，惹得街上鸡飞狗跳，猫狗发傻，熟睡的人们被吓得惊坐起来，耳朵被震得嗡嗡作响，一些年纪小的孩子，由于经不起刺激，哇哇哭个不止。

于是在第二天，朝歌人一边在愤愤地咒骂贾婆娘惊扰了他们的好梦，一边在饶有兴致地谈论黄飞虎那被驴嚼过的裤裆，并一致认为黄飞虎是没有用了。

黄飞虎兄弟三个，名字都跟动物有关，他是老大，也就他身材矮小，可偏偏又做了屠夫，但这并没有影响他做个好屠夫。一说到西城的黄屠夫，朝歌城没有人不知道的，那可是一个杀猪的好手。

然而和没有用的黄飞虎聊天是件极其枯燥的事情。他是朝歌城的屠夫，干的主要就是杀猪，所以他的话题也比较单一，且三句不离本行，除了苦口婆心地说他杀过的猪，就是舌敝唇焦地讲他要杀的猪。

朝歌城的男人们很不愿意听他没完没了地说关于猪的事情，倒是对他的裤裆抱以了极大的热情，时不时地用眼睛瞄向那里，嘴角上会有些不易觉察的嘲弄。这个时候，黄飞虎会紧张地夹紧裆部，手也抖得更厉害，然后故意挺起胸，提高嗓门说，当年我打仗那会儿——

见他紧张兮兮的样子，人们只会更加放肆地大笑，也不去细究他是否去打过仗。那些年代久远的事情，自然没有现在他裤裆里的那点事更有意义。

不管黄飞虎是不是打过仗，但他在杀猪方面的确是个行家。别人杀猪没什么讲究，把猪拉过来就是一刀，也不管是戳了脖子还是屁股。在黄飞虎这可不这样，每有一头要杀的猪，他总会先跟猪进行一次彻夜的长谈，具体地说就是他要和那头要宰杀的猪待在一处，外人不得打扰，然后用一种只有猪和他懂的言语进行交谈，有时候说着说着黄飞虎会痛哭流涕，感动得那猪也要呦呦叫上几声。

第二天一早，熬了血红眼睛的黄屠夫会提来一大桶的酒，开始跟猪痛饮。喝得差不多了，趁着猪醉意绵绵，黄飞虎手起刀落，那猪也就毫无痛苦地死去了。之后，被宰杀的猪会被放进滚烫的开水里进行褪毛，接着，挂起来开膛破肚，然后，猪也就成了猪肉。

说来也奇怪，同样是猪肉，经黄飞虎宰杀的却比别人宰杀的要好吃，其中原因谁也说不清楚。也曾经有别的屠夫效仿黄飞虎的做法，跟猪长谈，然后灌猪喝酒，但往往不得要领，猪们也似乎不领别人的情。一来二去，黄飞虎也就成了朝歌城的红人，想吃上好猪肉的都得看他的脸色。

我之所以跟黄飞虎要好，是出于这样的一个目的：想跟他学杀猪。

起初，听到我要跟他学习杀猪，黄飞虎很是高兴，一个劲地夸我有眼光，然后信誓旦旦地保证一定要把我教好，让我宰杀的猪跟他宰杀的一样口感鲜嫩、味道佳美。

可事实上并不是这样，他是个极其吝啬的人。我在他家待了三个多月，对于杀猪的诀窍他始终守口如瓶，他跟猪掏心窝子的畅谈阶段，也始终不让我接近，甚至杀猪时只让我站立一边，也不用我帮忙。只是杀完了猪，他就会开始给我讲当年他打仗时候的事，不过最后都会落在一个叫妲己的女孩子的身上。

在黄飞虎的描述中，妲己是个天生丽质的女人，也正值妙龄，是那种奶大腰细的尤物。但细问的话，黄飞虎的话就又变得影影绰绰，一会儿说妲己是冀州人，是冀州侯苏护的女儿，一会儿又说妲己是东夷人，是个野孩子。

我问他，什么时候我能见到这个女人？

黄飞虎会故作深沉地说，今日见不着，明日一定会见着；明日见不着，后日一定会见着；后日见不着，迟早会见着……这个迟早会见着，便是个“必然”。这个“必然”，是客观存在的，是任何人和事都改变不了的，这就叫作“客观实在”。

我听得云里雾里，也不反驳。说实话，我并不怎么擅长言语。

每次谈话的最后，黄飞虎都会以这样的话作为结束：妲己是你子辛的女人，这是必然的，就像我必然有一个姓贾的女人一样，这也叫“客观实在”。

朝歌城

帝乙九年的夏天，我十三岁，住在黄土夯成的朝歌城里。

我家是城里最大的一家，在城的正中央，是大商族的王宫。

从空中俯瞰，朝歌城是一个四四方方的大院子。在大院子里，套着许多四四方方的小院子，在每个小院子里。都种着一株柳树，所有的柳树都像蔫了的男人一样耷拉着脑袋。

记忆中的朝歌城，有趾高气扬的男人，下贱而容易生气的女人，跑来跑去的小孩，各种各样的驴车和荒诞，以及永远泛着土腥味的街道。

街道也是黄土铺成的。从早晨到夜晚，总有些穿着半红不红、半黄不黄褂子的人站在街边上，抱着一把扫帚，目光呆滞、神情严肃地扫树叶。扫完了接着用木铲子往路面上撒黄土，再用长把瓢洒上水，然后用石碾子碾平。

对于我个人而言，十三岁之前的朝歌城是个了无生趣的地方，我的生活被设置得乏善可陈，每天主要的任务就是看屠夫黄飞虎杀猪，等着有一日成为朝歌城新的屠夫。

平心而论，我跟黄飞虎很合得来，其中的原因我也说不清楚。黄屠夫在朝歌城是个臭名远扬的人，每个人都只对他的裤裆感兴趣。

按理说，我不应该和这样的人待在一起，也不应该跟他学习杀猪，但我还是不可救药地喜欢找黄飞虎，然后观看他那精湛的杀猪技艺。

我们俩还经常性地出现在朝歌城的同一个地点，比如城南姜寡妇饭铺外的大槐树下。

大槐树是朝歌城里最粗的树，树冠特别大，也特别圆，风一吹，就软和了，咕涌咕涌地动。

那是个让我和黄飞虎都很倾心的地方，槐树很茂盛，所以树下有很多阴凉，我们在那里一坐就是一个下午。渴了，我就去街角打一葫芦的井水，凉丝丝的很是解渴，饿了的话，黄飞虎带的有秘制的猪耳朵，香脆香脆的。

吃饱了，喝足了，黄飞虎会目不转睛地盯着进进出出的姜寡妇看，他说姜寡妇年轻的时候是个出了名的大美女，现在虽然有些老了，但依旧比自己的贾婆娘要风骚得多。

我仔细观察过姜寡妇，她变成了一个半老徐娘，身材已经臃肿，眼睛也有点睁不开的样子。从她身上已经很难看出当年的模样。

我喜欢看的是姜寡妇的女儿姜彧，她已经十五岁了，长得小巧精致，白白的，乖乖的，鼻子周围有一圈细细的雀斑。从各个方面看她都不是一个美人，可我看到她的时候我会像一条狗一样，张着嘴巴，伸着舌头，不停地流口水。

我们之所以能混在一起，黄飞虎却有这样的说法，那是因为我和他一样是个下流的坯子，换句话说，就是我迟早会像他一样下流。

对于这种说法，我也不怎么否认。我的眼睛不大，但黑白分明，灵动如珠，鼻涕快流进嘴角的时候总能及时地吸进鼻孔，爽快利落。我让黄飞虎高兴，因为我总能迅速地领会他每一个充满低级趣味的精致笑话，同样的情况下，在别的孩子还在傻傻的不得要领的时候，我已经笑得很淫荡了。

当然，也不是没有人反对我和黄飞虎在一起。我的母亲妇戊就对我和黄飞虎混在一起表示了极大的不满。她是一个有着粗悍嗓门的女人，喜欢大发雷霆和异想天开。她充满精力，充满抱怨，在抱怨声中，把所有的事情都料理得井井有条。

我十三岁那年，母亲妇戊已经显得丑陋不堪，她的头发白了，奶子泻了，屁股塌了，把全身不该显出来的肉都显了出来。

任何男人对这样年老色衰的女人都是没有兴致的，更不要说是我的父亲帝乙了。

帝乙是个精力充沛的男人，胸前长了一巴掌护心毛，乌黑锃亮。他白天喜欢骑在一头公驴背上在朝歌城里横冲直撞，拿鞭子抽打遇见的男人。而到了晚上，他有更为热衷的事情。

每天晚上，在我入睡之前，一直能听到帝乙屋里的床在嘎吱嘎吱地响，然后是女人在嗯嗯地哭，有时候还哭得哎哟哎哟地叫起来。这样的哭声和平日里的哭声是不一样的，好像是在哭，又好像不是在哭。

然后我会看到，帝乙光着下身在王宫里走来走去，亮着他那件天上没有、地下绝无的丑恶东西，也从来不怕它招风受凉。王宫里有许多不同的女人，住在不同的屋子，帝乙总是乐此不疲地从一个屋子出来进入另一个屋子，接着就是女人的哎哟哎哟，偶尔也会听到帝乙气喘如牛。

每次听到这样的声响，妇戊就会变得躁动不安，然后拼命地用眼瞪我、用牙咬我、用手掐我、用脚踢我。这是一个脾气暴戾且极其无聊的女人。

作为她唯一的儿子，妇戊除了又瞪又咬又掐又踢我外，还喜欢骂我。那时候是夏天，天气很热，妇戊拿了蒲扇，备了茶水，闲坐在院子里。她双奶下垂，拖坠到腰间。她就是那样一边扇风喝茶，一边高声痛骂我，而且每次都是尖酸刻薄、无耻下流的言语。

我已经十三岁了，妇戊对我无休止的虐待，终于激起了我的愤怒，我开始远离王宫，经常在朝歌城里四处游荡，并选择跟屠户黄飞虎学习杀猪。于是妇戊又开始大骂，你这个没出息的兔崽子，你这个挨千刀的狗娘养的王八羔子，我剁了你剐了你阉了你，大商迟早会亡在你的手上。

我是一个让人捉摸不透的家伙，身体不够强壮，长相也不够俊美，更不擅长言辞，以前在家中的时候总是沉默寡言，长久地坐在无人注意的角落里，无声无息地消磨着自己的年轻时光。

事实上，不管在任何场合，只要在座有三个以上的人，我就尽量不说话，保持沉默。要是只有两个人，我就什么都敢说。这是我一生不可更改的习惯。

出于这样的一个原因，帝乙也并不怎么喜欢我，看到我后总是不停地唉声叹气，接着会仰起头，微闭着眼睛，用一种近似悲怆的声音喃喃道，想不到我帝乙一世英明，竟然生了这样一个不成器的儿子。

帝乙的唉声叹气也使得我对他没有任何好感，觉得这个人高马大的男人很是莫名其妙，不如干脆死掉的好。

如果日子就这样按部就班地过下去，那么我会觉得人生很是漫长，生活毫无意义，然后在索然寡味的日子中耗尽一生，就像朝歌城其他的男人一样。或者我也会选择一种不是很痛苦的方式，尽早结束自己还算年轻的生命，这样做的结果必定惊世骇俗。

好在十三岁那年，我的人生出现了转机。

驴子

这得从那一年夏天，朝歌城发生的一件匪夷所思的事情说起。

其实这件怪事是从春天开始蔓延的，简单地说就是朝歌城的所有公驴都阳痿不举了。

按常理，春天应该是驴子们发情的季节，公驴和母驴交配，然后生下无数头小的公驴和母驴。但从那一年的春天开始，朝歌城所有的公驴对朝歌城所有的母驴没有了兴致，那状况就像帝乙对妇戊没有兴致一样。于是朝歌城所有的母驴就像妇戊一样开始躁动不安，接着是愤愤不平，没日没夜地嘶叫起来。

一直到那一年的夏天，公驴们依旧没有对母驴提起兴致，这可急坏了全朝歌城的人。因为驴子对朝歌城来说是至关重要的。驴子可以驮粮，可以拉磨，可以让人骑着四处逛游，驴肉可以吃，驴皮可以做衣服，也可以熬成阿胶。总的来说，如果没有了驴子，朝歌人的生活会不堪设想。

更为让朝歌人无可奈何的是，朝歌城的母驴由于寂寞难耐，公然和城里的公马们厮混在一起，这一来二去，大批的母驴和公马私奔，竟然产下了骡子这种东西。

倘若只是公驴不发情，母驴不再生小驴，那么影响的只是朝歌人生计的问题。如今又多了母驴和公马的私奔，母驴生下了小骡，这就是朝歌人面子的问题了。别忘了朝歌城是天下最大的城，朝歌人是天下最高贵的人，朝歌城的驴子不守驴道、伤风败俗，也就是朝歌人不守妇道、伤风败俗。

这可不是件小事，有关朝歌人的尊严问题。

英明的商王帝乙决定召集朝歌城的干禄公卿们，共同商议如何处置这个有关所有朝歌人尊严的大事。

首相商容首先想出了办法，那就是将朝歌城所有的母驴驱逐出朝歌城。但这样一来只是解决了朝歌人的尊严问题，并不能根本地解决朝歌人的生计问题。于是太师闻仲出了个主意：攻打东夷，把东夷的母驴抢回朝歌城。

于是，朝歌城迅速聚集起了人马。这一队混乱的人马穿过街道，个个衣冠不整，迈着乱七八糟的步子，带着各种各样的武器，长戈、短剑、木棒，吵吵嚷嚷，看上去像是一支欢天喜地的队伍。

这就是我十三岁那年的夏天，战争开始在天边喘息，会像潮水一样蔓延过来，也会像蝙蝠一样滑翔过来，还会像蜗牛一样潜行过来。危险还在，暴力也还在。

对于打仗这件事本身，我并没有太大的兴趣，要知道，我不是一个身强力壮的人。我的长相不够漂亮，头发有些枯黄，眼睛也不大，可能是因为身体单薄的缘故，走起路来总是东倒西歪的。

我这个样子并不怎么适合冲锋陷阵，但我对打仗还是比较向往的。这与黄飞虎有些关系，在他日常的描述中，打仗是件很有意思的事，可以大碗喝酒，大口吃肉，然后去抢夷人们的女人。而且此次出征，黄飞虎也是要去的。

刚开始时，我还有些担心他这样子的老头会死在战场上，他毕竟不怎么年轻，跑起来的话也不是那么麻利。可当我看到他出征时的样子的时候，疑虑也就消失了。

黄飞虎在瞬间焕发了精神，面色亦稍显红润，就连说话的嗓门也大了起来，他像一头窝了一个冬天的倔驴一样，矍铄异常。

这下倒让贾婆娘不高兴起来，她指责黄飞虎这几年来的没用是装出来的，是因为他嫌自己不年轻了，才没有了床上的兴致，于是哭天抢地，咒骂着黄飞虎跟朝歌城的驴一样，不愿意睡朝歌女人了，要去东夷抢野女人了。

黄飞虎这次没有在他老婆跟前表现出以往的恭敬，反而对他老婆的哭闹无动于衷。这下贾婆娘更是声嘶力竭起来，她的嚎叫引起了全朝歌城女人们的共鸣，朝歌城的男人不光是要去抢东夷人的母驴，他们会连带着把东夷人的女人也抢回来。

我也开始变得心旌荡漾。我已经十三岁了，我的下身可以像帝乙一样健硕坚硬，我也是需要女人的，更何况黄飞虎一直念叨说东夷的女人一个比一个漂亮，朝歌城的女人是比不了的。

我曾试着向帝乙提出我的想法，说我也想去东夷打仗。帝乙当时蹲在窗口的阳光下拔鼻毛，他的鼻毛也很是茁壮，根根都争先恐后地从鼻孔里突兀出来。

当时屋子里空气沉闷，好像都压在我头上。有一只苍蝇从窗缝里飞出来，慢慢地在屋里兜圈子。

我在说这些话的时候，帝乙就一直在拔，我说完了他还在拔，每拔一根都要猛地一激灵。他这一激灵，我也跟着一个激灵。

妇戊也在一边撺掇，说，子辛已经十三岁了，也应该去外面看看了。

妇戊说话的时候，帝乙稍稍停了一下，然后又接着拔鼻毛，接着打激灵。妇戊被他的这种态度激怒了，上去就是一口口水，不偏不倚恰好落在帝乙的左眼上。帝乙也有些愤怒，身子猛地直了起来，可直了一半又蹲了回去。

我在一边看得想笑，偏偏又不能笑出来，忍着的脸都抽筋了。

帝乙用手抹去眼睛上的口水，不紧不慢地说，微子跟我一起去，子辛就别去了。

微子是我的哥哥，一个长相俊秀、身材魁梧的男人，朝歌人都说他是未来的商王。

于是我失去了去东夷的机会，我已经十三岁了，从来没有离开过朝歌城。

微子

说起我的哥哥微子，那可是朝歌城响当当的人物，后来的人都说他长相秀美，腹笥甚广，吐气成霞，颇有王者风范。朝歌人在打骂自家孩子的时候，总会说上这么一句：你看看人家微子，你要是有他一成好，我也就知足了。

微子当时二十岁出头，在朝歌城是很招人待见的，年轻女人见了他都要脸红，每次上街时，都会有无数个女人朝他抛花，于是他总会顶一脑袋的花回家。当然，最让我嫉妒的是他的眼神出奇地清澈，淫邪而旷朗坦白，热爱女人而不带一丝火气。

换句话说，无论他怎么下流，别人都不会觉得他下流。而我刚好相反，无论我怎么矜持，怎么装出一副正人君子的嘴脸，别人也总要认为我下流。

有这样的一位哥哥是我的一大不幸，所以我对微子并没有多少好感，他的道貌岸然使得我的处境很是尴尬。同样是帝乙的儿子，却受到完全不同的遭遇。他像真正的贵族一样存在于朝歌城，而我则像是满身臭污的野狗一样在朝歌城游荡。如果没有他的存在，我是有可能会招帝乙喜欢的，最差也不至于让帝乙讨厌。

事实上，包括帝乙在内的朝歌人，都对他寄予厚望，认为他将成为大商的天子、朝歌城的大王，然后吃无数的美食，喝无数的美酒，睡无数的美女。

这些都是我所享受不到的，我的命运是悲惨的，如果顺利的话，黄飞虎会教会我杀猪的本领，让我成为朝歌城的下一个屠夫。这样一来，我的一生或许会艰辛一些，但至少还可以有个温饱。如果不顺利的话，那就很难说了，我不会杀猪，那我就很难养活自己。而且出于我对微子的观察，他对我的态度虽说不上恶劣，但也绝对不会有所眷顾，而且我坚信的是微子比所有人都要更加讨厌我。

杀猪的黄飞虎对微子有这样的评价：性格乖张，心胸狭窄，品行不佳。

一旦微子成了大商的天子、朝歌城的大王，那我剩余的人生就要更加黯淡了。

同样对微子没有好感的，还有我的母亲妇戊。她在提到微子时总会不冷不淡地说上一句，那个野种。

这是源于微子颇具离奇色彩的身世，当然这得归咎于我的父亲帝乙。

众所周知，我的父亲帝乙一直是个精力充沛的男人，在没有娶我的母亲妇戊之前，和他睡过的女人就多得不计其数，就连他自己都记不清了，有人问他究竟睡过多少女人？他想了又想，算了又算，最后不无遗憾地说，人数大概和天上的星星一样多吧。

帝乙不仅睡了王宫里的女人，还睡了朝歌城的女人，睡了东夷人的女人，就是犬戎人的女人他也睡过十多个。

我们朝歌城偷偷和他睡觉的，公开和他睡觉的，是什么样的女人都有，高的矮的，胖的瘦的，俊的丑的，年轻的和年纪大的。

朝歌人说这个帝乙胸怀宽广，只要是个女人他都来者不拒，就是牵头母猪到他的床上，他也照样把母猪给干了。有些女人和他偷偷睡了，偷偷拿了吃的就走了；还有一些女人和他睡了以后，拿了吃的还要到处炫耀，她们不是炫耀自己和帝乙睡觉了，她们炫耀的是帝乙的床上功夫，说帝乙如何厉害如何了得，说帝乙简直不是人，简直是头牲口，说这个帝乙一上床就像公驴一样嗯啊嗯啊个没完没了，多少个女人被他干得两腿抽筋，多少个女人从他的床上下来都像是死里逃生。

帝乙的绯闻比天上的星星还要多，和他睡过的女人里有一些是想成为帝乙的王后的。

第一个这么做的是个二十来岁的姑娘，一个从西岐到朝歌城来讨生活的姑娘，她抱着自己初生的婴儿闯到了帝乙的王宫，幸福满面地问帝乙，应该给孩子取个什么名字？

帝乙睁大眼睛看着姑娘，没有认出来她是谁。帝乙满脸疑惑地问，这干我屁事？

这个姑娘当场号啕大哭，她说世上哪有亲爹不认自己亲生儿子的。

帝乙把姑娘看了又看，想了又想，怎么也想不起来和她有过一腿。他问姑娘，你真的和我睡过？

怎么没有？姑娘抱着婴儿冲到帝乙跟前，让帝乙看看清楚。她哭着说，你看看，你看看，眉毛像你，眼睛像你，鼻子像你，嘴巴像你，额头像你，下巴像你……

帝乙看了婴儿两眼，觉得除了像个婴儿以外，其他什么都不像。姑娘又揭下了婴儿的尿垫，对帝乙说，他的鸡巴都和你的一模一样。

帝乙勃然大怒，这个姑娘竟然把帝乙的大鸡巴和婴儿黄豆似的小屌相提并论。帝乙吼了一声后，他的几个士兵把这个又哭又叫的姑娘拖了出去。

之后，这个姑娘就开始在帝乙的王宫大门口耗上了，她每天都抱着婴儿坐在那里，她对所有过路的人和围观的人哭诉，说帝乙的良心被狗叼了，被猪吃了，被驴嚼烂了，被王八当屎拉出去了。

朝歌城的男男女女却笑得前仰后合，他们捧着肚子乱声叫好。

几天以后另一个女人抱着个婴儿也加入了进来，她说手里抱着的是帝乙的亲生女儿。这个女人也是一把眼泪一把鼻涕，诉说着当初帝乙是如何把她骗到床上去的，如何让她怀上了。她哭得比前一个还要悲伤，她说在生女儿的时候，帝乙都没去看她一眼。

接下去第三个女人来了，手里拉着一个四五岁的小男孩，她倒是没哭，比前两个都冷静。她义正词严地控诉帝乙，说帝乙当初山盟海誓，要和她白头到老，她才上了帝乙的贼床，才有了这个帝乙的孽种。然后她指着自己的儿子说，按年龄的话，她儿子应该是帝乙的王子。

话音刚落，第四个女人来了，拉着一个七八岁的男孩，她上来就说，她的儿子才是帝乙的王子。

声称和帝乙睡过的女人越聚越多，最后有三十多个女人带着三十多个孩子，堵在王宫门前的大街上，日复一日地掉眼泪，日复一日地控诉帝乙的风流罪行。

她们叽叽喳喳挤在那里，把王宫门前的大街变成了一个小的市场。为了争夺王宫门前的一个有利位置，为了一两句标榜自己的话，这些女人互相之间打起来了，扯头发吐口水，抓破脸抓破衣服，从早到晚都是女人的谩骂和孩子的哭叫。

这些闹事的女人里面，有些确实和帝乙睡过，有些真是没睡过，有些根本不认识帝乙。和帝乙睡过的女人里，有几个觉得自己的孩子可能真是帝乙的种，这几个女人的胆识自然与其他女人不一样，她们一商量，觉得整天在这里骂街又累又渴又饿，又没有结果，于是一咬牙，一跺脚，扔下孩子自个走了，反正孩子也不是她一个人的，自己也懒得管了。

那些本来就没有跟帝乙睡过的女人，一看这个情形，也一咬牙，一跺脚，也扔下孩子自个走了，反正自己生活都不容易了，索性把孩子都留给帝乙。

王宫前的女人们，在一夜之间全部逃离了朝歌城。于是第二天早上，王宫前的景象就惨不忍睹了，大孩子哭，小孩子闹，弄得这个朝歌城不得安宁。

帝乙自然可以对王宫前的哭闹置之不理，他也一向是这样的一个人，面容冰冷，心肠铁石。但可急坏了首相商容和大夫梅伯，堂堂的朝歌城，堂堂的王宫前怎么能这样呢，再说这些孩子要是没有人管的话，很快就会饿死。

于是，首相商容和大夫梅伯气冲冲地找到帝乙，并严词要求帝乙认下这些孩子。反正帝乙虽有正室，却还没有生下王子，再说王宫里有的是房子，有的是吃食。

帝乙被这两个老家伙逼得没有办法，但一下子认下这么多孩子也觉得不妥。三个人吵来吵去终于达成了一致：帝乙认下其中的一个孩子做王子，其他的孩子送到朝歌城里没有儿女的夫妇家里。

可认哪个孩子做王子呢？

商容和梅伯也拿不准注意，毕竟帝乙和女人睡觉时，他们也没有在一旁看到。两个老家伙抓耳挠腮，不知如何是好。转去询问帝乙，帝乙也是一脸的不置可否。

万般无奈之下，首相商容想到了一个人，帝乙的弟弟，次相比干。

说起帝乙的弟弟，次相比干，那可是个难得的聪明人。

比干个子不高，方脑，塌鼻子，头发不多，体毛却很茂盛。可能是要发挥体毛的用处吧，最爱穿短衣。在朝歌城，一条斜纹麻布裹扎在腰间，从夏天到冬天，就这么一身打扮。裸露在外面的上身和小腿，常年迎风挡雨，体毛尤其浓重。从外面看，基本看不见黄白的皮肉。

聪明人比干来到王宫门前，在那堆孩子里面走来走去，一会儿用手捏捏孩子的脸蛋，一会儿用脚踢踢孩子的屁股，一会儿又低头沉思，一会儿又摇头叹气。就这样捣鼓了半天之后，比干指着其中那个七八岁的男孩说，就是他了。

首相商容和大夫梅伯看看那孩子，又瞅瞅比干，略带小心地问比干，就是他了？

比干神情自若地点点头，然后翩然而去。

接下来，商容和梅伯就把那个男孩领到了帝乙跟前，对他说，这就是你的儿子，你就立他当王子。

帝乙先是表情复杂地看了一眼那个男孩，然后无可奈何地笑了起来，直笑得喘不过气来。商容和梅伯不高兴了，他们挥着双手大声喊叫，就是他了！

帝乙止住笑声，擦了擦眼睛，抹了抹口水，说了一句，就是他了。

于是，帝乙就有了自己的王子，就是那个日后被称为微子的男孩。

乌龟

很多年以后，我一直在思考着当年朝歌人对东夷人的那场战争。

我觉得这纯属一个阴谋。

关于驴子的故事，纯属朝歌人用来做借口而编造的一个不怎么高明的谎言。

众所周知，在我们周围类似的阴谋还有很多，而且大多数假话从编出来起就没指望有人信。

十三岁那年的夏天很热，好多老头老太太都热死了。商王帝乙就是在这样的日子离开了朝歌城，带着誓死效忠于他的将军和一呼百应的士兵们奔赴战场，去抢东夷人的母驴，抑或是东夷人的女人。

朝歌城一下子清净下来，精壮的男人没有了，城里的大街小巷净剩下些女人和孩子。

少了精壮男人的朝歌城也一下子变得有意思起来，天空全都蓝了，柳树全都绿了，榆叶梅全都红了，姑娘的屁股全都圆了。她们习惯性穿得不多，透过白色的短衫，可以清楚地看见她们如斗的乳房和粗壮的腰肢。

总之，在我十三岁的那年夏天，天总是蓝蓝的，姑娘总是壮壮的。

这些壮壮的姑娘让我心旌荡漾，不得不一遍一遍地念叨着黄飞虎。他曾经说过，要是再去东夷打仗的时候，一定会把那个叫作妲己的女人抢回来，那可是个绝代尤物，朝歌城所有的年轻女人加起来都没有她漂亮。

当然我对黄飞虎的思念和对妲己的向往，仅仅限于白天，晚上我还有更为关紧的事情要做。这在很多年后回忆起来，我仍然觉得不可思议，当初我竟然还那么纯洁过。

帝乙九年，我的父亲对我摇头叹息，然后我母亲又无端地骂我。这些事情我都忍受了过来，活到了十三岁。一辈子都这样忍下去不是个办法，所以我决定自寻出路。这个出路就是想入非非。

那年的夏天，我有了一个惊世骇俗的想法：我要在朝歌城所有的墙壁上画满乌龟。

对于这件事，后来的人都很不理解。他们觉得我是故意举动另类，想要表现出我很旷然澹处，特立独行。

我鄙视他们的看法。

人这一生中，在某些阶段，总是会有一些想法的，这些想法差不多会成为你生命的意义。而且我的这些想法并非高不可攀，无法实现。

当时我已经十三岁了，严格意义上来说，我已经不再是一个孩子了。所以我的每个举动都是经过深思熟虑的，并非意气用事，我做这件事有充分的可实施性。而且，最重要的是，我有充分的理由来做这件事情。

朝歌城的房屋都是黄土夯成的，如果从高处俯瞰，朝歌城是土黄的一片。帝乙当了大王以后下令朝歌城所有的人家将黄土墙用石灰水刷成白色，于是朝歌城又变成了白不拉几的一片。我对白色没有多少好感，反而觉得土黄一片更好看一些。

但我不能去反对帝乙的做法，他作为大商的大王，我不能去冒犯他的权威，还有他是我爹，儿子反对老子传出去并不怎么好听。

于是我有了这个绝妙的想法，把朝歌城所有的白色墙壁上画满乌龟。这事虽然荒诞，毕竟聊胜于无，至少证明我子辛有可取之处。

我一般在夜深人静的时候出发，套上件土黄的袍子。这样的袍子是我特制的，用结实的麻布做成，制作方式也比较简单，只是在一块麻布正中挖一个洞，脑袋正好从里面钻出来，再找块金黄的南瓜皮顶在脑袋上。我还会在背上背一个大葫芦，里面装满水，奔跑起来，哗哗乱响。

我的哗哗乱响，我的奇形怪状的装束，我特有的奔跑姿势，在漆黑的夜晚，吓坏了很多人。我常常在他们的梦里出现，在他们的梦里造成他们梦遗困难。也曾经在短时间内引起过朝歌城的恐慌，但我依旧热衷于此，做起这些事情来兴致勃勃。

朝歌城的房子很多，墙壁自然也就很多，我在雪白的墙壁上用黑炭涂上无数只乌龟。这些乌龟有大有小，形态也是各异，有的是正面，有的是侧面。它们有的三五成群，交头接耳；有的形单影只，茕茕孑立。

天快亮时，我会结束这一晚上的劳作，拍拍满手的炭黑和石灰白，打着哈欠，志得意满地往家走。

通常我会睡到第二天下午起床，起来之后也顾不得吃饭，兴致冲冲地走到大街上，想去听听朝歌人对我画作的评价。

但每次我都很失望，街上并没有人对我一夜的辛劳感兴趣，甚至等我走上街头的时候，墙壁上所有的乌龟都消失了。

事实上，我的画作并没有在朝歌城的墙壁上存在很长时间，那些早起的朝歌人会在最快的时间内用石灰水将我的画作覆盖。

对此我并不心甘，我会觍着脸问那些头天晚上被我在墙壁上画下乌龟的人家，问是否在墙壁上发现有乌龟，问他们对所画的乌龟是否满意。

这些人看起来并不怎么领情，总是很不耐烦地瞟我一眼，嘴里嘀咕着我听不太清楚的话，大概都是骂人的，然后挥起臂膀，像赶鸭子一样把我赶开。

我很失落，我的所有努力会在瞬间被石灰覆盖，而且我也并没有改变此种境况的余地。

有一天早上，我觉得我应该停止这件徒劳的事情，朝歌人并不欣赏我的画作，这些也并不能给我带来快乐。

我苦心孤诣地作画，我在这件事上花的精力比干什么都多，但是后来没了结果。我也花了同样多的精力去学习杀猪，但是最后也没了结果。那年头不管你花多么大的精力去干任何事，最后总是没有结果，因为那是只开花不结果的年代。

或许我应该寻找一两个朋友，这样的话我也就不孤单了，也好让我摆脱这种失落。

晁氏兄弟

我在朝歌城确实是孤单的，这孤单也是我最后的自尊，无论怎么说，我也是商王帝乙的儿子，我的身上流淌着的是王族的血。朝歌城留下来的人也不少，不是太老太没用，就是太小太讨厌，我并不喜欢跟这些人交往。他们倒是对我充满了好奇和友善，经常跑过来看望我，有的还带一把半生的驴肉做贡品，带一个麻雀诱惑我，这些东西怎么能打动我？我把他们都赶走了。

晁田、晁雷兄弟俩是个例外。他们找到我时，晁田抱了只鸡，晁雷牵了一头羊，没有带半生的驴肉，也没有带麻雀，然后傻呵呵地朝我笑。我并不怎么讨厌他们，觉得他们的笑容很真诚。

晁田、晁雷的父亲据说是个将军，早些年跟着帝乙去打仗，死在了外面。这俩人遇到我后，也开始像我一样在朝歌城四处游荡。

晁田跟我同岁，个子很小，脑袋却很大，脸上坑坑洼洼的，极像个马蜂窝。他走路比较有意思，左脚是个大的外八字，但右脚走得很规矩。走得快的话，右脚在前面蹦跶，左脚在后面只能像个扫把一样地拖着，所以他到的地方必是尘土飞扬。这样的走路方法也比较费鞋，一双新的草鞋，只要穿在晁田的脚上，在朝歌城走上两条街道，绝对磨得没有鞋底。一来二去，晁田就习惯了不在左脚上穿鞋，任其在街道上磨来磨去，于是他的左脚要比常人的左脚粗壮肥大，也更结实。

晁雷比我小一岁，也是个小个子，肌肉坚实，脸上、身上都长满了黑毛，似胎毛，又似汗毛。才十二岁，男根就长得和驴一样。

时常，晁田、晁雷兄弟俩手拉着手跟在我后面，哇哇乱叫蹦蹦跳跳，跳得满头大汗，跳得鼻涕都流进了嘴巴。

两个孩子总是黏在一起，朝歌城的人是没有见到他们分开过，他们一起吃饭，一起睡觉，甚至一起去茅厕拉屎撒尿，后来他们跟了我，依旧是不离不弃。

他们俩是朝歌城的一对坏小子，他们打瞎子骂哑巴，敲寡妇门挖绝后坟，反正是能想到的坏事他们都做尽了。

他们俩也是我在朝歌城为数不多的伙伴，我们臭味相投，也惺惺相惜。那段时间里，经常有两个略显痴呆的年轻人大半夜跑到王宫外面来大喊大叫。他们的喊声坑坑洼洼高低不平，尤其是嗓子喊破的一瞬间，听起来毛骨悚然，朝歌人起初还以为是在闹鬼。

我和晁田、晁雷三个人经常游手好闲晃荡在大街上，有时候偷偷从背后抱不知道是谁家的姑娘，摸她们柔软的奶子；有时候靠着大树无所事事呵欠连连。

常在朝歌城走动的人，嘴里说些不酸不凉的话，都是讽刺我们的。比方说：这三个大男人，整天跑来跑去，不做个正经事，早晚得把他们的鸡巴给薅了。

我们三个也并不怎么理会这些人的冷言冷语。在朝歌城，年轻力壮的都去打仗了，剩下我们三个就可以横行了，当然像摸下女人的奶子、捏下女人的屁股是经常干的事情了。在无聊中取乐，低俗一些，这比较接近生命的本质。

相对于我和晁雷来说，晁田的胆子要小很多，当然我比他们俩都要下流，每次都是我先选好要摸的奶子和屁股，然后让晁田把风，晁雷负责和有圆润奶子和屁股的女人说话，我再趁机去又摸又捏，最后跑开。

晁雷有时候也会在那女人用眼神和怒骂指责时，伸手在我摸过的奶子和屁股上也试探性地摸一下捏一下，之后也是拼命地跑开。

但这对晁田来说并不是什么好事，被摸被捏的女人一眼就认出了他跟我们是一伙的，我和晁雷跑得快，晁田拖着不方便的脚始终跑不开。于是每回都是我过足了手瘾，晁雷稍微过了下手瘾，而晁田就惨了，要忍受女人们无休止的痛骂和口水。

一来二去，晁田也有了些不满意，抱怨说，这街面上的女人又不当吃，又不当喝，且一点也不好惹，多数女人都有一张狠毒的嘴和一颗恶毒的心，干吗非要招惹她们？

我很是无奈，没有办法在大街上给晁田解释女人的用处。女人是不当吃，也不当喝，但总归还是很有用的。至于抱女人睡觉，他自然不知道这有什么用，他会担心被子够不够用，也会偶尔道听途说地听一些老头谈起，说很伤神损身。

晁雷在这个时候为我解了围，他用力拍打哥哥晁田的脑袋，嘴里骂道，蠢货，摸摸自己的裤裆就知道女人有什么用了。

我没有想到晁雷会用如此简洁的言语表述如此复杂的事情，这个刚刚十二岁的孩子让我刮目相看，试想几年后的朝歌城，他必定会是一个了不起的人物。

经过弟弟这么一打，晁田下意识地摸了摸裤裆，似乎有些开窍，脸上露出了一丝羞涩，再也不抱怨什么了，兴高采烈地跟着我们继续使坏。

有一天，我指使晁雷去摸贾婆娘的奶子。贾婆娘的奶大如盆，晁雷的小手只能在上面胡乱地捏了一把，跑回来后我问他什么感觉，他摇着头说，他娘的，软塌塌的，跟面团一样，一点感觉都没有。

我们的这一次使坏可把贾婆娘得罪了，她急得眼泪汪汪，嘴里一声声地诅咒我们，说我们是三个小王八蛋，说我们不得好死，说我们喘气都会噎住，喝水都会塞牙，拉屎没有屁眼，撒尿没有屌缝，说等到黄飞虎回来一定让他把我们三个的脑袋拧下来，把我们三个的鸡巴薅下来。

邑姜

渐渐地，我和晁田、晁雷三个人开始恶名远扬。在大街上，年轻的姑娘们都躲着我们，没发育的小女孩和上了年纪的老女人也躲着我们。

这样一来，我们在朝歌城的日子又变得无聊起来。我开始整天耷拉着脑袋，长吁短叹，晁田和晁雷也跟着耷拉着脑袋，长吁短叹。

我们在大街上来来回回走了三天，一个奶子都没有摸着，一个屁股都没有捏着。晁雷问我，现在大街上一个奶子也没有，一个屁股也没有，我们该怎么办？

我望望大街，街上只有我们三个高矮各异的孩子，还有三道或长或短的影子，很是冷清。我咂吧咂吧嘴，可怜兮兮地说，你问我，我也不知道怎么办。

晁雷看我这样的回答，显然很不满意，但也不多说话，悻悻地扯着哥哥晁田离开了。

晁田和晁雷兄弟俩离开后，街上更加冷清了。我拿下背上的葫芦，咕咚咕咚地灌了一肚子水，气呼呼地骂晁田、晁雷真不仗义，迟早也得像他们的爹一样死在战场上。

也就是在晁田、晁雷兄弟俩离我而去不久，有一个背影美丽的女人从我跟前飘过，我一边接着骂晁田、晁雷两个人天生就没有好运气，吃屎都赶不上热乎的，一边毫不迟疑地跟上那个背影，去拍了下她的屁股。

谁知她一转头就给了我一巴掌。我被这突如其来的一巴掌打晕了，印象中，还从没有遇到像她这样反应迅速的女人。我脸涨得通红，嘴里咝咝响个不停，不知道是出于尴尬，还是愤怒，反正样子很古怪。

这个时候，从临街的屋门后面露出各种各样的脑袋，有大有小，有老有少，他们都在向我张望，表情有点诡秘，也有点愉快。我睁大眼睛，想仔细看清打我的这个女人的模样。

打我的女人年纪不大，双目圆睁，但看不出愤怒的意思，反而有些挑逗的神色，她的腮帮子艳若桃花，她的嘴唇那么薄那么红，她的鼻梁那么修长那么挺拔，她的耳朵看上去那么柔软那么肉感。

这一切都让我有些不知所措，而且恰在我看清她面目的那一刻，我的下体开始膨胀，在裤裆的地方拼命向外顶着。我羞愧至极，更害怕那个打我的女人和门后围观的脑袋看到我下流的裆部。我使劲低着脑袋，夹紧双腿。

我骑虎难下，在人们嘲弄的目光中转身走开，一种罕见的紧张感让我的脚步有点踉跄。我听见她说，你给我站住。

女人的嗓门不大，却很尖利，我打了一个激灵，脚步也莫名其妙地止住了。那些露出脑袋的人不知出于什么目的，个个走出家门，聚集在我们的周围，不肯散去。

见我站住了，她又移到我跟前，把我从上到下、从左到右看了一遍，看得我浑身发毛。然后她终于发现了我突兀的裆部，于是啧着嘴说，你是想跟我睡觉吗？

她这么一说，我先是一阵哆嗦，然后更不知道如何是好了，于是涎着脸回答道，我妈喊我回家吃饭了。

说完这句话，也不管她什么反应，撒腿就跑，直跑得我的心怦怦地要蹦出来，肺呼呼地要炸了，然后在一条小巷子里蹲下来，哈哈大笑，笑得上气不接下气。

那是我第一次遇到邑姜，首相商容的女儿，朝歌城里最美丽的女人。

说来也奇怪，自打那次我摸了邑姜的屁股之后，她就像幽灵一样时刻缠绕在我的左右。

在我的梦里，邑姜掉到冰冷的水里，我把她捞了上来。她被困在燃烧的房屋里，我又把她救了出来。我是她在水深火热里的救星。假如没有我的话，她早就死了一百回了。

在那年的夏天，我摸了邑姜的屁股之后，开始变得忧郁。要么低着头盯着脚走路，要么昂着脑袋看着天走路。走起路来，还总是摇头晃脑，唉声叹气的。

街上的人看到我这个样子都觉得奇怪，问我，子辛公子，你这是怎么了？

我也不正眼看他们，嘴里念叨着邑姜的名字。

有好事的小孩趁我昂着脑袋的时候凑到我跟前，隐隐约约听到我的念叨，于是兴奋地朝周围的人说，子辛公子在喊邑姜的名字，他是想和邑姜睡觉了。

街上的人得知我内心隐秘的想法后，发出了哄然的笑声，然后用一种不可思议的眼神望着我说，子辛公子，你才多大啊？

我低下头，生气地瞪着那个偷听我念叨的孩子，骂了句小兔崽子，然后朝他屁股上狠狠地踢了一脚。

我的这一脚也够重的，那孩子一个嘴啃泥趴在了地上。我正要离开时，那孩子竟又爬了起来，也不哭闹，冲着我的背影，愤愤地说道，瞧你那熊样儿，早晚让你爹把你的鸡巴阉了，看你还怎么跟邑姜睡觉。

街上的人又是一阵大笑，我不再理这些无聊的人，昂首阔步，走过尘土飞扬的街道，去城南的那家饭铺。

具体地说也不是城南的饭铺，而是城南饭铺外的一棵大槐树下。这原本是我和黄飞虎经常来的地方，现在他去了东夷打仗，我也只能一个人来这里了。

饭铺是一个黑顶白墙的院子，跟朝歌城所有的房子一样，也是黄土夯成的墙壁，茅草做的屋顶。门口有一火把，天黑以后才点亮。

老板娘姜寡妇是一个三十几岁的女人，看到人总是呵呵地笑，一副没心没肺的样子。她体态臃肿，肤色却很白皙，要是脱光了衣服应该像一大团棉花。乳房仿佛脸盆大小，腰却很细。

我每看到这两个脸盆大小的乳房，就想起心里的那个阴谋理论：这里面一定有阴谋，同样是十斤肥肉，扔在肉铺里就没人要，长在她身上就让人热血沸腾，为什么呢？

老板娘虽说是个寡妇，可生活也并不见得凄惨，白天她在饭铺张罗，女儿姜彧也会帮上忙，晚上则有各种各样的男人翻墙钻进她的被窝。

以至于后来，这位姓姜的胖寡妇多次出现在我的梦境里，头大如斗，头屑飞扬，好像麦场上扬落的麦子皮。然后，我的下体开始僵硬矗立，很是莫名其妙。

我把这事告诉母亲妇戊，妇戊皱起眉头，嘴里发出啧啧的声响，然后很鄙视地盯着我说，你是不是也想晚上翻墙钻饭铺寡妇的被窝？

我仔细想了一下，说，这不大可能，相比较而言，我倒更希望钻饭铺寡妇女儿的被窝。

妇戊于是又开始破口大骂，大商要完了，早该阉了你。

寡妇的女儿姜彧，个子刚到我的腋窝处，骨瘦如柴、皮肤苍白，尖鼻子、圆下巴，眼神清丽，像是会说话，稀疏的头发梳成两束马尾。总的来说，那姑娘的胸不大，像两个茄子，屁股也不够圆润灵活。她笑的时候，眼睛变窄，鼻子皱起来，鼻子上方的皮肤挤出四五条细细的褶子，那张脸是她身上第三个像茄子的地方，比那两个像茄子的左右乳房还要小一些。

但无论如何，还是比她的寡妇母亲有诱惑力的。

在那个夏天，帝乙和朝歌城的男人们都去打仗了，妇戊变得更加暴躁不安，渐渐地她把打骂我当成了自己每日里最重要的事情，雷打不动。就算我被骂得心烦意乱，痛不欲生，她也从未消停过一天。

我为了躲避妇戊的怒骂，经常跑得尘土飞扬，跑得自己把自己绊倒。我把十三岁的腿跑得又酸又疼，把十三岁的肺跑得呼呼地冒着热气，把十三岁的心脏跑得咚咚乱跳，把十三岁的自己跑得死去活来。然后有气无力地来到黄屠户家的巷子里。

我张大嘴巴打着悠闲的呵欠，散漫地走在小巷里。我的草鞋由于过于破旧，走起路来吧唧吧唧，把那条小巷弄得尘土飞扬。

我打算进去看屠户黄飞虎杀猪，可又记起来，他也去了东夷打仗，家里只有那个凶悍的婆娘，于是折转回来，走出巷子，走到大街上。

朝歌城是我的地狱，也是我的天堂。好多地方我不屑于去，好多地方我不敢去，好多地方我一去，就被人指指点点的，一去就后悔。可也有很多地方，我一去就流连忘返，比如姜寡妇家的饭铺。

我打着呵欠走到姜寡妇家的饭铺外，见有人来了，姜寡妇也从饭铺里面走了出来。

身边没有了朝夕相处的晁田、晁雷，我既孤独又无聊，我走到哪里就把呵欠带到哪里。呵欠也传染，看到我呵欠连天，姜寡妇的嘴巴也跟着一张一合，打出了一个又一个呵欠。

姜寡妇指着自己左边的乳房说，你看我左边的奶子大吗？

她的奶子并没有什么特色，跟她的体型一样臃肿难看，而且那两个奶头又大又黑，穿浅色的衣服是遮不住的，只好用上好的母驴腹部的皮，做成两个连在一起的半圆罩子，边上用线缝了好多道线。这种东西她有好几个，都是这样子的。至于奶袋低垂，好像两个牛舌头，因为被罩了起来，那就无法可想了。于是我没精打采地点点头。

姜寡妇继续指着她右边的乳房说，你看我右边的奶子大吗？

这回我有气无力地点点头。

我在大槐树下坐了下来，张嘴继续打着呵欠。

朝歌城的男人都去打仗了，剩下的女人和孩子又不来姜寡妇家的饭铺，所以姜寡妇这些日子也很是无聊。在我来饭铺之前，姜寡妇已经无聊了一个上午，好不容易来了我这个半大男人，结果是来和自己比赛打呵欠，觉得很没有意思。她本来是要走开的，又好像想起了什么，试探地问，子辛公子，你是不是看上那个叫邑姜的姑娘了？

我不说是，也不说不是，只是目光下流地望着姜寡妇。

姜寡妇被我看得有些发毛，跺着脚骂了句，真是黄飞虎教出的好徒弟，一个德行，你可离我们家姜彧远点。

猪头肉

在后来的很多年里，我一直回忆不起来我当初是怎么跟姜寡妇家的女儿好起来的。要知道，姜彧不是什么美人，也完全不是我所喜欢的样子。

姜彧跟朝歌城里姿色平庸的女人一样，有一双无知无畏的亮眼睛，嗓门大，但相比那些皮肤黑里透红、腿部粗壮的朝歌城女人来说，姜彧过于瘦弱单薄。按理说，看到她是不大会有想和她睡觉的冲动的。

然而一切都很诡异，当我意识到这一点的时候，我们已经经常坐在一起了。

姜彧也不怎么说话，只是看着我傻笑。她的牙齿很白，笑起来的样子也不难看，但我总觉得不舒服，一看到她笑，我就威胁她说，再笑我就把你睡了。

我这么一说，她赶紧收住笑脸，紧张地低下头。

我洋洋得意地看着她，就像自己真把她睡了一样满足。可没过多久，她就又朝我笑了起来。

她的笑声，自上而下，轻易地俘虏了我的身体。在她柔软的声音中，我一次又一次地勃起。我的下身在燃烧，一团堕落的肮脏的火焰在房间里疯狂燃烧，烧得我手足无措。

这下我彻底没辙了，依我的年龄，也没有胆量真把她给睡了。于是我只能再一次威胁说，等着吧，迟早会把你睡了。

从那一年的夏天开始，黄飞虎和朝歌城的精壮男人们去打仗了，我变得无所事事，后来索性就经常跑来姜寡妇的饭铺。

姜寡妇对我并不怎么友好，她很担心我吃光了她家的麦子饼，更害怕我哪天会干出苟且的事来，把她的宝贝女儿睡了，或者拐跑。

我对姜寡妇的这种警惕不以为然，觉得她的这些担心纯属多余，虽说我的食量很大，但要吃光她家的麦子饼，也不是一件很容易的事。至于她的女儿姜彧，天地良心，如果不是她主动投怀送抱，或是跪在地上苦求我跟她睡觉，我不会有任何不妥当的心思的。尽管我时常会很下流，但我对姜彧还是很纯洁的。而且，朝歌城的人都是知道的，我看上的是商容的女儿，城里最美丽的女人邑姜。

姜寡妇家的饭铺我来得很勤，在朝歌城引起了不小的议论。有的说，谁都看得出来，子辛对姜寡妇的女儿心怀鬼胎，可是他就有这样的本事，明明心怀鬼胎，却能一本正经地走进去，谈笑风生地走出来。

还有人说，子辛哪儿是对姜寡妇的女儿心怀鬼胎，他是想先把姜寡妇的女儿睡了，然后再把姜寡妇的饭铺抢过来，这叫一箭双雕，一举两得。

我向来不理会这些流言蜚语，依旧每日里往饭铺跑，这大概有两个原因：我真的是无事可做，无聊至极；我真的是忍受不了母亲妇戊没完没了的谩骂。

何况，我待在饭铺也并非一无是处，我可以做猪头肉。

那是一道味道鲜美无比的猪头大菜，是我在黄飞虎家学习杀猪时，自己揣摩出来的，整个朝歌城也只有我会做。做猪头肉的关键是火候，那种猪头是用二寸长的柴火煨三天三夜才做成的。每隔半个时辰添一次柴，一次只添一根柴火，三天三夜之后才熟。熟了之后，那猪头肉入口即化。

这道菜虽说耗费心思，但色味俱佳，朝歌城的女人们都喜欢吃。她们说这东西可以让人容光焕发，对皮肤很有好处，比那种驴皮熬的阿胶还要好上几百倍。

这样一来，饭铺的生意是出奇的好，每天来这里吃猪头肉的女人络绎不绝。一些满脸褶子的老太太也来了，手里拄着拐，声称一定要吃得让脸上的皮像小姑娘的一样，找回往日里的风采。甚至有一天，我的母亲妇戊也亲自来到了饭铺，我毕恭毕敬地呈上我的大作，妇戊吃得津津有味，吃完了也没有骂我，只是抹抹嘴说，以后我还会来的。

姜寡妇自然是高兴得合不上嘴，不停地说，真没想到啊，子辛你鸡巴还没长硬呢，就这么有本事了。

生意好的时候，我就顾不上回王宫了，姜寡妇更是盛情地要求我住在她的饭铺，并主动让女儿姜彧帮我的忙，做这道大菜。

就这样，我在饭铺正大光明地住了下来，这一住就是四年。

这四年中，我一直在姜寡妇家的饭铺做猪头肉，我的名气也越来越大。任何一个女人，小到还没有发育的，老到已经掉牙齿的，没有一个不打算让自己青春永驻的。我在朝歌城也难得地有了尊严，进来出去的，见了我的人没有一个不叫我一声子辛公子。

这四年中，朝歌城对东夷的战争一直在进行着，我的父亲帝乙也一直没有回过朝歌城，倒是黄飞虎和我的哥哥微子每年都会回一次朝歌城。

黄飞虎比以前精神得多了。他是个屠夫，杀猪的技艺无人能比，这用在杀人方面也不生疏，相反是更为得心应手，他手起刀落，无数人头就会落地。帝乙已经封他做了武成王，是大商的大将军了。

至于微子，那就更不用说了，和黄飞虎是帝乙的左膀右臂。人更加强壮了，目光也更为犀利了，俨然是一个君王的模样了，一副器宇轩昂的嘴脸。

每次回朝歌城，他们都会带回无数的奇珍异宝分给朝歌城的女人，然后再带走许多朝歌城刚刚长大的孩子，还有无数的麦子和干肉。

我是每年都期待着黄飞虎的归来，他亲口承诺过的，说一定要把那个绝代尤物妲己带回来的，而我对妲己可是一直念念不忘的。

黄飞虎第一年回来时，我兴奋地跑到他的跟前，献上我做的猪头肉。他也不多说话，吃得酣畅淋漓，吃完了就摸着肚子打嗝。

我凑上前，小心地询问他妲己的下落。他也兴奋地答复我说，他又见到了妲己，现在的妲己已经是一个大姑娘了，出落得像水一样。

我涎着脸再问，是否把她带回来了？

黄飞虎叹口气说，唉，别提了，本来是要带回来的，可军情紧急，顾不上啊。子辛公子你再等等，明年一定给你带回来。

我点点头，毕竟还是打仗的事情重要。

等到了第二年，黄飞虎和微子又回到了朝歌城，我继续给黄飞虎献上我做的猪头肉。他还是不多说话，又是吃了个酣畅淋漓，吃完了还是摸着肚子打嗝。

我又凑上前询问妲己的下落。

黄飞虎很是遗憾地说，别提了，我们出发那天妲己也不知道跑哪儿去玩了，我找个半天都不见人，后来没有办法，也就没有把她带回来。

黄飞虎语气诚恳，满是遗憾，我只能很失望地不再说什么。我子辛的事情怎么说也是个小事，再说黄飞虎现在是大将军了，还记挂着我的事情，我也很感动了。

第三年，黄飞虎和微子回来的时候，我又跑去找黄飞虎，依旧献上我做的猪头肉。他依旧不多说话，依旧吃了个酣畅淋漓，吃完了依旧摸着肚子打嗝。

我依旧凑上前，还没有来得及询问妲己的下落，黄飞虎就先兴高采烈地开口了，妲己现在可是更漂亮了，那身段儿，那股劲儿，猫狗看了她都要发傻，更不用说男人了。

我应和地点点头，很谨慎地问，那你把妲己带回了吧？

黄飞虎止住了兴奋，不无忧伤地说，子辛公子，真是对不住你啊，我没有把妲己给带回来啊。妲己的父亲死了，她还要守孝，我总不能硬拉她回来吧。

我再一次地失望，但又能说什么呢，妲己还在悲痛之中，怎么可能来朝歌城呢。

然后是第四年，我天天在盼望着黄飞虎的回来。

如果这一次，黄飞虎还没有把妲己带回来的话，我就跟随他们一起奔赴东夷。我亲自去把妲己带回来。

姜彧

很久以来，我在朝歌城总是显得很怪诞，很不讨人喜欢。这说明我和朝歌人之间有很深的误会。这误会已经很多年了，但是我不准备做任何事去弥合它。相反，我还要扩大这些误会。

这误会就是我子辛并不是一个天生下流、胸无大志、无所事事的男人。事实上，从出生开始，我就没有被人重视过。我有一个卓越的哥哥微子，所以我的父亲对我不冷不淡，而且我的诸多秉性让他很不爽。我打不了仗，也没有管理朝歌城的能力，在帝乙眼里，我子辛就是一个废人。

还有我的母亲妇戊，她在骨子里面是很想让我这个儿子有所作为的，但很不幸，我并没有让她满意。我时常会有一些想法，但总不被接受，于是她在很早之前也就否定了我。

至于朝歌城的官员和百姓，这些人最擅长的就是见风使舵，卑鄙势利，别忘了帝乙和妇戊都不正眼看我了，他们又怎么能善待我呢？

这么多年了，我们家光荣的血统到我这里已经命若游丝，父亲甚至觉得我并不配享有那圈血统的光辉。而我对我的血统其实很迷惘，或许我应该生在一个普通的人家，那样的话，无论我去做杀猪的，或者是去卖猪头肉，我都会很愉快地生活下去。

可很不幸，我生在了这样的一个人家，命运注定我做不来大事，做小事的话注定要被人嘲笑。

这说法也给我乏味苦闷的生活找到了一个借口。

我也曾经设想过，在某一天早晨，我不辞而别，离开朝歌城。我出身王室，虽然父母不喜欢我，但我坚信自己禀赋异常。所以我在远离朝歌城的某个山洞里，一定会碰到一个白胡子残废老头，一大把年纪一身功夫一肚子脾气全身没一个鸡巴，然后他倾其所有，将绝世功夫传授与我。后来我出了山洞，手持一根竹棍，行走天下，除暴安良，每到一个小镇都遇上一个脾气秉性不同但是胴体一样动人的女人。总之，在我的设想里，只要离开了朝歌城，所有好事都会冰雹似的砸到我身上，躲都躲不开。

但很不幸，我做不到那样的毅然决然，我注定在朝歌城过我卑微但还算自得其乐的日子，跟着黄飞虎学习杀猪，领着晁田、晁雷摸女人的奶子，带着姜彧做我的猪头大菜，还有想着邑姜入睡，然后把裤裆弄得湿乎乎的。

我每天都在期盼夜晚的到来，夜晚帮助我亲近了一个骄矜的女人，我念叨她的名字，她会冲破黑暗钻进我的房间，她会坐在我的身边，我能闻见她头发上阳光的气味以及一个女人身体特有的淡淡的清香。

我有一个甜蜜而苦恼的矛盾，始终解决不了。我在头脑里一遍遍勾勒出妲己的模样，一个奶大腰细、绝世风骚的女人，然后一遍遍地告诉自己，妲己才是自己的女人，她比朝歌城所有的女人都要美丽。而我的身体却背叛了我的头脑，从上至下，对一个女人充满了难言的爱意。麻烦事主要来自下身，从下往上，我的体内贮存了一种无法克制的情欲，这情欲让我痛苦不堪。

每到这个时候，我会起身在房间里走上几圈，然后一咬牙、一跺脚，推开姜彧的房门，爬上姜彧的床。

对于我的到来，姜彧表现得平静，我看她的眼睛，像是面对一面巨大而空洞的墙壁。然后我爬到她的身上开始做一些事情，她闭着眼睛胡乱摇着头，这一动作让我感觉很是诡异。我看她的乳房，她乳头的轮廓清晰，即使在白天穿了衣服也遮不住，像是两只分得很开的大大的眼睛。

有关这一点，我还有一点补充：在朝歌城里，人人都知道女人是一种宝贵的资源，和她们睡觉会有极大的快感，如果不能睡，看看也相当解馋。正因为如此，女人既不能随便和人睡，也不能随便让人看，要不然就太亏了。

姜寡妇虽说因为我做的猪头肉而赚了个盆满钵满，但她对我的警惕始终没有放松，可她自己在晚上还要应付爬上她床的男人们，也就无暇顾及我对她女儿使坏了。她倒是对自己的女儿有过一些特别的交代，比如说我不是个什么好东西，不要让我的手碰她的奶子和下身，不要让我爬上她的床，诸如此类吧。

可她毕竟不是姜彧，实际上，姜彧对于我碰她的奶子和下身，晚上爬上她的床，并没有什么反感。相反，如果我几天忘记做这些事情的话，她会有意无意地提醒我，比如说自己一个人晚上睡觉会有些怕，最近不知怎么的觉得奶子好像有些变大，等等。

姜彧浓眉细眼，眼神时常游离，看天，看地，看街角走过来的裸露上身的男人，不看花枝招展的女人，不看和她说话的人。眼神里总有一豆不确定的火苗在烧，太阳照耀，人头攒动，火苗害怕，噗就灭了。

姜彧的眼神让我着迷，鬼火一团，那里面有遗传过来的生命、胆怯、懦弱、摇摆、无助、兴奋、超脱、困惑、放弃，简单地说，具备将被淘汰的物种的一切特质。

在这个气势汹汹、斗志昂扬、奋发向上的岁月里，我在姜彧那儿，体会到困惑、无奈和温暖，就凭这个眼神，我明白，我们是一伙的。从那一刻起，我们总是在一起，就像鱼离不开水一样。

我这个人，有的时候会显得有些嘴拙，这种情况主要发生在我想和姜彧睡觉的时候。我很想用最简单的话表明我的意思，可往往这个时候，我就变得语无伦次起来，本来很简单、痛快的话，到了我嘴边却无论如何也说不清楚了。通常情况下，我会唠里唠叨说上一大通，绕得云里雾里，直到我自己都不知道在说什么。

这个时候，姜彧会很耐心地听着，到我说不下去时，挑起眉毛来笑嘻嘻地问道：你到底要说什么？让我陪你睡觉吗？

听到这句问话，我马上变得容光焕发，我说我没这个意思，还温和地劝告说，不要把我们的关系庸俗化……其实我也不想让你陪着睡觉，可你也是知道的，我们这么熟了，我不过是想寻点乐……

姜彧点点头，继续等到我说不下去的时候，再很干脆地说一句，我们开始吧——

不等姜彧的话说完，我的唇已覆上她的，轻柔地啃咬着。在她不满足而轻散唇瓣时，我的舌灵活地进入，她的舌也及时迎上，轻柔地缠上我的，之后就这么缠绵着……

这种事的结果可想而知。后来在姜彧的小屋里，我们果然叫人看见了。开头是被路过的晁雷从窗户里影影绰绰地看见，后来又被有意无意推门进来的黄飞虎结结实实地看见。再后来整个朝歌城都议论纷纷。据我所知，姜彧好像并不太害怕被人看见。

我在饭铺安下身后，晁田、晁雷兄弟俩又回到了我的身边，他们在朝歌城无依无靠，吃饱饭都是个问题，于是也热衷于我做的猪头肉。兄弟俩没有钱，每次来的时候都是哈喇子流的满胸满怀。我对此视而不见。

晁雷胆子大，会趁我跟姜彧不注意的时候伸手指在熬着的汤汁里面蘸一下。汤汁是滚烫的，烫得晁雷直龇牙咧嘴，然后迅速放到嘴里嘬。晁雷做这些的时候，晁田看得口水又流了一地，等晁雷把指头从嘴里恋恋不舍拿了出来，晁田赶紧抢了过来，把晁雷的手指塞进自己的嘴里。接着晁雷一阵吱哇大叫，然后大骂晁田，你他妈的把我的手当成猪肉了，你都啃出骨头了。

我捂着肚子哈哈大笑，他们俩也冲着我傻笑，我说，我笑得肠子都要断了。

他们也跟着说，我们也把肠子笑断了。

笑完之后，晁雷拉着哥哥走到我跟前，谦卑地说，子辛大哥，你是朝歌城最年轻有为的人了，迟早要当大商的大王。

晁田也跟着说，子辛大哥，你是朝歌城最年轻有为的人了，肯定要当大商的大王。

我愣了下，紧接着应和说，我要是做了大王，就封你们俩做将军。

晁田、晁雷兄弟俩一听这话，接下来就在街角追逐打闹了足足半个时辰，弄得街上尘土飞扬。晁雷一会儿踢过去左脚，一会儿扫过去右腿，一会儿是螳螂脚，一会儿是扫荡腿，晁田蹦蹦跳跳左躲右闪，不让晁雷碰着他。晁雷像矛一样进攻，晁田像盾一样防守，兄弟俩哈哈笑个不停，笑出了眼泪，又笑出了鼻涕，最后是弯下腰来咳嗽不止。

我看着他们俩兴高采烈，自己也很感动，觉得自己真能当大王一样。

其实，当不当大商的大王我没有太多兴趣，但晁田、晁雷兄弟俩的话还是让我心花怒放。后来我就收留了他们。

饭铺的生意好，晁田、晁雷正好可以帮忙捡柴烧火，他们做起这些事也是尽职尽责的，这样一来也解决了他们吃饭的问题。

另一个来找我的人是邑姜。

这时的邑姜已经十七八岁了。姑娘十八一枝花，邑姜十八花上花，楚楚动人的邑姜一旦走上大街，大街上所有男人的眼睛都直愣愣了。这些男人要么太老，要么太小，都是敢看不敢言的货色，只有我满腔热情地迎上去，像个老相好似的对邑姜说，你屁股又圆了。

邑姜能来找我，我没有想到。我对这件事的解释是，邑姜喜欢上我了。

对此我是有自信的，我长相中庸，虽说不上英俊，但也不丑，而且出身名门，自然也是多才多艺，年轻有为，虽然说起来在朝歌城的名声不太好，但也算得上是有名气的人。何况如今朝歌城凡是年纪差不多的男人都去了东夷打仗，所剩之中，像我这样仪表堂堂的男人也并不多见。

邑姜却并不满意我的这种说法，她说她只是对我的猪头肉感兴趣。她还对我说，她觉得我们俩之间有未了的缘分，假如不亲眼看到我潦倒而死，或者看见我吃得脑满肠肥中风而亡，缘分就不能尽。

对于这个缘分，我没有说有，也没有说没有。我没有想这个问题——虽然我对此并非不关心。我的内心被别的东西占据了。

事实上，我还是很想跟邑姜睡觉。她是朝歌城最美丽的女人，就是街上的傻子看到她都会止不住地流口水，趁她不备的时候去掀她的裙子，我又怎么能不动心呢。

一看到邑姜，我一般的表现是脸红了，脖子粗了，脑子乱了，身子飘了，下体硬了，话多了，口没遮拦了。

邑姜倒很坦然，不为我的龌龊想法和下流语言所动，只是痴痴地笑，然后大口大口地吃猪头肉，吃得嘴巴周围全是汤汁。

我说，你吃东西的样子很丑。

邑姜也不答话，抬头瞪我一眼，我就不敢再多说什么了。

我始终没有向邑姜表白，这是我的自尊，虽然我想和她睡觉，但我也不能低三下四。再说我有我的妲己，那可是全天下最美丽的女人，区区一个邑姜怎么可以跟妲己比呢。

邑姜似乎是知道妲己的事情的，她每回见到我都是不咸不淡地问上一句，子辛公子，你的妲己什么时候回来啊？

我的回答是，快了吧，下回黄飞虎回朝歌城的时候兴许就带回来了，那可是绝代尤物啊，可是比你漂亮不知多少倍的。

邑姜听到我这样说，气得满脸青紫，气呼呼地骂道，你就等着吧，让黄飞虎给你找个哑巴，不会说话；或是找个低智女人，废话成堆，但是不会做饭。

妲己

饭铺外的大槐树谢光了叶子，显出一丝丝散开的层次繁复的枝。

这一年秋天朝歌城风平浪静，人畜无事，街道两旁的不少店铺因为人烟稀少而关了门，台阶上落满了枯枝和落叶，偶尔会有麻雀飞临，叽叽喳喳的，或是野狗在附近徘徊，对着街上来往的人们热情地吠叫。城里的风景，繁荣中透出一点凄凉。

这个时候离帝乙和黄飞虎回朝歌城的日子也就不远了。

这是帝乙征伐东夷的第四个年头，前方传来的消息说，我们已经打败了东夷人，抢光了他们所有的母驴和女人，用不了多久我们朝歌城的男人们就要回来。朝歌城的女人们自然是喜气洋洋，盼望着自己的男人回家。

我的期许依然存在，我等着黄飞虎带回那个绝世尤物，那个叫作妲己的女人。

黄飞虎常说我们朝歌城的女人，有胖的，有瘦的，有敢骂爹的，有想调戏娘的，有长雀斑的，有臀下垂的，有心事重重的，有阴狠刻薄的，有月经不调的，有未婚先孕的，就是没有像妲己一样的美人。

妲己是我的女人，这是注定的。

没人的时候，我时常揣测妲己的模样，她要比邑姜漂亮，奶大腰窄嘴小，她一说话，就能让我从上嘴唇边边到尾巴骨尖尖都是热辣辣的。

我天天盼望着黄飞虎的归来。那一年我十七岁，已经不再是一个孩子了，对于男女的那点事也相当了解了。

我固执地认为我应该有自己的女人了，对于这一点，我的母亲妇戊是应该了解的。我曾经向她表达过我的意愿，她的回答是，饭铺的姜或不是挺好吗？

我说，我要娶个最心仪的姑娘，她奶大腰窄嘴小，她喜欢我拉着她的手，听我胡说八道。姜或有姜或的好，可我要是找女人的话就得找一个比邑姜还要美丽的。

一听到邑姜的名字，妇戊气不打一处来，骂骂咧咧道，别做梦了，那么大一个姑娘了，天天往街上跑，我一眼就看得出来她是个骚货，你就接着去浪吧，找个骚货，跟你爹一个德行。

这么多年来，我对妇戊的咒骂已经习以为常，如果有几天我没有回家，没有被妇戊骂的话就会觉得很不舒服，非要找个机会让她痛骂。说来这也不难理解，她是我的母亲，除了她没有人那么痛骂我，但除了她也没有人把我当亲生儿子对待。

妇戊骂完了，我便心满意足地走出家门，直奔城南的饭铺。

回来的当晚，我觉得和姜或无话可说，但我看出她在等待我伸手去解开她的衣服。说实在的，我已经伸手准备这样干了，但是我又觉得这黑色衣服有点陌生，就顺嘴问了一句。她说是她新做的。我问什么时候做的，她说前天。忽然间，我情绪一落千丈，就缩回手去。

又过了一会儿，我把手朝她伸去，中途又改变了主意，用目光在她胸前一瞟，然后说，自己解开吧。

她把衣服解开，我就看到了一对小而精致的乳房，很好看。

又过了一会儿，我说，睡吧。

说完，我闭上了眼睛，再过了一会儿，姜彧吹灭了灯，我们俩都在黑暗中了。但是我翻来覆去睡不着，就又趴到她光洁、狭窄的背上了。以前没有这样弄过，但是这样弄了以后，也没觉得有什么新意。

后来她对我说，你没以前硬——这么说你不介意吧？

我也不说介意，也不说不介意，一声不吭地坐起来，然后在黑暗里抓起我的衣服，说道，我回去了。

与此同时姜彧翻身起来，在黑暗中死死盯着我。她的眼睛在黑暗中闪着荧荧的光，这是我以前没有注意到的。

我让她这么一盯，倒有些紧张，有些良心不安。我呆若木鸡，一种虚幻而巨大的安静包围着我们。

姜彧觉察得出我这些日子里的心神不宁，所有朝歌城的人都知道，帝乙就要回来了，黄飞虎就要回来了，他还要带回那个叫作妲己的女人。姜彧对这一切都是心知肚明的，这些天她看起来很是忧伤。

这四年来，一直是姜彧陪伴在我身边。她不怎么说话，只是很是温顺地躲在我的一边，帮我做猪头大菜，或是听我胡说八道，总之对我百依百顺，也总能让我称心如意。

在某些情况下，猛地一刹那，我会觉得让这样一个少言寡语的人做自己的女人也是件不错的事，毕竟我们已经睡在一起了。但那也只是一刹那，很快我就会意识到她太不漂亮，且出身卑微，根本不配做我子辛的女人。

姜彧不动声色地点着灯，屋子里充满了光明。她抬起头，神情有点犹豫，还有点害羞，她用手开始摸我的下巴。我注意到那只手在灯光下散发出一道湿润苍白的光芒，她有着纤细而柔软的手指，然后她的手指在我身上长久地划过，阴冷而湿润，像是蜗牛带着黏液缓缓爬行。

不由自主地，我伸出手，用指甲分开她的指尖，沿着指侧泄下去，交缠在指根。两只手掌暖暖地揉搓着，压按着，抽动着，大概彼此脉搏相同。

后来我感觉到姜彧在小声哭泣，于是赶紧抱住了她，她的泪水在我胸前弄湿了一大片。

第二天一大早，我就把晁田、晁雷叫到饭铺，告诉他们说赶紧去城外捡柴火，朝歌城的士兵们就要回来了，我们又有大生意做了。

他们揉着惺忪的眼睛，极不情愿地出发了。

朝歌城的人一直都认为我是个没心没肺的人。在朝歌城的日子里，我吃饭，我睡觉，我在街上闲逛，我无欲无求，我浑浑噩噩，我得大自在，我脑袋里有全天下最荒诞的思想。但是他们不能体会我精细的内心深处，不承认我是个很有理想抱负的人，他们只能感到我荒诞思想的伟大力量并且对我的特殊能力充满崇拜。我把我做的猪头大菜给他们吃，他们说禀赋奇特，厨功深厚，比他们吃过的所有食物都要好吃。但是他们总认为我将来会用更简单直接的方式过活，比如帝乙的财富足够我衣食无忧，颐养天年，我大可在声色犬马中忘记我曾经学习过杀猪和现在掌握的超常厨艺，像其他贵族一样猪马般死去，不复被人记起。

这只能说明他们浅陋，对我不甚了解。

我有充分的理由相信自己一定能够成为一个了不起的人物，即使做不了一个技艺精湛的屠夫，至少也可以像现在这样成为朝歌城人人皆知的好厨子。

这些日子来我很少睡好觉，我在揣摩着猪头大菜是否可以改进，等到帝乙回到朝歌城的那天，我亲自送上我的大作，也好让他知道我子辛并非一无是处。

当然，更重要的是，我要让妲己这个世间最美丽的女人品尝到这世间最美味的食物。她是我的女人，这是注定的。

我十七岁的那年冬天，我的父亲帝乙带着朝歌城的男人回来了。

黄飞虎也回来了。

我没有看到妲己。

第二章 遇

惨淡

我过十八岁生日那天，在朝歌城的大街上，也就是在东城邓九公家的裁缝铺外面，看到一个父亲一只手环抱着儿子，一只手托着棵白菜。后来那棵托着的白菜掉了，孩子从父亲的怀里跳下去捡白菜，接着一辆驴车驶过来，车把式没有留意到，车轮从孩子头上碾了过去。孩子的脑袋就那样碎在地上，像开败的花。

我的十八岁就是这样开始的，注定是一个多事之秋。

这时候，帝乙带着他的士兵们已经回到朝歌城一年多了，这一年多的朝歌城没有欢声笑语，反而是愁云惨淡。

众所周知，帝乙带领的商族人马的确战胜了东夷人，可结果并不那么令人满意。朝歌人损失惨重，帝乙带走的那些士兵，还有陆陆续续奔赴沙场的精壮男人们，多数死在了东夷，而且朝歌人并没有抢到东夷的女人，就是母驴也没有带回来几头。最令人不安的是东夷人并没有被一网打尽，用黄飞虎的话说他们随时有可能卷土重来，找朝歌人报仇，杀朝歌的男人，睡朝歌的女人。说实话，这是一场得不偿失的战争。

帝乙和微子都受了伤，据说还很严重。一块伤在帝乙的脸上，是被东夷人的利箭擦过，留下了很深很难看的疤痕，帝乙也因此而闷闷不乐，整日里骂娘。至于微子的伤，好像没有伤在脸上，他的脸依旧英俊，但每日里都阴沉得厉害，不怎么说话，一说话就跟人急，态度太凶恶，简直像个急色鬼。

这场战争中，唯一得意的就是黄飞虎了。他从一个杀猪的摇身一变成了一个大将军，人称武成王。他一扫以前有气无力的模样，在朝歌城里可以耀武扬威地行走了，那神态像一只骄傲的公鸡。

街面上的人见到他都要客客气气的，招着手热情洋溢地邀请他去家里坐坐，或者喝杯茶、吃顿饭。黄飞虎对此心安理得，但从不接受街面上的人的邀请，他的回答一律是，公事繁忙，改日再说。

这句话是打着官腔说的，一点也没有了他杀猪时的那种随和。这也让街面上的人很不痛快，暗地骂黄飞虎，这狗东西，太过分了，自己发达了，不认识咱们这些泥腿子了，让他美吧，他晚上不是照样没用嘛！

的确，黄飞虎的飞黄腾达并没有让他的夫人贾婆娘高兴。

黄飞虎的夫人贾婆娘似乎生下来就是跟黄飞虎作对的，所有人都不明白黄飞虎怎么会娶了她。这贾婆娘长得不能叫丑了，简直就是惨不忍睹。黄飞虎见了她如同耗子见了猫，让他往东他不敢往西，让他打狗他不敢撵鸡。平日里万人景仰的武成王居然怕老婆怕成这样，着实是一件非常有趣的事情。

后来再看到黄飞虎那狼狈的样子觉得其实很有意思，那样子远比他在街上耀武扬威的样子可爱得多。

我对黄飞虎的痛恨无以言表，他让我在朝歌城等了整整四年，却没有带回来那个叫妲己的女人。我甚至开始怀疑这一切都是他编造出来的谎言，故意欺骗我的。我也曾经从其他从东夷回来的朝歌士兵那里打听妲己的下落，他们也只是听黄飞虎说过，但从来没有见过妲己的真面目。

至于为什么在第四年都没有把妲己带回朝歌城，黄飞虎给我的解释是：战事吃紧，无暇他顾。

我气不打一处来。起初我脑子里有个简单的想法，要不要在黄飞虎家门前撒一泡尿，给这个耀武扬威的将军做个纪念？转念一想，我又不是个小孩子，不该干这种幼稚的事了。于是我在一个晚上在他家的外墙上，画下一只垂头耷脑的阴茎，软塌塌的像面团，栩栩如生，还故意注上一排字：武成王威武。

第二天一大早，整个朝歌城的人都在谈论着我的那幅大作，说也不知道是谁那么妙笔生花，画出了黄飞虎的那股神韵。

黄飞虎自然气急败坏，满脸怒色地跑到饭铺找我理论，问我那幅画是不是我画的。

我不说那是我画的，也不说不是我画的，只是很暧昧地说了一句，谁画的都不要紧，要紧的是那是事实，是个客观实在。

黄飞虎这下真的火了，脱掉衣服准备跟我拼命。我丝毫不畏惧，拎起一根吹火筒就要迎战。姜彧吓得尖叫着躲进了里屋，姜寡妇看不下去了，大吼一声，你们两个王八蛋，要打出去打。

我跟黄飞虎面面相觑，不知如何是好。后来我先拎着吹火筒走到了饭铺外面，黄飞虎看我出去了，也抱着衣服到了外面。

这时候，饭铺外已经聚集了一些人，都不怀好意地看着我们俩，嘴里发出快乐的笑声。他们的快乐感染了很多路人，在饭铺门口，在早晨人来人往的朝歌城街上，在和煦的阳光下，到处都有人以快乐回应快乐，以笑声回应笑声。

我和黄飞虎重新拉开架势，但谁也没有先发起进攻，只是僵僵地站在那里。

饭铺外围拢的人越来越多，个个踮着脚，伸长脖子，像一群鹅。我们长久的僵立引起了他们的不满，有人骂骂咧咧地说，你们什么时候开打啊？我等得脖子都酸了。

接着是更多的人开始骂骂咧咧，说些很难听的话。

过了一会儿，我首先放下了吹火筒，朝黄飞虎说了句，看你年纪大了，这回就饶了你，你走吧。

黄飞虎也收起架势，没好气地哼了一声，说，你等着，小子，早晚叫你好看。

说完，黄飞虎披上了衣服，若无其事地要走，围拢的人很失落地让开了道路，我喊了声，不送。

黄飞虎也不回头，径直走出了人群，走到了大街上。街面上的人也不知道是谁冷不防地喊上句，武成王威武。

黄飞虎昂起头，仿佛没有听到，继续阔步行进。于是就有更多的声音喊道，武成王威武。

从此以后，街上的人一看到黄飞虎就会喊上一声，武成王威武。这成了我们朝歌人的一大习惯，一直到黄飞虎死了。

黄飞虎渐渐地就习以为常了，就像当初街面上的人谈论他没有用一样，他不去反驳，也不去争辩，每天照样活着舒舒服服，自自在在。这充分说明，任何一句话，哪怕是有辱尊严的，骂十八代祖宗的，也不过是一句话而已，只要习惯了，也就无所谓好坏了。

倒是我有些良心上的不安，毕竟黄飞虎是我的师父，曾经还是我在朝歌城最为亲近的人，我是不应该那样去奚落他的，这有失我作为一个徒弟的本分。更何况，黄飞虎也许真的是有些难以克服的难处，才没有把妲己带回来的。

我这么一想，就越发觉得自己不是个东西了。于是在几天后的一个晚上，我抱了罐自己新做的猪头肉，又让晁田、晁雷各抱了一坛姜寡妇新酿的酒，去给黄飞虎赔不是。

看到我来了，黄飞虎也不多说什么，拿过猪头肉就开始大口地嚼，嚼得咬牙切齿，直喘粗气。然后我又递上酒，黄飞虎又二话没说就喝了起来，喝完了他把酒坛往地上一放，就哇哇哭了起来。他这一哭，我心里就更不是滋味了，赶紧劝上几句。

好不容易，黄飞虎终于止住了哭声，擦了把眼睛，又抹了把嘴巴，声嘶力竭地骂了句，你他娘的该千刀万剐的子辛。

本分

十八岁这一年，我是在浑浑噩噩中度过的，能记起的事少得可怜，自然很不快乐。

自打东夷回来，我的父亲开始不停地喝酒，有时喝多了会把我抓过去饱揍一顿。这一点我当时无法忍受，我已经十八岁了，还被他揍得嗷嗷乱叫，最重要的是我又不能还手，这让我在朝歌人面前颜面无存，更加地抬不起头。

在很多人眼中或许他不算是个好父亲，但在他死后的很多年里我竟然经常会怀念他的拳头。这一点是我意想不到的，可转念又一想，揍我对我来说虽然不是件舒服的事，但总比沉着脸，整天不搭理我强，至少帝乙把我当成儿子看待了，要不也不会那么用力地揍我。

我母亲的变化似乎也不小，在一些人少的场合竟然会很温柔地跟我说上几句。主要是，子辛啊，你一定要多跟长辈学习，一定要好好做人，一定要志存高远，一定要脚踏实地，一定要为百姓着想，一定要少喝酒，一定要少睡女人，如此，朝歌城才有希望，大商族才有希望。

也不知道哪来那么多“一定”，很莫名其妙。见我不解，妇戊也不多解释，只是捂着嘴偷偷地笑，然后很诡异地说一句，这是你的本分。我更是莫名其妙。在我看来，我们这个时代之所以这么乱，就是人们不守本分。这个时代需要每个人都尽本分，把该做的事情做好，种麦子的把麦子种好，杀猪的把猪杀好，做泥水匠的把墙砌好，做厨子的把菜烧好。我是个厨子，烧出可口的菜是我的本分。至于其他，那是别人的本分。

比如说睡女人，我还是觉得多睡一个是一个，万万不能少的，反正你不睡的话总要有人睡。

我过十八岁生日那天，打算在晚上引诱邑姜，因为邑姜是我的朋友，而且胸部很丰满，腰很细，屁股浑圆。除此之外，她的脖子端正修长，脸也很漂亮。我想和她睡觉，而且认为她不会太反对。

我把晁田、晁雷两兄弟叫到跟前，指使晁田抱一只鸡，晁雷牵一头羊，去往邑姜的家，让他们通告邑姜，我打算晚上和她幽会。

晁雷的心思多一些，有点不解地问，晚上不是就睡觉了，还幽会什么？

我语重心长地向他解释，说，其实幽会就是要睡觉的意思，但不能那么说。

晁雷依旧是一知半解，还在想两者的区别，我摆了摆手，让他们赶紧出发。

兄弟两个吸着鼻涕唱歌似的喊叫，先是把“子辛要和邑姜幽会”喊出去了一条街，接着把“子辛要和邑姜睡觉”喊出去了第二条街道。当他们喊到邑姜家门口时，才想起来我的话，不准他们喊“睡觉”的，他们开始往回喊叫。当他们再往回喊叫时，怎么都想不起来“幽会”这个词了。

兄弟俩站在邑姜家的大门前东张西望，他们用手擦着鼻涕，又把手上的鼻涕擦到屁股上，把屁股上的麻布擦得像是蚰蜒爬过似的亮晶晶，他们仍然没有想起来“幽会”这个词。最后，晁雷一跺脚，喊起了，邑姜姑娘，子辛要和你睡觉！

他们是这样喊的，后果自然很严重。

没多久，兄弟两个就回来了，空着手，一副垂头丧气的样子。我仔细看，晁田的鼻子歪了，沥沥啦啦地往下流着血，把胸前洇湿了一大片，晁雷的左眼乌青一片，衣服也被扯破了。

我想到了情况不妙，但还是问道，你们见到邑姜了吗？

两人摇摇头。

我有些生气，继续问，那你们带去的羊和鸡呢？

两人恨恨地说，让商容的家人抢走了。

我一下子变得很失落，想想这事办得真是得不偿失。我深深觉得不能咽下这口气，于是狠下心来，准备亲自出马，去商容的府上讨个说话，至少也要把鸡和羊讨要回来。

我走向首相府的时候，一副怪诞相，眉头拧在了一起，面颊紧贴着嘴角，手臂的里面青筋裸露，我用这种姿态表示我决不妥协的决心。晁田、晁雷兄弟俩对我抱以很大的期望，二二忽忽跟在后面，晁雷神情凝重，晁田叉手于胸，走过街道时，他俩故意弄得尘土飞扬。

我刚走上大街，就遇见一个矮胖子，圆脑袋，圆下巴，三角眼，手上提了一串青蛙，看起来有点猥琐。他拦住我上下打量着，我正窝了一肚子火呢，上去就给了他一个大嘴巴，骂道，死胖子，你看我做什么？

那矮胖子真的是好涵养，眼瞅着五根手指印从他的脸上慢慢地凸现出来，他竟然咧嘴朝我笑了一下，说道，年轻人好力气。

看他这个德行，我的气竟然一下子消了一半，又觉得这个矮胖子有些眼生，于是就多问了一句，你哪里来的，干什么的？

矮胖子嘿嘿朝我笑了一声，然后什么都没说，转身就走了，鬼气森森的。

这么一来，本来还要去首相府讨说法的我，一下子泄了气，觉得很没有意思，于是在街上漫无目的地逛了一圈，天暗下来时又回到了饭铺。

邂逅

朝歌城的男人们回来了，朝歌城的女人也就有了事情做，晚上在房屋里面拼命号叫，白天则在大街上四处乱逛，相互之间讨论着谁家的男人更为生猛。

不到一年的光景，家家户户添起了新丁，之后就更一发不可收拾，无数个小孩被朝歌城精力充沛的男女们在夜晚种出来，朝歌城马上就又要人丁兴旺起来了。

由于生育和哺育过于频繁，又不习惯像姜寡妇那样戴胸罩，街上女人的乳房都是很疲惫地垂挂下来，显得大而无当。我看到她们在街上走，只注意到乳房在来回穿梭，似乎抱怨着什么，也似乎是炫耀着什么。我对那些乳房的印象也不好，所以，尽管它们对我完全开放，却从来没让我产生过兴趣。

我穿梭在朝歌城的大街上，来来回回于饭铺和邑姜的家之间，总想跟她有个邂逅什么的。但我见到她的机会越来越少，商容应该是不希望我跟他的宝贝女儿有什么关系的。

我百无聊赖，终于回归黄飞虎的家。此时的黄飞虎渐渐地安静下来，毕竟战争结束了，快刀杀人的机会少了，但没有回归他屠夫的本分，没有继续用他绝无仅有的技艺杀猪卖肉，只是偶尔心血来潮杀个一两头，练练手，好让自己的快刀不至于迟钝。

这让我想起了我十三岁时的理想。

那时候的理想是做一名非常出色的杀猪的，没想到几年以后我成了一名非常出色的厨子。这种变化一是说明了世事难预料，二是说明了理想和现实之间的差距是很大的。

我当初选择杀猪最主要的原因是可以有肉吃，又能掌握一手安身立命的技艺。但不承想黄飞虎根本没有教我真本事的意思，在他家里的一年多也没有看出来什么门道，这也说明我不太适合做这一行。而且我去学杀猪的第一天就有人说，瞧瞧你长的这模样这身段，杀猪真可惜了。后来我自己对着镜子看了半天，发现他们说得很对，跟杀猪的长相差距是很大，既然上天没把我长成杀猪的模样，那我就得去做厨子吧。

黄飞虎对此不以为然，他说他小时候的理想是做一个泥水匠，之所以立志做一个泥水匠是有原因的。有次下雨把他们家的院墙淋倒了，黄飞虎的父亲当时已经不在了，因此砌墙的任务便落到了黄飞虎头上。黄飞虎在砌墙的时候找到了久违的乐趣，要把那些粗细均匀的黄土夯成厚度一致两面光滑的一堵墙，这不仅仅是力气活，也不仅仅是技术活，这分明是一门高深莫测的艺术啊！于是当墙夯完以后，黄飞虎基本上已经把自己的伟大理想定下来了。

可等黄飞虎大到应该养家糊口的年龄时，他并没有成为一名泥水匠，主要的原因是当时泥水匠的数量过多，而盖房子夯墙的活儿又太少，为了生存，他只能放弃，改做了一个杀猪的。其实黄飞虎长得也不像一个杀猪的，瘦小枯干的，但他还是成了朝歌城最为出色的杀猪的。

黄飞虎得出的结论是，一个人该干什么并不取决于他的长相，这跟天赋和机遇有关。

杀猪绝对是要有天赋的，在很短的时间内黄飞虎就掌握了所有的技巧，并且从没失过手。当然杀猪也是很有讲究的，一般差不多的屠夫都要求一刀拿下，倘若第一刀没杀死，那就非常掉价。猪醉倒了以后，黄飞虎会神态自若地放下酒坛拿起屠刀，到了猪跟前，摆一个类似大鹏展翅的造型，然后出手，收刀，一气呵成面不改色，那猪连一声都没出就驾鹤西游了，然后有一大堆人等着给他喝彩。

至于现在，黄飞虎基本上算是一名非常出色的刽子手，那就跟机遇有关了。要不是帝乙征伐东夷，黄飞虎也不会改行杀人。黄飞虎经常在杀人的时候想起杀猪的情形，尖刀刺进对方的身体内和杀猪刀抹断猪的脖子的那种感觉其实差不多，同样也有一大堆人等着给你喝彩。如果是于百万军中取敌将首级，那就是全天下的人为你喝彩了。

就黄飞虎从一个泥水匠改行做了个杀猪的，再由一个杀猪的变成了一个杀人将军这件事来说，在很多人看起来是很幸运的，黄飞虎自己也觉得很自豪。毕竟，相对于一个泥水匠，或者一个杀猪的来说，一个耀武扬威的将军自然有更多的优越感。当然这需要的是天赋和机遇，换了我子辛是万万不成的，这或许就是黄飞虎不教我杀猪，帝乙不带我打仗，然后我在朝歌城成为一个厨子的全部原因吧。

还好我现在并没有羡慕黄飞虎，而是自得其乐地做我的厨子。

在我跟黄飞虎和好后的一天，我们坐在他家的院子里聊天，一个矮胖子走了进来，不是别人，就是几天前手里提了一串青蛙，被我打了一耳光的那个人。

这人进了门，也不认生，把手里提的那串青蛙摆在地上，拉把椅子就坐在我们身边。他说他是个算命的，说什么都要给我算一卦。

开始我不同意，觉得这人长得很猥琐，不像个好人，前两天我又动手打过他，不知道他今天葫芦里卖的什么药。黄飞虎倒对此人很感兴趣，问他算卦要什么报酬，那人说只要一挂大肠就可以了。

黄飞虎点点头说值，然后叫贾婆娘提了一串大肠出来，于是我也就同意了。

他让我随便写个字，我说我不会写字，他嘴里嘀咕道，又是一个没用的人。

然后提起青蛙和大肠，起身就要走。

我很生气，觉得他是在故意戏弄我，于是跑上前去，干脆利落地又给了他一耳光。

这一巴掌比上一次打得狠，那矮胖子顿时从嘴里吐出两颗带血的牙齿，然后一脸平静地看着我。我也觉得下手有些狠，但既然打了，也就没什么可说的了。

黄飞虎赶紧起身拉架，嘴里说，何必呢，有话好好说，就一挂大肠而已嘛。

矮胖子还是不说话，鼻子里哼了一声，撂下大肠，提着青蛙扬长而去。我跟黄飞虎面面相觑，感慨道，如今的朝歌城真是什么人都有啊。

接下来的几天，我一直心绪不宁，觉得这个矮胖子十分可疑。心想要是再碰到他，一定要问个清楚，看这人到底是干什么的。

没有等太久，我就又见到了他。

那天下午我赶回姜寡妇家的饭铺时，发现他就坐在里面，正在给人算命，一堆人围绕着他，姜寡妇还不停地端茶递水。

这矮胖子自然也是很投入，一会儿眉头紧锁，一会儿摇头晃脑，一会儿又长吁短叹，我看他这样子觉得很不舒服，想走上去再给他一个耳光。但转念一想，我得弄清这个人的底细，于是沉住气，静静地观察起这个人来。

这人个子不高，脖子也短，脑袋下面几乎没有过渡，直接到了肩膀，是个大胖子，皮肤出奇的白皙，长长的头发抿得黑亮，套一个屎黄色的发箍。看样子将近四十岁，爱时不时张嘴，但不是打哈欠，上下颌一咬一咬，只为活动个筋骨，能听到筋骨的“嘎嘣嘎嘣”声。

我盯着他看了半天，天色暗下来后，围着他算命的人渐渐地散开了。这人还是稳稳坐在桌子旁，然后很坦然地抬头看了我一眼，好像不认识我似的，说，你也要算命吗？

这回我赶紧点点头。

他又语气和缓地说，不用算了，你是个没用的人。

他要是不说这句话，我或许就不会愤怒了，也就不会第三次打他耳光了。我也曾一瞬间意识到我应该有些涵养，不能动不动就去打人，但我还是没有把持住，终究是把他打了。

这一次没有再打掉他的牙，因为他看到我冲上去扇他耳光时，赶紧伸手护住了两边的脸。我看没地方下手，就朝他的大脑袋打去，打得也不轻，我的手生疼生疼的，他整个人也被打翻在地。

姜寡妇看我把矮胖子打倒在地，高叫着奔上来，推了我一把，然后赶紧去扶矮胖子。我本来还想再去踹上他一脚的，结果被姜寡妇一闹，也踹不成了，只是气呼呼地望着那个矮胖子。

我看姜寡妇对待那胖子的态度，也明白了一些门道，这胖子跟姜寡妇肯定是有一腿的，他一定也爬进过姜寡妇的被窝。

但一想到姜寡妇竟然让这样一个男人爬进她的被窝，就又觉得好笑，于是坏坏地看着他们俩。见我这副表情，姜寡妇没好气地瞪了我一眼。

我觉得很没趣，只好再把气撒到那胖子身上，很严肃地问，死胖子，你叫什么名字？哪里来的？

胖子刚从地上爬起来，还有些惊魂未定，我这么一问，竟不知道回答了。倒是姜寡妇先搭腔了，他叫姜子牙，东夷来的。

姜子牙

一个月总会有一两天，不想说话，不想吃饭，不想做猪头肉，只是一味的厌烦。为了排解这种极坏的情绪，我一般把目光投向姜寡妇，看她那软塌塌的一团肥肉，心里就会忍不住开心。

姜寡妇到了四十岁还是很漂亮。

她的头发依旧像二十岁时一样，又黑又长。但是她说自己已经老了，这是因为她的发梢都分了叉，就像扫帚一样。因为这个缘故，静夜里可以听见她身上发出沙沙声，好像一盘小蚕在吃桑叶一样。这是因为她的头发梢正在爆裂。在夜里还能看见她头发上爆出细小的火花，好像水流里的金沙。她的头发好像一团黑雾一样捉摸不定，这是因为头发的末梢像一团蒲公英。而年轻时不是这样的。

姜寡妇的皮肤依然白皙平滑，但是已经失去了光泽，这是因为她已经有了无数肉眼看不到的细小皱纹，一滴水落上去，就会被不留痕迹地吸收掉，洗过澡之后，身体就会重两斤。她的眼睛已经现出象牙似的光泽，而年轻时姜寡妇的眼睛却没有光泽，黑色而且透明。她的身体现在很柔软，而年轻时她的身体像新鲜的苹果一样有弹性。所以姜寡妇说自己已经老了。

老了和漂亮没有关系，仍然有很多男人爬进她的被窝，乐此不疲，包括那个叫姜子牙的矮胖子。

后来的日子，那个叫姜子牙的人竟然在饭铺住了下来。真是想不到，姜寡妇到底是什么用意。

姜子牙依旧是一个可疑的人，如姜寡妇所说，他的确是个东夷人，可朝歌人刚跟东夷人打过仗，两边人应该是仇恨得不共戴天才对，而这个姜子牙对朝歌人却没有丝毫的恨意，相反他在这里生活得倒有些其乐融融。

最关键的是，他竟然跟姜寡妇同样姓姜，我也曾经旁敲侧击地向姜寡妇打探过，但她的口风很紧，一口咬定姜子牙是个身世清白的人，他之所以对朝歌人没有恨意，那是因为姜子牙以前是个奴隶，是朝歌人打到东夷之后，他才得以脱身，变成一个可以自由生活的人，他对朝歌人应该是充满感激之情的。更何况，朝歌城的东夷奴隶并不在少数，后街陶匠姚中家就有几个，他们做起工倒比姚中还要仔细，烧的陶器很受朝歌人喜爱。

对于姜寡妇的解释，我也不做过多的揣摩，姜子牙这样的一个矮胖子自然在朝歌城翻不起什么大浪。但我还是看他很是不爽，这主要是因为他对我爱答不理，还有他手上老那么提一串青蛙，实在让人有些匪夷所思，甚是讨厌。

这是姜子牙无数古怪之处中比较大的一桩。那些青蛙是用细麻线串起来的，起初只有大拇指大，还拖了一条从蝌蚪变来的尾巴，后来就长到了有蒲扇那么大，四条腿都很肥，上半截身子是墨绿色的，肚皮则是白里透蓝，靠姜子牙捉来的苍蝇为生。每次出去，姜子牙总是光着膀子，把这一串青蛙挂在肩膀上，跟人说话时，则提在手上。

这青蛙白天倒没什么，但是半夜里它叫起来也是非常的讨厌。姜子牙找了一个大木桶，到晚上的时候就把那串青蛙装在桶里，再放在屋顶。后来，我就想把它们杀掉，不让它夜夜蛙鸣，要知道它们叫起来实在吵人。

姜子牙似乎知道我的心思，故意把桶放在屋顶，并且把梯子搬到了他跟姜寡妇睡觉的那个屋子。我虽说恨得咬牙切齿，但也爬不上高高的屋顶，于是只好在白天拿姜子牙出气。

姜子牙平日里就是走街串巷给人算命，竟然有一些朝歌人认为他算得很准，在街面上慢慢地受人待见起来。这样一来，我就更加瞧不上他了，发誓一定要找机会收拾他。

大概是刚入夏天的一个傍晚，我从黄飞虎家出来，准备在街上随便看看，不巧正好碰到了姜子牙。

他正低头走路，看起来很累的样子。

我喊了一声，死胖子——

他好像没听见似的，头也没抬，还往前走。

我清清嗓门，又大叫一声，死胖子，你给我站住——

这回他倒是听见了，但只是稍微愣了一下，依旧头也不抬地往前赶。

我顿时血脉贲张，冲过去堵在了他跟前。我堵在他跟前时，叉开了双腿，挺胸收腹，雄赳赳的像只公狗。

姜子牙终于抬起了头，张了张嘴想要说话，可话刚到嗓子眼儿，我的右拳已经一、二、三、四揍了上去，揍得姜子牙的脑袋左右摇晃。我乘胜追击，五、六、七、八又揍上去四记重拳，姜子牙的身体也摇晃起来，一下子跪倒在地。我左手一使劲，把姜子牙提了起来，然后九、十、十一、十二再往姜子牙脸上揍了四拳，姜子牙手里的那串青蛙掉到了地上，咕咕响成一片。姜子牙昏迷了似的浑身瘫软，我的左手使劲提着他，不让他倒地，右拳像是在击打一块猪肉，继续往姜子牙的脸上狠揍。把姜子牙的眼睛揍得肿成了一条缝，把姜子牙的鼻子嘴巴揍得鲜血淋淋。

我一共往姜子牙的脸上揍了三十八拳，把姜子牙揍成了一堆烂泥。最后提着姜子牙的左手没劲了，松开后姜子牙的身体像猪肉似的掉了下去，我赶紧从后面抓住姜子牙的衣服。

姜子牙跪在了地上，我左手拉着他的袍领，不让他倒地，我笑嘻嘻地对围观的朝歌人说，这像不像一头死猪？

说完我的右拳开始狠击姜子牙的背部，一口气揍出了十一拳，揍得姜子牙嘴里哎哟哎哟地响。我发现姜子牙的声音变了，不再是尖声细气了，开始发出一系列沉重的声响。

我满脸惊奇地对围观的朝歌人说，听到了吧，猪也是这样叫的。

然后我故意在朝歌人面前卖弄起来，往姜子牙背上狠揍一拳，听姜子牙嗯啊地喊叫一声。

我一连揍了五拳，姜子牙像是事先约好了一连喊叫了五声嗯啊。

我满脸的兴奋，一边揍着姜子牙，一边对围观的朝歌人说，我把他的东夷猪的本色给揍出来啦！

这时的我也汗流浃背了，左手一松，姜子牙身体完全掉在了地上，像一头死猪似的瘫在了那里。我擦擦额上的汗水，心满意足地说，今天到此为止。

算命

很多年后，我一直在想念姜子牙这个人。这是一个很奇怪的人，无论别人怎么辱骂殴打他，他从来没有生气过，一副没心没肺的样子，就跟什么事都没有发生过似的。也没有见他与谁结过仇，对什么人咬牙切齿，始终是那副爱答不理的嘴脸。

姜子牙依旧穿梭于朝歌城里，四处给人算命。朝歌人对这样的一个人起初也是瞧不上，只以为他也是一个混口吃喝的人，至于算命无非是信口开河而已。但渐渐地，朝歌人觉出了不对劲，因为他算得真的很准。

比如说，明明是艳阳高照，有人故意问他，姜子牙，什么时候会下雨啊？

姜子牙头还是不抬，声音也不大，蹦出几个字，再有一个时辰吧。

问他的人哈哈大笑，好好的天怎么会下雨呢？可一个时辰刚到，天上便是轰隆作响，接着就是大雨倾至了。

这些根本也不算什么，厉害的是他能算出任何一个朝歌人的生辰八字、家庭身世。有对他相信的人，也会问些福祸之事，算得竟也是精准无误。

这样一来二去，姜子牙在朝歌城名声大振了，但朝歌人对他并没有毕恭毕敬，反而越来越嫌恶他了。

不过姜子牙还是老样子，起早贪黑，来去匆匆，走在街上还是老低着头，谁也不理。

黄飞虎曾经在一天晚上找到姜子牙，他们在饭铺里聊了有三个时辰，估计黄飞虎是要姜子牙给他算命了。三个时辰后，黄飞虎心满意足地出来了，姜子牙竟然破天荒地送到了门外。至于两个人有过什么样的言语，我跟姜彧，还有姜寡妇都很好奇，但看样子，他们也是不会跟我们说的。

第二天，姜子牙没有去走街串巷给人算命，而是黄飞虎一大早就在饭铺外等候，然后两个人很是暧昧地互望了一眼，兴高采烈地朝商王宫走去。

不久后便传来消息，黄飞虎把姜子牙推荐给了帝乙。

我和姜彧的估计是，姜子牙马上也要飞黄腾达了。如果有这样的一个人在身边，应该会很有意思，帝乙再出征打仗的话，就会很用得着他。

那天中午，黄飞虎就陪着姜子牙回到了饭铺。出乎所有人意料的是，姜子牙面色铁青，一言不发，黄飞虎也是唉声叹气的。种种迹象表明，帝乙没有看中姜子牙。

事情是这样的，黄飞虎在向帝乙讲述姜子牙是个人才后，帝乙也没有表现出太大的兴趣，然后帝乙询问其他官员的意思，太师闻仲第一个站出来说，此人必须杀掉。

黄飞虎和姜子牙一听闻仲这么说，又惊又吓，哆嗦个不停。帝乙也很纳闷，好好的一个人，闻仲为什么说要杀他呢。

闻仲给出的解释是，姜子牙有反骨，早晚是大商的祸害。

众人都很奇怪，闻仲又没有上去摸一把，怎么就知道姜子牙有反骨呢？但太师闻仲在朝歌城德高望重，他这么一说，大家也不好反对，而且帝乙对姜子牙一点好印象都没有，也觉得他神神道道的，杀了倒是省心了。好在有黄飞虎的拼死求情，帝乙才看在他战功卓著的分上，把姜子牙赶了出去。

后来晁田悄悄地告诉我说，当时姜子牙是跟黄飞虎一起走进王宫的，依旧是对谁也爱答不理，当走过太师闻仲跟前的时候，黄飞虎朝闻仲恭敬地笑了笑，可姜子牙在闻仲跟前连头也没有抬，更不用说打招呼了。闻仲估计是觉得自己的尊严受到了亵渎，所以才要杀他的。

听了晁田的解释，我哈哈大笑，骂姜子牙真是活该。

很多年来，我一直也想不明白，为什么帝乙和朝歌城的人们对姜子牙这样一个能掐会算的人这么没有好感，如果提前告诉你事情的结果岂不是很不错的事？

在我年纪很大的时候，有一天中午我突然想起了姜子牙，终于明白了帝乙和朝歌人为什么不喜欢姜子牙了。

人之所以活着，并且很愉快地活着，其实就是对以后的日子抱着希望，希望自己以后怎么着怎么着，这时候突然来一个人告诉你说，你明年会生病死，他后年会让人砍死，这样一来人还活什么劲呢？你的一切都被安排了，那还有什么意义呢？所以人还是不要对以后了解得太多，这样生活会更舒服一点。

道理很简单：一个人能出生，纯属偶然，生在何时何地，父母是谁，兄弟是谁，也非自身能够左右，故而这个离奇古怪的世界、曲折多险的生活，对一个人来说就是命运。你不用知道命运如何，也不能抱怨命运不好，而是应该认为它好得很，只有这样，人才能更开心地活下去。

这也是为什么姜子牙在朝歌城不招人待见的原因。

自从姜子牙从王宫回来后，我却渐渐地喜欢上这个人了，因为他跟我一样在朝歌城不招人待见。

其实姜子牙的到来，给我带来了很多快乐，虽然他经常对我爱答不理，朝我翻白眼，说我没用，他的青蛙经常吵得我睡不好觉，但我也经常揍他。

我试着接近姜子牙，跟他谈理想、谈人生，慢慢地也觉得他的确是一个不错的人。

姜子牙生性寡言，平日里除了给人算命外，就是撇根树枝，蹲在地上写写画画，你问他十句话，他或许能回答一句，但一般不超过三个字。

原来我以为姜子牙这是孤傲，可后来跟他熟了，才发现他绝非孤傲。

姜子牙出身不好，他的爷爷是个奴隶，他的父亲也是个奴隶，到了他这一辈，自然还是个奴隶。他打小性格又羞涩，见了陌生人就躲着走，经常被同龄孩童欺侮。后来家中又遭变故，父母双亡，日子过得更为辛酸，加之人情冷淡，受尽白眼。幸好姜子牙日渐长大，但性格也变得更加的孤僻。

在姜子牙二十多岁时，一日遭小主子辱骂，他自始至终一言不发，待那人言辞辱及其父母时，姜子牙怒目圆睁，随手抄起一把杀猪刀来，只一刀，便结果了那小东西的性命。自此姜子牙在外逃亡了十几年。后来朝歌打败了东夷，姜子牙也就跟着来了朝歌城。

至于姜子牙那十几年都做了什么，他绝口不提，这也是我最想知道的，因为我始终想不明白，一个奴隶出身的姜子牙，怎么会是现在这种白白胖胖的模样？

其实姜子牙算命也未必准，多数情况下靠的是生活经验，说白了就是连蒙带骗。他在外逃亡十几年，虽然不怎么抬眼看人，但早就学会了察言观色。

但他却经常有意无意地装深沉，显出一副愁眉苦脸的怪模样。比如我俩一起在饭铺里忙活，这时候走进一个人，我看了一眼便说，这人肯定是要吃猪头肉。

姜子牙摇摇头说，未必。

然后那人要了份驴肉饼，姜子牙回过头冲我一乐，说，是驴肉饼。

没人时，姜子牙还经常喜欢跟我开玩笑，虽然他的玩笑并不怎么可笑。比如我俩一起骑着驴走路，他会对我说，你说这驴让人骑着，它心里在想什么？

我想了想，觉得他问这话很没意思，于是随口说了句，让你骑，一定得找机会摔死你。

姜子牙听后，点点头，说，嗯，驴是这么想的。

说到驴，我又想起一件事情。

十三岁的时候，我研究马为什么会跟驴子搞在一起。虽说是驴子们挑逗在先，可毕竟驴是驴，马是马，驴马有别啊！马们怎么就那么随意地跟驴子们乱来呢？研究了很长一段时间后，我发现没有答案。这也是我的少年唯一令我苦恼的事情了。

十八岁以后，我开始研究姜寡妇和姜子牙怎么就能睡在了一张床上，并且在睡在一起后，姜寡妇怎么就不再跟别的男人睡了。同样也没有答案。

这个世界有太多的事是没有答案的，黄飞虎对我说过。

后来的日子里，姜子牙就不再给人算命了。但他也没有找到正经事做，每天早上就骑着一匹灰色的公驴在朝歌城里闲逛，那驴的样子像只野兔子，主要是脑门和耳朵像。

姜子牙的这番举动引起了一些人的不满，这主要是微子这样的一些贵族。

微子一直不喜欢姜子牙，因为姜子牙是东夷人，微子恰好被东夷人打伤过。黄飞虎对姜子牙还可以，其实黄飞虎对谁都不错。比干他们对姜子牙也是心存戒备。其实姜子牙做事很本分，我没有看出他有一丝想造反的意思，不过闻仲既然说他有反骨，那自然比我说一千一万句都要有用。

有很多事情都是先入为主，也有很多事情是无中生有弄假成真。但最主要的是有很多事情的起因往往是如此可笑。比方说，姜子牙因为一次没有跟闻仲打招呼，闻仲就认定姜子牙一定是个反贼。

武吉

黄飞虎最近又和贾婆娘吵架了，和以往稍微不同的是这次吵得比较厉害，贾婆娘甚至把帝乙赏给他的袍子也撕了，并把他关在门外。看着黄飞虎那无奈的背影，我觉得他的脾气实在是好极了。

我的脾气不好，跟黄飞虎没法比，甚至连晁田都不如。我有时喜欢打姜子牙，在这件事上所有人都说过我。我知道这解释起来很困难，但我还是试图让你们明白。

比如一天早晨我起来后，帝乙先看到了我，他摇摇头，深深地叹了口气。

转脸又遇到妇戊，她摇摇头，深深地叹了口气。

刚出门，遇到微子，他摇摇头，深深地叹了口气。

来了饭铺，姜子牙一见我，他也摇摇头，深深地叹了口气。

我骂了句，滚你娘的。

于是我就把姜子牙给好好地揍了一顿。

也许我说得还是不够清楚，但很多时候除了打人我想不出更好的法子来发泄自己的郁闷。也许姜子牙很倒霉，但你要知道，有些人生下来就是被人打的，反过来说，我们俩互换一下位置，挨打的那个肯定就是我了。社会就是这样，有些东西根本无法改变。

当然了，也有人是专被姜子牙打的，比如武吉。

有一天早上，我见一人如木鸡般立在饭铺门口一动不动，头发湿漉漉的，大概是站了不短时间。仔细一看，是个二十岁上下的年轻人，很黑，属于掉到黑炭里找不到的那种。

这人之前我在朝歌城也见过，是个卖柴火的，按说应该是个很有前途的行当，可这小子心气挺高，一直不满意，后来终于碰到了姜子牙，姜子牙随口说他将来能做个将军。

其实就是应和他，结果这人相信了，说什么也不再卖柴火了，非要跟着姜子牙。姜子牙不同意，这人就立在了饭铺门口。这一立就是三天三夜，弄得姜子牙一点办法也没有。

后来姜子牙见他这样老立着也不是办法，看武吉块头挺大，便收他做了徒弟。这家伙倒也卖力，平日里姜子牙走到哪，他便跟到哪，弄得有段时间我也想收个徒弟。

武吉是个大个儿，圆头，小眼，眼爱眨巴，别人眼睛一天眨两千次，武吉一天得眨两万次。勤眨巴眼的人爱动心思，但武吉不动心思，只动嘴巴，就是嘴碎。甭管什么场合，甭管什么话题，他总要插上几嘴才过瘾。姜子牙曾经当着武吉的面说，你呀，就是骡子卖了个驴价钱，坏就坏在那张嘴上。

我也曾无数次训斥过他，但江山易改，本性难移，这小子依然死性不改。

姜子牙也烦他得不得了，但又赶不走，于是就老揍他，揍完就罚他站在门口。后来就能经常见到武吉立在饭铺门口。

一见武吉立门口了，我就上去奚落他几句，武吉啊，大清早的你杵这儿干什么啊？

武吉挤了挤眼，努了努嘴，面色很尴尬。可就是不说一个字，他不说我也知道是因为什么，武吉最近老在外面传姜子牙和姜寡妇晚上如何能折腾，吵得他睡不好觉之类的话。

想到这，我忍不住哈哈大笑。

武吉那张嘴除了嘴碎，还特别能吃，一次能吃十斤驴肉和八张大饼，外加一锅的猪头肉，饭后又喝点面汤，啃两个萝卜。每次到吃饭的时候，我们总是用很惊讶的眼光看着武吉，然后总用一种动物来形容他。后来武吉忍不住对我们说，其实猪一顿也吃不了这么多的。

临近秋天的一天深夜，我晚上睡不着觉，起床在院子里走走，然后听到厨房里边有动静，于是蹑手蹑脚地靠了过去。

借着不多的月光，我看到是武吉在里面鬼鬼祟祟地忙着什么。这是常有的事情，他吃得多，饿得也快，经常在夜里来厨房翻箱倒柜地找吃的。

我故意咳嗽了一声，推门进了厨房，想再戏弄武吉一番。

武吉那天着实有点奇怪，我自进门来他始终背对着我竟然没有回头，我忍不住走过去看他到底在做什么。走到他正面，发现他面前摆着一个小火盆，里面有几块红红的木炭，武吉双手各持一串东西在火上面烤着。我走近一瞧，吓了我一跳，他居然在烤青蛙，而且就是姜子牙的那几只青蛙。

眼瞅着两只青蛙已经变成金黄色，有一股奇异的香气让我的食指蠢蠢欲动。就在这时，武吉突然抬头看了我一眼，也没说话。

武吉的脚边有个罐子，里面有把小刷子，他拿起来往青蛙上抹了点什么东西，随后递了一串给我。我愣了一下伸手接过来，咬了一口，清香扑鼻。真没想到青蛙居然也能烤出如此味道，我连声赞叹好吃好吃。

武吉眯着眼吃另外一只，突然冒出一句话，子辛，你的牙好。

我又愣了一下，不明白他到底要说什么。

武吉又接了一句，牙好只有一个好处。

我含着一口青蛙没咽下去，等着他继续往下说，他却住口不说了，自顾自地收拾炭火。

我又等了一会，见他依然没有说的意思，于是忍不住开口问道，武吉，你刚才说的牙好只有一个好处，到底是什么好处？

武吉似乎盼望这句话很久了，脸上露出得意的笑容，继续卖着关子，你真的想知道吗？

我的火噌地一下就上来了，过去一把薅住他的领子，喝道，你要说就快说，少在这儿给我卖弄。

武吉显然对我的举动没有预料，吓得脸色苍白语无伦次，我说我说，你先把我放开……是这样的，牙好的好处呢，是我几年来观察得出来的，藏在我心中好久了，我从没对任何人说过，包括我师父，今天在这厨房里碰巧遇见你，真是莫大的缘分，因此我决定把这个秘密告诉你，可是……你不会告诉别人吧？

我真想朝他那张黑脸上打两拳让他变成花脸，瞪了他一眼骂道，少废话，再不说我就把你给烤了！

武吉环顾了一下左右，把嘴凑上来，在一股浓郁的腥臭味中我听他一字一顿地说道，记住，牙好吃屎都是香的！

第二天，我看到了一场可怕的殴打。

先是姜子牙和武吉在院子里静静地站着，突然姜子牙转身就给了武吉一拳。他的转身，他的出拳，又快又准又猛，把武吉打翻了过去，就像是一条扔出去的旧被子。武吉从地上爬起来时满嘴的血，他往地上呸呸呸，吐出来的口水鼻涕也全是血。

姜子牙不依不饶，嗷嗷吼叫着像是一头发疯的狮子，愤怒的拳头接二连三地砸向了武吉。后来姜子牙的手使不上劲了，就用脚踹，用头去撞，直把武吉揍得奄奄一息。

武吉终于因为自己的贪吃付出了沉重的代价，好在姜子牙并没有赶他走。事后我好奇地问武吉，姜子牙把青蛙放在屋顶，你是怎么够到的？

武吉叹口气说，唉，人要是饿了，什么都可能做到的，屋顶算什么。

而姜子牙的愤怒也让我意识到，一个人之所以忍让、懦弱，只是因为他还不够愤怒。我突然觉得姜子牙挺可怕的，有些担心他有一天隐忍到了极限，会做出些惊天动地的大事。一个过于自傲的人实际上是极端的自卑，而一个自卑过了头的人你最好不要去惹他。

就在姜子牙把武吉饱揍的那天下午，姜寡妇的饭铺来了一个手持长斧的士兵，说是太师闻仲让他来的，主要是告诉姜子牙一声，闻仲不许姜子牙在朝歌城算命，也不许在朝歌城骑驴，违令的话，就把姜子牙给阉了。

在宣读这条命令的时候，姜子牙竟然坐在那里无动于衷。我越发觉得这个人可怕。

闻仲

有个人我一直没提，就是身为太师的闻仲老头。没提他不是因为没什么可提的，而是这老家伙值得说的事太多了，一时竟不知从哪儿说起。

闻仲在朝歌人眼中一直是神一样的人物，眼眶平整，额头隆起，肩膀宽大，面生神相，不怒自威，往那里一站端的威风八面，如天神降世。

闻仲很早就带兵打仗了，别看年纪大了，却是一身的好武艺，一柄利剑耍起来是虎虎生风，堪称朝歌城的擎天长柱。

除此以外，闻仲的饭量惊人，武吉算是能吃的了，老家伙能顶武吉一个半。早年家里穷，全家一年的食物还不够他十天吃的。没办法，只好把他放到街上自谋吃食，于是朝歌城里，经常不是这家丢只鸡，就是那家少头羊。后来他带兵打仗，很多军士都抱怨自己吃不饱，原因就是闻仲一个人吃的能顶一堆人。帝乙摆宴席的时候，就看他先把眼前的东西风卷残云一扫而光，然后开始咂着嘴寻觅邻座的。后来大家不再叫他闻仲，说他是大鼎上的神兽饕餮。

事实上，朝歌城也真的少不了闻仲，他的威信很高，连帝乙都得让他三分。大到出征打仗，小到征役修城，朝歌城的大小事务闻仲都会管上一些，但凡是经他手做的事，都不会出现任何纰漏。他可是大商的栋梁，要是没有他，帝乙的王位可能早就让一些诸侯给抢了。

但闻仲有个毛病，心眼太小，凡是对他不尊敬的人，或是他看着不顺眼的人，或是对他怠慢些、鼻孔毛长些、说话无趣些，他都会生气，总要想方设法地收拾他，直到那人死为止。

这回闻仲看来是要整治一下姜子牙了。

冲突发生在十几天后，六七个不怀好意的年轻人出现在饭铺门口。

大概是说了些很难听的话，姜寡妇出来跟他们理论，大概也是回骂了他们几句，他们二话没说就扑上来，扇她的脸，踢她的脚，还吐了她一脸的口水，甩了她一脸的鼻涕。姜寡妇也毫不示弱，一腿蹬了出去，蹬在一个人的肚子上，这个人号叫着倒地时也掀翻了他身后的两个人。接下去兵荒马乱了，姜寡妇被围在中间，然后就传来了凄厉的喊叫声。

紧跟着，姜子牙紧握拳头蹿了出来。年轻人中间有一个人先叫了起来，姜子牙出来了。

这六七个人立刻又把姜子牙围在了中间，姜子牙挥着拳头声东击西，愤怒地砸来砸去，刚刚冲了出来，又被他们赶上来围在了中间。谁都看不清他们在那里干些什么，他们有时候像是挤成一团，有时候又散了开去。

接着就演变成一场可怕的殴斗，他们六七个人打姜子牙一个，在大街上像一堆滚动的动物一样一会儿打过去，一会儿又打过来。姜寡妇也是跟着涌过去，又跟着退回来。姜子牙用拳头击，用脚踹，用头去撞，他嗷嗷吼叫着像是一头发疯的狗，他们六七个人合在一起也打不过他一个。

不过姜子牙一个对付六七个，明显是忙不过来，姜寡妇也只能站在一边哭喊着。我跟武吉听到喊叫声，他提了条擀面杖，我拎了根大木勺，勇敢地冲了出来，一人拉过一个就是一顿猛砸。

危急时分，黄飞虎带着十几个士兵风风火火地赶了过来，冲上去将那六七个围打着姜子牙的人拉开来，拉到一边，把姜子牙拉到另一边，这些人挡在了中间。这时的姜子牙眼睛肿了，嘴巴鼻子出血了，衣服也撕破了；那六七个人也是差不多的鼻青脸肿，只是他们的衣服还没有撕破。

黄飞虎走上前来，想弄清楚事情的来龙去脉，我跟武吉也说不上来，不知道怎么这几个人大清早地就跑来闹事。黄飞虎再去问那六七个年轻人，只见一个领头的跟黄飞虎低语了几句，黄飞虎就无奈地摇摇头，喊了声，都散了吧。

伤痕累累的姜子牙仍然昂首站在那里，姜寡妇双手捂着脸靠门而立，她的眼泪还在流，从她的指缝里流了出来。那些人也是死活不愿意回去，他们仗着自己人多势众，他们不依不饶，说这事不能这样完了，这事总得有个说法，他们说，最起码也得赔上十斤驴肉。

黄飞虎火了，拍着大腿骂道，王八蛋操的哎，赶紧给我滚蛋，要不老子废了你们。

那些年轻人面面相觑，看情形是讨不着好了，灰溜溜地散开了。

我拍拍黄飞虎的肩膀问，这些人哪来的呀？

黄飞虎哼了一声，说，闻仲的手下！

自打那次以后，虽说再也没有找上门来闹事的，但姜子牙经常莫名其妙地被人算计，要不是在街上被人砸了脑袋，就是被人泼一脑袋脏水。最让他受不了的是，每次他出城时都没什么，可要是他回城时，就会受到百般刁难，有几次他是从守城士兵的裤裆下爬进的朝歌城。

反击

有一天姜子牙跟我说，他家门前有几棵大桑树，左侧是大槐树。他小的时候经常爬到桑树上，仰望着天空。那时候他只觉得蓝天很美，白云很漂亮。

在姜子牙自己的描述里，少年的他并不怎么招人喜欢，他的多数日子是在撒野中度过的。他自称他的性格是不情愿向别人乞求的，在成年后的人生中，他确实曾在垃圾中找食物，也自得其乐。

我知道他是想家，后来问他有多长时间没有回家了。

姜子牙说有二十年了，二十年前因为杀了人，逃亡前曾经回过家。他在自己家门前种了三棵树，然后就出逃了。

那时候他有一个女人，那个女人也胖乎乎的，奶大垂腹，一头乌黑长发。出逃前夜没来得及告诉她一声，姜子牙说这是他一生中最为遗憾的事。

说到这些时，姜子牙低下头，抱着头嘤嘤嗡嗡地哭了起来。

我想说上几句话劝劝姜子牙，但又不知道该说些什么，后来姜子牙重重地叹了一口气说，唉，想不到我都四十岁的人了，还一天到晚地受人欺负。

他这么一说，我倒是有了点想法。我说，我觉得你应该给那些欺负你的人一些教训。

姜子牙听了我的话，先是一愣，然后郑重地点了点头。

在我的鼓动下，姜子牙把守城的士兵作为了攻击目标。

中午，在朝歌城的南门前，姜子牙先在旁边的一株桑树下坐了一会儿。他要等到午后，因为那个时候过去，他们可能在饭后休息。姜子牙后来这样对我说。

此前，他已多次来到这里，在佯装看女人时摸清了执勤状况、士兵是否携带弓箭以及逃跑路线等等。

但这一次，他的怀里不是麦子饼，而是两根吹火筒。这东西是他自制的，里面填满石灰。如果吹火筒临时失效，怀里还有用桐树叶包好的一包他早上拉的大便。

中午饭点一过，时间差不多了。姜子牙戴上草帽，将两撮驴毛塞进耳朵，拿出两根吹火筒，一根别在裆里，用衣服遮好；一根在手，用南瓜叶挡住吹火筒口。他穿过大街，走向城门。

门内两名士兵在站岗，边上还拴着一条有气无力的小公狗。姜子牙走到左边的士兵前，拿开南瓜叶，抬手，吹石灰。

原计划中，他的吹火筒口是对准眼睛，临时的，吹火筒口朝向了嘴巴。

姜子牙后来对我说，他觉得石灰吹进眼睛会很疼，吹进嘴巴的话就不会那么难受。

士兵满嘴石灰，掉头朝城内跑去。

吹火筒转向右边的士兵，没有吹中。

城内惊动，士兵们追了出来，姜子牙迅速逃离。

两个时辰后，换装的姜子牙再次回到城门前，看看没事，走了。

这一天是四月初八，他精心挑选的日子。

那天晚上，姜子牙特意把我拉到院子里，笑着跟我说，我活这么大了，第二次这么开心。

我问他第一次是什么时候，姜子牙说是二十年前他杀了他的小主子时。

申公豹

树叶快要落尽的时候，有一个自称申公豹的男人找到了姜子牙。

申公豹其貌不扬，很瘦，个儿不高，站起来不会超过五尺，稍微有些驼背，年龄应该在五十左右，很多人喜欢把这种人的相貌比喻成风干的桃或杏什么的。皮肤黝黑，但黑而不焦，油光光的；说话声音不高，慢吞吞的；说着说着，还不好意思地一笑，露出一嘴白牙。

可这人说话有些乱，明明是一件事，说着说着就成了两件事，或者明明是两件事，说着说着又成了一件事。我注意到他的眼睛，很浑浊，几乎分不清黑眼球和白眼球，然而他看我那一眼却精光暴露，让我浑身一震。

申公豹是姜子牙的同乡，也是他年轻时唯一的朋友和逃亡时的同伴。

在我看来，申公豹是一个有病的人，不可理喻。

申公豹见到姜子牙后，把姜子牙上下打量了一番，然后意味深长地说了句，你又胖了。

说完这句话后，申公豹就走了，后来朝歌城就多了一个乞丐。

这申公豹说来真是奇怪，有时候过来找姜子牙，来了之后也不说话，坐在门槛上双手托着下巴望着天空发呆，我们也懒得搭理他。有时候他在街上疯跑，挥舞一根青竹竿，硬说手中是一把宝剑，见人就打，把朝歌人烦得不得了，只好过去踹他两脚。

我一直在埋怨姜子牙，怎么招惹了这样一个疯子。

姜子牙叹了口气，说，申公豹人不坏，没疯以前是个卖草鞋的，后来他老婆跟一个赶马车的跑了，他就有点疯疯癫癫了。其实申公豹的老婆长得也不好看，五大三粗的，黄头发蓝眼睛。

姜子牙又说他跟申公豹曾经结伴去山上学习法术，我有些好奇，问结果咋样。

姜子牙只是嘿嘿地笑着，说，那你得问申公豹，他学会了。

到最后，姜子牙说其实他很羡慕申公豹，因为他疯了。

这话说得没头没脑的，让人很不舒服。

不过很快，我也觉察到申公豹这个人的确有些与众不同。这人经常语出惊人，比如有一天他见我愁眉不展，慨叹自己时运不济，前途堪忧，他来了这么一句：人这一生中的烦恼太多，但大部分担忧的事情从来不会发生。

有一天阳光明媚，我看到申公豹又坐在门槛上托着下巴发呆，突然就想起来了他们学过法术的事情，没忍住好奇，问，申公豹，听说你们学过法术？

申公豹见我这么一问，转脸看了我一眼，然后一本正经地点了点头。

看他如此严肃，我的好奇心更是到了极点，接着问，那你露两手给我看看吧。

申公豹站起身，伏到我耳朵边低声说，这里人多，我们去个人少的地方。

于是我就跟着申公豹走进了一条背人的小巷。申公豹神神秘秘地对我说，我手上有股气，感觉很有力量，什么都打得穿。

我半信半疑，那你就打一掌给我看看。

申公豹又说，手上的气要沾过童男子的尿才能发出来。

我觉得好笑，但既然都跟着他过来了，索性就试试吧。正好这时候有一个半大小子从巷子口探出个圆脑袋，我就兴致勃勃地冲他喊了声，小孩，你过来。

兴许是那孩子刚才听到了我们的谈话，他站在巷口朝我做了个鬼脸，很无奈地骂了句，两个疯子。

烤腰子

临近腊月的时候，我跟姜子牙产生了些矛盾。这主要是由我的拿手好菜猪头肉所引发的。

朝歌城的人都知道，我子辛做的猪头肉是朝歌城最为美味的食物，上至大商天子帝乙，下至街角讨饭的花子，都是这样认为的。

可姜子牙却不以为然，非说我做的猪头肉其实也一般，另外就是这猪头肉吃了唯一的好处是可以让人容光焕发，换句话说就是这东西主要是给女人吃的，至于男人，需要的不是这个。

姜子牙的这番言论使我很不高兴，是对我莫大的侮辱。

想我子辛，身材不够魁梧，长相不够俊美，武不能征伐敌国，文不能管理城池，帝乙不喜欢我，妇戊看不上我，微子根本就无视我的存在，朝中文武大臣对我也是爱答不理，朝歌街头的人们对我也是不冷不热，甚至连自己想睡的女人都得不到。

活了十八年，我唯一可以让人称道的就是这一手猪头肉了，而如今倒好，姜子牙竟然对此不以为然。

我怒不可遏，上前一把拽住了姜子牙的衣领，想要再揍他一顿。谁知武吉却在一旁说上了风凉话，与其在这动手动脚的，不如你们两个比试一番，看谁做的东西好吃。

武吉这么一说，姜寡妇也在一边插上了话，对呀，不如你们俩比试一番。

我朝姜子牙脸上啐了一口，然后把他给松开了，骂骂咧咧地说，有本事你也给我做出道让朝歌人称道的菜来，我也就服你了。

姜子牙倒是很淡然，掸了一下被我弄皱的衣服，叹口气说，哎，多大点事啊。

接下来的三天，我使出浑身解数，吩咐晁田、晁雷兄弟俩去劈柴，姜彧去洗猪头，我则亲自点火加柴，掌握火候，三天三夜没有合眼，把能加的佐料都加里边了，煮出了我几年来最棒的猪头肉。

第三天早上，眼见得我的猪头肉就要出锅了，可姜子牙那边还是没有动静。要知道，一道好菜是不能瞬间做成的啊。

我正纳闷呢，只见武吉从外面风风火火地跑了进来，手里提了两团血肉模糊的东西，然后姜寡妇迅速将它们洗干净，而姜子牙则摇着蒲扇走出屋门。看他这样子我就来气，骂了句，姜子牙，你也不怕冻死你，大冷的天你扇什么扇子。

姜子牙也不言语，抓了个凳子坐在院子里，这时候武吉抱出盘炭火，姜寡妇则把那两团东西用竹签子给穿了起来。

看那东西眼熟，但一时也认不出是什么玩意。晁田拖着脚过去了，朝那东西看了半天，将信将疑地说，这是猪腰子吧。

武吉在一边憋不住了，回了句，算你小子有眼力，就是猪腰子，是今天早上黄飞虎新杀的猪，新取的腰子。

这下我更为不解，这猪腰子能做什么菜，要知道这东西平时连黄飞虎都不愿意吃的。

面对一院子人的好奇，姜子牙还是不说话，接过猪腰子，就放在了炭火上烤，烤得滋滋冒烟。武吉赶紧又抱来一个陶罐，陶罐里放了把小刷子，这东西我见过，就是上回武吉夜里烤青蛙时用过的。

不出我所料，姜子牙一手烤着腰子，一手捏起小刷子，一遍遍地往腰子上面刷着汤汁。他的这一套动作很是熟练，完全不像武吉那晚上烤青蛙时的笨拙。并且从头至尾，姜子牙都是专心致志的，很是投入。

说话间，我的猪头肉也就要好了，满院子的香气。我志得意满地盛出来，还故意拿到姜子牙跟前让他瞧瞧，色香味俱佳。姜子牙看了一眼我的大作，又抹了一把额头的汗珠，呵呵地朝我笑了一下，笑得很是勉强。

我把猪头肉端进了饭铺，黄飞虎已经在那里等候了，他是被武吉请来当裁断的。黄飞虎大概是没有吃早饭，我看到他使劲地咽着吐沫，于是更加得意洋洋了。

武吉嘴碎，早嚷得满朝歌城的人都知道我跟他师父姜子牙要比试，饭铺门口早已经挤了满满的人，都好奇姜子牙会做出点什么美味佳肴。有一千多人前来观赏，这一千多个男人和女人层层叠叠地围住了饭铺，有十多个人叫嚷着他们的鞋子被踩掉了，有几个女人叫嚷着被下流男人摸了屁股，还有一个男人一路上破口大骂，他来晚了，说什么也挤不到门口。

没多久，姜子牙也浑身冒着热汗跑了进来，手里举着那两串腰子。再看着腰子已经烤得外焦里嫩，也不知道姜子牙又加了什么佐料，香气扑鼻，竟然一点不逊于我做的猪头肉。

黄飞虎接过姜子牙的烤腰子，又低头看看我的猪头肉，接着就拿鼻子凑近闻了起来，只闻得我有些不耐烦了，于是就催了句，光闻你能闻出个鸟啊。

黄飞虎听我这么一说，这才回过神，依依不舍地品尝起来。他先是咬了口烤腰子很细致地嚼了起来，然后就是一筷子的猪头肉，吃得也是相当细致。

本想黄飞虎会很快地给出谁做的菜好吃，可没想到的是，黄飞虎竟然自顾自地吃了起来，而且从始至终都是那么细致地嚼着。

门外观看的朝歌人各个瞪着眼睛，流着口水，饭铺里面的人看得也是直流口水，晁雷把舌头伸得老长，口水都拖到了地上。

足足一个时辰，黄飞虎终于把两个猪腰子和一盆猪头肉吃光了，然后他打着饱嗝，往椅子上一瘫，美美地闭上了眼睛。

这下饭铺外面先炸开了锅，男人们不满地咒骂着，女人们跺着脚抗议，再往外是尖声叫喊的孩子和脏话连篇的老人。外面的情绪也迅速传给了饭铺里面的人，晁田、晁雷也开始低声叫骂，满嘴的唾沫星子。

姜寡妇看不下去了，转身踢了一脚黄飞虎，黄飞虎翻起眼睛看了她一眼，又闭上了眼睛。

武吉终于忍不住了，上去一把拽住黄飞虎的耳朵，问，武成王，哪个好吃？

黄飞虎疼得咧起了嘴，身子稍稍坐正，模棱两可地说了两个字，都好。

这模糊的回答使我的自尊心很受打击，于是我大骂起了黄飞虎，你个没用的黄屠夫，这猪头肉我做了三年多了，会不如姜子牙做的烤腰子好吃？

我骂完了，黄飞虎还是一摊烂泥似的瘫在椅子上，武吉却不高兴起来，言语极其轻蔑地说，你做猪头肉也只不过三年而已，我师父做烤腰子已经三十年了，比不了吧。

寂寞

我跟姜子牙的比试没有分出高低，尽管我做的猪头肉费心费力，我跟黄飞虎也是多少年的交情，但他依旧没有偏向我说我做的猪头肉好吃。

但我至少明白了两件事：

一是姜子牙为什么这么胖？

原因很简单，他是个厨子，而且是做了三十年的厨子，长得胖自然是应该的。

二是姜寡妇为什么会看上姜子牙？

这个是黄飞虎告诉我的答案，黄飞虎说在他吃完烤腰子的那个晚上，一扫多年的一蹶不振，跟他的贾婆娘忙活了半个晚上，激动得贾婆娘泪流满面。多年没用的黄飞虎尚且如此，更不用说姜子牙了，或许他是天天都在吃这烤腰子的，至于他在夜里的神勇，也只有姜寡妇自己知道了。倘若有这样一个男人在，姜寡妇是万万不会让别的男人再爬进她的被窝的。

尽管我对姜子牙做的烤腰子没有什么兴趣，但他跟我一样是个厨子，就足以让我高兴一阵子了。我在朝歌城不是孤单的，有人跟我从事一样的行当，我们会有机会切磋，这是一件多么令人兴奋的事情。

但姜子牙对我的满怀热情却反应不大。

我曾经极其虔诚地对他说我要拜他为师，想学一些他的拿手好菜。要知道，姜子牙做了三十年烧饭的，经他手做的菜可能比我吃过的菜都要多。我十分诚恳，但姜子牙始终笑而不语，被我逼急了，他来这么一句，你一个大老爷们儿做点什么不好，非要做厨子。

他的这句话让我很是惊诧。做厨子有什么不好呢，好歹也是样安身立命的行当。再说我子辛不做厨子，还能做个大商大王不成。

我郁闷至极。

我心情不好的时候，还是喜欢披上我特制的白袍子，夜深人静的时候在朝歌城的墙壁上画画。

这次我是有目标的，专门在首相商容家的墙壁上画。我原来是想还画乌龟的，但转念一想，也太没有新意了。然后我想到邑姜，我已经二十多天没有见到她了。

于是我就在商容家的外墙上画出了邑姜的样子，我把她画得很生动，长相是清丽的，疏眉淡眼，眼型很媚，细长的眼睛甩上去。我想再给她画上华丽的衣服，可到画的时候我想到的不是她的衣服，而是她诱人的胴体。之后，我的画作就完成了，一个没有穿衣服的邑姜。

邑姜就那样立在墙上，立在月光下，没有精致的发髻和化妆，她的身体比月光更明亮。邑姜的双腿是叉开的，仿佛朝歌城敞开的街道。我感到风从她两腿之间吹来，非常复杂的味道，仿佛朝歌城初夏的味道。

我望着邑姜的画像想入非非。

在接下来的一个月里，尽管会有人在第二天早早涂去这有伤风化的画像，但我还是在商容家的外墙上画了八遍。

我的这一举动终于惹怒了商容，也惹怒了邑姜。

商容派人整个晚上在他家的周围巡视，以阻止第二天早上光着身子的邑姜画像的出现。这一招的确管用，从此我便没有机会在他家的墙壁上展示我的画作了。

相对老商容来说，邑姜表示愤怒的方法更为直接一些。她直接找到我，说我的脑子长着苍蝇的翅膀，一脑子飞扬着乱哄哄臭烘烘的想法。

我不得不佩服邑姜的想象力。她骂完了走后，我找来姜彧，问她邑姜说的是不是真的。

姜彧似乎对我画下光身子的邑姜有些不高兴，但还是认真地回答了我的问题，她说，你的脑子有没有长苍蝇的翅膀我不知道，但你的双眼清澈见底，神采如鬼火，在见不得人的地方长燃不灭。

姜彧的想象力似乎也不差。

我看着黄飞虎衣衫凌乱地被夫人推出门外；我看着姜子牙和姜寡妇相视而笑；我看着姜彧不辞辛苦地去吹火煮猪头肉；我看着武吉永不疲倦地跟人斗嘴；我看着晁田趴在地上观察蚂蚁；我看着晁雷咧着嘴斗着蛐蛐；我看着邑姜面带微笑地走过，那么的旁若无人。

我突然发现我很寂寞。

那天晚上我喝多了，轻飘飘的，我觉得很舒服。

在喝醉的时候我脑子突然特别灵光，我又想起了妲己，那可是一个绝代尤物，我子辛的女人。

第三章 情

大饼和驴肉

晁雷中午郁郁不乐地来找我，进了门也不说话，一瓢接一瓢地喝水。他喝水的声音很大，像头牛。

在朝歌城，倘若能有事情让年轻人犯这么大愁的话，那么这件事一定是和女人有关。于是我便问晁雷，怎么了，又是哪家的姑娘不理你了？

晁雷仰天长叹一声道，要是不理我就好了。

晁雷最近找的这个女人姓姚，是后街陶匠姚中家的女儿，名字我不清楚，只知道晁雷平日里叫她三姑娘。这个女人姿色平平，但是个死心眼，否则的话又怎么能让晁雷在我这里长吁短叹呢。看起来这次晁雷是遇到克星了。

我笑着对晁雷说，你年纪也不小了，差不多也该找一个合适的人管着你了，要不你这次就从了她吧。

晁雷瞪大眼睛看着我说，大哥，你什么意思？你这不明摆着坑兄弟吗？你的意思是让我跟她成亲？怎么可能！

可是是个人都要成亲的呀。我觉得晁雷的反应有点不对头。

晁雷放下水瓢，面色沉重地对我说，大哥，今儿我得给你说道说道。就成亲这件事我给你举个例子，就比方说你饿了好几天，然后有人把你领到一个饭铺，最早给你上的是大饼，你吃不吃？

我毫不犹豫地说，吃呀，饿成那样了不吃还等什么。

晁雷接着说，好，你咬了一口以后发现又上了驴肉，相对于大饼来说你更喜欢吃驴肉，但大饼你已经咬了，所以你必须要把它吃完。于是你努力地把大饼吃完，然后开始吃驴肉，可惜你吃完了大饼已经饱了，你只能眼睁睁地看着驴肉被别人一口一口吃掉，你说你后悔不？

我琢磨了半天，点头道，后悔，可是我有一点想不明白，为什么我不把驴肉夹到大饼里一起吃掉呢？

听我这么一说，晁雷沉默了，坐在那里托着腮想了半天，嘴里嘀嘀咕咕的，末了他拍着脑门大叫道，子辛大哥，还是你厉害，一语解了玄机。

听到这里我有些纳闷了，说，晁雷，可我不明白你举的这个例子跟成亲有什么关系啊？

晁雷也不理睬我，乐呵呵地走了。

过了几天，晁雷又来找我，一副春风得意的嘴脸，进门就喊，大哥，事情成了。

我眨巴眨巴眼睛，连忙问，什么成了？

晁雷眉飞色舞起来，说，是这样的，大哥，我回去之后就按你的说法把大饼跟驴肉掺起来吃，事情就成了。

我更是摸不着头脑，不耐烦地问道，什么大饼驴肉？

晁雷喝了口凉水，不紧不慢地道出了原委。

整个事情是这样的，原先是晁雷喜欢上了陶匠姚中家的三姑娘，这三姑娘也对晁雷有意。可没想到晁雷又遇到北城裁缝铺掌柜邓九公家的女儿邓婵玉，相比三姑娘，这邓婵玉不知道要漂亮多少倍，皮肤荷花一样，白里透红，还有一双杏仁眼，迷死人不偿命。晁雷就又喜欢上了邓婵玉，所以就有了晁雷那个是吃大饼还是驴肉的两难抉择。后来晁雷听了我的意见，把大饼和驴肉掺起来吃，也就是既喜欢三姑娘，又喜欢邓婵玉，于是晁雷就是如今的春风得意了。

我听了好笑，这都哪跟哪啊，不得不佩服晁雷的领悟能力，但出于好意，我还是提醒晁雷说，你就不怕三姑娘和邓婵玉一生气，都不跟你好了，让你大饼、驴肉都没得吃。再说你这样做也不地道啊，哪有你一个人霸占人家俩姑娘的呀。

晁雷愣了一会儿，满是疑惑地说，这样不行吗？——你不也是一脚一个姜彧，一脚一个邑姜吗？

我一时无语。

晁雷走后，我喝了点酒。

喝酒的时候我一直在想晁雷的话，觉得自己也真不是个东西，怎么就能同时喜欢上两个女人呢？后来我估计是喝大发了，稀里糊涂地爬上屋顶，躺在上面看星星。

临近下半夜，姜子牙爬了上来，陪我看了会星星，最后忍不住问我，你说这邑姜也不见得就比姜彧漂亮，脾气又不好，你到底喜欢她什么？

我爬起身，趴在他耳边偷偷地问他，你有没有发现邑姜的胸部很大？

姜子牙想了想说，是挺大。

那就够了。

我眯成缝的眼睛里闪着光。

伯邑考

那年冬天的一个午后，我看到一头猪，这只猪像是出于某种古怪的动机蹲在街道上，把尾巴伸在路面上让过往的驴车去轧。听到驴车驶过，猪怀着忐忑不安的心情想到自己的尾巴，并且安慰自己说，赶车人会看到它，他不会轧我的……谁知咯的一声，驴车过去了，我看到那头猪异常的表情，痛苦中还夹杂着深深的失落感。

这时候我看到一个男人，一个我这辈子遇见过的最丑的男人。体重两百斤，身长八尺，头大如斗，眼小如豆，头发稀疏，体毛浓重，总之状如风尘异人。

他就蹲在猪的旁边，目睹了整件事情，之后他有些幸灾乐祸，用手拍拍那头猪的脑袋，竟然细声细气地说，真是头蠢猪。

男人朝前走去时，那头猪也挣扎着起来，晃晃悠悠地跟着。

那几天朝歌城刚下了场雪，雪化了以后，满地泥泞，一脚下去能带起五斤泥，根本没法走。男人费劲走出几步，愁眉苦脸地看了看脚下的道路，紧接着拍了下硕大的脑门，迅速从背上取下了两只高跷，寻了个高阶，坐下来认认真真地绑在了脚上。回头一把揽起那头猪，在泥泞的道路上飞快地行进起来。

男人的块头很大，但踩着高跷行进时却身手矫健，一高一矮一蹦一跳，看得我是目瞪口呆。

我向来对举止怪异的人感兴趣，他的出现肯定会使朝歌城增添许多乐趣。很快我便下定决心，一定要跟这个人结交。

这男人叫伯邑考，西伯侯姬昌的大公子，我的新伙伴，一个长着张粗糙的脸，却每天穿得体衣服，细声细气说话的男人。

我们结交的地点也是在姜寡妇家的饭铺，这是全朝歌城最好的饭铺，在朝歌城也只有来到这里才不会无聊，饭铺有高价假酒，还有曾经沧海媚眼如丝的老板娘。每个外乡来的人都会寻到这里来的，伯邑考也不例外。

伯邑考很年轻，生得孔武有力，或许是意识到自己的丑陋，内心充满了自卑，所以他对女人没有任何兴趣。他最大的爱好就是和他的宝贝蠢猪说话，然后给猪戴上漂亮的红花，穿上漂亮的猪装，在朝歌城里不厌其烦地招摇。或者把猪的耳朵涂成粉色，很暧昧的颜色，接着一猪一人依偎在姜寡妇家的饭铺外的台阶前，等待夕阳西下。

姜寡妇很不喜欢伯邑考，说他长得五大三粗的，却是个娘娘腔，还说他老是来堵在饭铺门口，见到他那长相，很多人都不来吃饭了。但因为他是西伯侯家的大公子，姜寡妇又不好意思去得罪他，只能随他在门口赖着了。

说来也是的，这伯邑考虽然为人怪异，但跟我却谈得来，他说这是因为我们俩都是王侯子弟，都是明码实价的贵族，所以就格外地谈得来。我们结交后，他人也活泛起来，其实他是一个很不错的人。

伯邑考虽然娘们儿气气的，不过很仗义，他经常请我喝酒。这倒是投我所好，我不做推辞，都是有请必到。唯一让我不舒服的是，他喝起酒来总是一套一套的，从来不抱着酒坛子喝，只是用酒杯一杯接一杯地喝。我说这样喝起来不够爷们儿，他却瞪起两只小眼睛说我们是贵族，不能像贱人一样喝酒。

我还算能喝，十几杯完了也没喝出兴致。伯邑考不行，两杯酒下肚，身子就明显飘了，话也特别稠。要是酒劲上涌，他就更把持不住了，开始信口开河。

在伯邑考的醉语中，有时他是翩翩公子，鲜衣怒马、年少多金，驾一辆牛车过几趟街，车上便满是女孩丢进来的香帕或红花；有时候他又是侯门恶少，袒胸敞怀，一脸横肉，欺男霸女，从侯府十四岁的丫环一直惦记到城外四十如虎的寡妇。

我听得哈哈大笑，说他光会吹牛了，还吹得牛皮冲天，一看他说话的样子就知道他没怎么碰过女人。

伯邑考也不怎么反驳，深深叹口气，从怀里掏出一支埙。那东西是用陶土烧制的一种吹奏乐器，样子很奇怪，大小如鹅蛋，六孔，顶端为吹口。然后他就在那里自顾自地吹了起来，声音呜呜的，像是有人在低沉地哭。

他不光会吹牛，还会吹埙，尽管很难听。

姜寡妇最受不了伯邑考吹埙了，不咸不淡地说，外面人不知道还以为饭铺里死了人呢，老呜呜个没完，哭丧呢吧。

让姜寡妇这么一说，伯邑考有些脸红脖子粗，我赶紧打趣说，死人了就不呜呜哭了，那得是哇哇地哭。

末了，伯邑考语气幽远地说，女人啊——

伯邑考曾有过一个女人，有段时间他们在一起很开心。可是过了没几年，情况就发生了变化，他们开始没有话说，伯邑考曾经以为这就是传说中的默契，然而，后来他知道这不是。有一天她说她无法再忍受伯邑考的呼噜声了，过了没几天，她就收拾东西走了，除了她的首饰，还带走了伯邑考的侍卫长。

我说，那你还想她吗？

伯邑考果断地摇摇头，说，其实有句话我从没有来得及告诉她，我一直觉得她的脚有点大。

其实，自打我第一天见到伯邑考起，就对他的那头猪分外感兴趣。

那猪也就两个月大，很温顺，长得细皮嫩肉的，如果让姜子牙把它做成烤乳猪的话，味道一定差不了。

不过看伯邑考那情态，是万万不能同意把这猪给烤了的。

我也想过在夜深人静的时候，把那头猪偷出来烤了，就像当初武吉偷偷把姜子牙的青蛙给烤了一样，来个先斩后奏，大不了就告诉伯邑考说他那猪跟街上的野狗私奔了。

我的诡计没有得逞，因为我从来没有发现伯邑考跟他的猪分开过，即使是在他睡觉的时候。

这对姜子牙来说，也是一件很残酷的事。一个高明的厨子整日对着如此鲜嫩的乳猪却不让他操刀，如同一个好色之徒每天对着一位美女却阳痿不举一样，人世间最痛苦的事情莫过于此了。

迎娶

微子这个人从某种角度来讲，是一个完美的人。

当然这世界上应该是没有任何完美的东西的，但如果说非要我找出一个无限接近于完美的人来，那我就会想到微子。

微子长得文质彬彬，谈吐风雅，满腹才情，平日里抚琴执棋，卖弄风骚，乍一看，似乎很文弱，但眉宇间掩不住一股英气，一瞥之下双目中隐隐显出一种霸气。

最初，我完全没有把微子当回事，虽然他长得很漂亮，但我总觉得长得漂亮的人非蠢即笨。可我叔叔比干却说微子是盘盘大才，而姜子牙最早见到微子时说过一句话，微子，深藏不露者也！

有时我忍不住想，上天为何对微子如此眷顾？他身上几乎集中了所有男人的优点，世上又有哪个女子没有想过嫁给微子这样的人？

然而微子并不快乐，我知道。

自打微子随同帝乙征伐东夷回来，就一直郁郁不乐，他表面上很风流倜傥，却没见他对一个女人动过心，而且会在月圆之夜，暴跳如雷，面目甚是狰狞。

我经常揣测，微子到底是因为什么变得如此反常？但我不是微子，所以我无福领略他的完美，同样也无法体会他的痛苦。

但有一点我很清楚，微子每次出现在我跟前时，都是一个噩梦的开始。

伯邑考来到朝歌城的第十天，我们俩又在一起喝酒，那天姜子牙还专门给我们烤了只羊腿，我们吃得很起劲。

吃得差不多了，我先拿起酒杯抿了一口。我原来不这样喝酒的，是跟伯邑考学的。酒从嗓子眼里流了进去，暖融融地流了进去，嘴里不由自主地也吐出了咝咝的声音，然后我看着伯邑考嘿嘿地笑了起来。

我是在笑伯邑考这么丑的男人，会有什么样的女人会看上他。

也就是在这么个时候，微子出现了。

微子客气地跟伯邑考打了招呼，伯邑考也恭敬地回了礼，之后微子问伯邑考打算什么时候迎娶邑姜姑娘。

微子在问这句话的时候，故意盯着我看，面目冷酷且带了几分恶毒，而我则傻在那里。

后来伯邑考说了些什么，微子轻笑了下，扬长而去。

微子走后，我一口喝掉了三杯酒，然后我觉得胃里像是翻江倒海一样难受起来，我知道自己要呕吐了，赶紧跑到门口，哇哇吐了起来，吐得我腰部一阵阵抽搐，疼得直不起腰来。我在那里蹲了一会儿，才慢慢站起来，我抹了抹嘴，眼泪汪汪地回到座位上。

伯邑考赶紧问我有没有事，我回了句，滚你娘的。

事情就是这么个事情：伯邑考，西伯侯姬昌的大公子，与首相商容的女儿邑姜早定下了婚约，这次他来朝歌城不是为了游玩，而是奉商王帝乙之命，要在年底之前迎娶邑姜回西岐。

那天我第一次喝醉了，别人醉酒睡得像一头猪，我却乱梦颠倒。半夜里，一个绵延不绝的噩梦惊醒了我，在梦里，帝乙、妇戊、黄飞虎、姜子牙一个个地离我而去，接着朝歌城火光冲天，有无数个长相稀奇古怪的东西追着我跑，我无处可逃，惊出一身冷汗。

我醒来时已经是第二天的中午了，我满腹心事地在王宫里面转悠了一会儿，无意中走到了九间殿。我以前不来这个地方的，这是帝乙跟他的群臣们商量天下大事的地方，里阔九间，所以叫九间殿。

王宫的房顶和院墙几经翻修，清除了鸟窝，斩掉了瓦楞草，崭新的屋顶和雪白的院墙在午后的阳光中闪着洁净而温暖的光芒。

我望着九间殿高高的屋顶发呆，突然有爬上去的念头。

以前我有爬上屋顶看星星的习惯，如今这九间殿虽然高些，但也难不住我。我很顺利地爬上了殿顶，然后我叉腰站在上面，像个屠夫。

上面很高，看到的景致自然也很不一样。昔日散发着蓬勃生机的朝歌城销声匿迹了，城中无数被刷成白色的房屋，在阳光下闪耀着白花花的光芒，很单调。天空倒是宽阔起来，一望无际的远处让我看得心里发虚。

我在上面也不知道待了多久，直到晚霞暗淡下去，缤纷斑斓的云朵越来越少，一眨眼就变成了虚无的灰色云团。

我饥肠辘辘地爬下来。以前这个时候我会去姜寡妇的饭铺，然后把肚子填饱，可这次我不打算去哪里，只是在朝歌城漫无目的地走着。我有心事，需要好好想想。

我仰面朝天，依旧看着朝歌城的天空。街上的路人看我仰面朝天走路，都好奇地瞪着我，不知谁推了我一下，说，你怎么走路的？

我低下头，对着那人破口大骂，那人很是无趣地走开了，边走边小声回骂着说我是神经病。

那人刚走，一个乞丐迎面挡在我的跟前，是姜子牙的同乡申公豹，在傻呵呵地朝我笑。

我忍住怒火说，申公豹，好狗不挡道，你要是一条好狗，就别挡我的道，你要是挡我的道，我拧掉你的狗头！

你怎么啦？看你失魂落魄的，是刚偷过东西，还是刚杀了人？他狐疑地盯着我的脸，一边跟我打趣，一边伸出根脏手指戳我的右脸。

我啪地扇了申公豹一个响亮的巴掌，然后一把抓住了他的胳膊。看我竟然动手了，他也不肯示弱，脑袋顶着我的肚子，我们像两个牛一样在街上东突西撞。结果我略胜一筹，我把他推到一堵断墙上去了，我大声骂道，今天我没心思收拾你，你快滚开，下次再惹我，看我不把你塞到粪坑里去。

上吊

伯邑考是十几天前来到的朝歌城，用他自己的话说是逃离了肮脏的西岐，为了能让自己的心安静下来。

他在朝歌城这十几天的确很安静。平时话也不多，却经常给我讲一些道理。我有什么想不明白的事，也最喜欢去找他。他人也并非那么各色，甚至跟着姜寡妇学起了做大饼，一得空就在饭铺里帮这帮那的，从不拿自己当外人，

有那么两天，我还在想，我要是有这么一个兄弟该有多好。他的长相远逊于我，除了吹牛吹埙，也不见得有什么别的出众的才华。我在他跟前会有相当的尊严，我的生活将不会像现在这样索然无味，生活品质上也会有很大的提高。

可美好的事情都是短暂的，或者只存在于想象之中。

如今看来，伯邑考来到朝歌城，从一开始就是个糟透的主意。

至少对我来说是糟透了。

伯邑考的出现是要带走邑姜。尽管我跟邑姜目前并没有发生什么关系，但要知道我对邑姜仰慕已久，她是我在朝歌城唯一一个想要睡而没有睡成的女人。

总而言之，邑姜本身就是一个凄婉的梦，充满了色情和暴力。我

受到了梦的吸引，就逐渐迷失在其中。这种心境外人不大能体会，我也不能够把它表述出来。这是因为我虽然不缺少下流的想象力，但是不够多愁善感。

姜彧说我这人总是用情不专，是个彻底的好色之徒，经常会迷恋不同的梦，不同的女人，一会儿是邑姜，一会儿是妲己，一会儿就又钻进了她的被窝。

对此我并不否认，但我可以肯定的一点是，这三个人我不愿意失去任何一个，尤其在我还没有睡过她之前。在这方面我很小肚鸡肠。

我决定跟伯邑考绝交，尽管我们相识也没有多久。

我一连三天没有去姜寡妇的饭铺，这三天我经历了真正孤独的生活。

从日出到日落，我的世界只有空荡荡的王宫，我开始了与麻雀和老鼠的全面战争。

我常常设置一个精致的陷阱，支一个竹筐在空地上，我自己埋伏在角落里。等到麻雀们飞过来啄食时，先将撑子一扯，这些傻东西就被罩在了筐子下面。我穷凶极恶，把它们翅膀上的羽毛一根一根地拔下来，然后取笑它们不能飞翔的窘迫。后来一只被拔了羽毛的麻雀，因为不能飞翔，羞愤地撞死在了台阶上，那场景很是悲壮。我吓得再也不敢捉它们了。

接着我开始到厨房里去袭击老鼠，为了不让老鼠夺门而逃，我将门窗封起来，自己躲进白菜堆里，手里举着弹弓，借着缝隙的光亮观察它们的动静，随时朝它们射击。不过收获甚小，总共发现了一只老鼠，最后还没有射中。有一次是我在白菜堆里睡着了，天都黑了，我还在里面做着美梦。

姜彧来王宫找过我，但没有找到，后来又在朝歌城四处寻找，还是没有下落。可怜的姜彧惊慌失措，还以为我离城出走了，或是遭了不测。她在城里大呼小叫，甚至都跑到井口向里面张望。当我听到姜彧的叫声从白菜堆里出来后，她一下子瘫坐在了地上，脸色苍白捂住胸口，半天说不出一句话来。

三天后，我实在是忍受不了这样的孤单，就在第三天的深夜悄悄地潜回了饭铺。大不了我以后见到伯邑考就当不认识。

不巧那天夜里下了雪，厚厚的，铺满了朝歌城。我冻得够呛，摇摇晃晃地回了饭铺，进屋就爬进了被窝。

我刚躺下，就有人拍门。我猜到是伯邑考，于是默不作声，装着没听到。

伯邑考悄悄站到窗边，警觉地听着里面的动静，确定我在里面，又拍了一会儿门，见我还是无动于衷，就站在外面低声喊了起来，子辛兄弟，我是伯邑考，你快给我开门。

他喊了一会儿，又没了动静，我蹑手蹑脚地爬起来，披着被子扒到门缝往外看。谁知门外又喊了起来，子辛兄弟，外面下雪了，西北风呼呼的，把雪都吹到我脖子里了，我都快冻僵了，你快给我开门。你知道我来了，我看到你在看我，你的嘴都在动，你的眼睛好像也动了下，你是不是在笑？你别捉弄我，我再站下去就会冻死了。他妈的，你别和我玩了，我的脚都冻麻了，你没听到我在跺脚吗？子辛，你他妈的快给我开门——

看着伯邑考一副可怜巴巴的样子，我很是解气，就不吭声，就不开门。

伯邑考跺了一阵脚，骂了一阵娘，见我还是不肯开门，一转身气呼呼地走了。

他这一走，我倒有些失落，这样的惩罚远远不能消除我内心的愤怒。可他人已经走了，我也只好作罢，继续睡我的觉。

谁知还不等我缓口气，门外又有了动静，我接着起身扒在门缝处往外窥视，还是伯邑考。

不过这次的伯邑考有些反常，他脖子上挂着根草绳，怀里抱着个板凳，表情严肃，一副视死如归的模样。

我看着好笑，也不知道他又会有什么怪异举动。

伯邑考把板凳摆在门口，稳稳地站在了上面，又取下脖子上的草绳，认真地系在了门外的横梁上，认真地打了一个死结。他用力拉了拉，把脑袋伸进了绳套，勒住了自己的脖子，他长长地出了一口气，闭上了眼睛。

一阵风吹过来，他一阵哆嗦，睁开眼睛看了看院子里飞舞的雪花。他把脑袋从绳套里掏出来，跳下板凳，从怀里摸出一把牛角梳子，认真地梳理着头发。

梳理完头发，把梳子放回怀里，重新站到板凳上，重新把脑袋伸进了绳套。他闭上眼睛，最后吸了一口气，又最后吐了一口气，然后踢翻了脚下的板凳。

我看到伯邑考的身体猛地被拉长了，呼吸像是猛地被塞住了，这时我隐约地感觉到情况不妙。

我破门而出时，看到伯邑考的身体还在半空中挣扎，我失声惊叫着冲上去抱住伯邑考的双腿，把伯邑考的身体拼命往上举。随后发现这不是办法，我就像一头疯掉的狗一样嗷嗷叫着在院子里乱窜。当我看到黄飞虎留在墙角的一把杀猪刀后，终于有了办法，我拿起杀猪刀，竖起板凳，站上去以后又跳了起来，挥刀将草绳砍断。

伯邑考的身体掉下来时，我也摔倒在地。我顾不上膝盖的疼痛，赶紧翻身跪在那里，抬起伯邑考的肩膀使劲摇晃。

姜子牙和姜寡妇他们闻声也奔了出来，大叫着出了什么事。

他们这一叫，我竟哇哇地大哭起来。

纠结

到了傍晚，我和伯邑考两个人就坐在门槛上，看着太阳掉下去，朝歌城红红一片闪亮着，听着做父母的呼喊孩子回家的声音，伯邑考养的那头猪惬意地在我们面前走来走去。

自从伯邑考上吊未果之后，变得越发和我亲热，一跟我坐在一起，总是有说不完的话。看着那头猪，我常想起黄飞虎跟我说过的一句话，人呐，有时候还不如一头猪活得痛快，吃完了睡，睡完了吃，然后往那一躺，一刀下去，一了百了。

要不是害怕伯邑考再拿根绳跑我门口上吊，我早就上去抽他俩嘴巴了，犯不着小心翼翼地听他说话。现在我倒是想抽自己俩嘴巴，怎么就结识了伯邑考这么一个人。

姜子牙说我和伯邑考之间的感情非常微妙，问我和他是什么关系。

我很无奈，不仅仅姜子牙弄不明白，甚至我自己也弄不明白。被他问得烦了，我会用一句话来敷衍他，没见过两个男人相爱吗？

晚上躺在床上，看着银子般的月光透过窗子落在地上，一格一格的，我忽然想通了，人啊，怎么都是一辈子，多些女人固然最好，但少一个也不会差很多，至少也没到一个女人都没有的境地。索性就让伯邑考把邑姜娶走吧，省得他在朝歌城烦我。

想到这里，我特欣慰地睡去。

第二天无事，我吃了饭后出门晒太阳，正碰到申公豹。他正眯着眼睛看着天空，见到我，他忍不住对我说，子辛，你看那云。

我抬头一看，顿时欢呼道，好白，像姜寡妇的肚皮。

申公豹白了我一眼，兴趣索然地说，什么东西都能让你想到女人，倒也难得。

我回骂了句，你就会假正经，难道你就不想女人？

申公豹捋了捋乱糟糟的头发，若有所思地说，年轻的时候我经常做梦娶媳妇，每次醒来的时候总是流着哈喇子。现在我也偶尔做梦娶媳妇，但每次醒来的时候总是一身冷汗。

我盯着申公豹，冷冷地说，你的意思就是说你现在很不喜欢女人了？

申公豹闭着眼睛，嘴巴掬成一个长拱，很认真地点了点头。

还会有男人不喜欢女人？我有些嘲讽地说着。

申公豹睁开眼睛，愣愣地看着我说，你的伯邑考兄弟不就是不喜欢女人嘛。

申公豹的话提醒了我，我似乎对怪人伯邑考了解甚少。之前，我和他相坐对饮，我们的样子很容易让我想起“义薄云天”这个词。

但现在我应该重新审视伯邑考这个男人。

伯邑考是个娘娘腔，一个懦弱得在微子这些人面前低三下四的男人，有时间的话他要不断地擦地板，擦桌子，擦墙壁，把生命浪费在水和抹布里。他有着谨小慎微的灵魂，甚至连快乐都是谨慎的，他的跋扈也只能在做大饼揉面团时，朝着它捶打。

伯邑考曾经的女人，据他自己说她是个婊子。她有很多情人，包括西岐城的送水工和一个长了一身的黑毛，看着都让人恶心的编草鞋的。当然现在无所谓了，伯邑考已经抛弃了她，她正和她的某个情人在西岐城里享受美好生活。她应该感谢大度的伯邑考，伯邑考的离开给她腾出了那么好的空间，她再也不用偷偷摸摸、躲躲闪闪地约会了。

晚上伯邑考多喝了几杯，我试探性地说出了我的疑问。

伯邑考说，我不喜欢女人，女人的问题就是，她们从不信守诺言。还有她们把世界想象得像她们的胸和屁股一样简单，和她们的好处相比，麻烦更多。

他说这话的时候，风吹着他的胡须，有些凌乱。

深情款款的伯邑考向我诉着衷肠，你看，当你有了女人时，你就知道，不要犯我犯过的错误，首先不要相信女人，绝对不要。无论是什么事，因为她一定会撒谎，你要时时刻刻留意她，看她面部微妙的表情。如果她看起来高兴，就得设想最坏的情况，有机会就询问她，理想的做法是，你不让她走出家门。

我表情严肃地点点头，目光里满是崇拜。我崇拜他并非因为他讲的话很有道理，而是觉得他的眉毛长得很好看。其实我是鄙视这个朝自己举杯的被称作男人的男人，他连自己的女人都看不住，足见他的无能。

有时候想和气必须得先残忍。伯邑考说话时的细小声音让我想起父亲的那些女人，还有我们每次的谈话最终都会落在他的那头猪身上。

伯邑考说，我昨天给猪买了一条锁链，再出门的话就可以牵着那头猪，不用怕它乱跑。

伯邑考说，这头猪最近发情了，说来也奇怪，现在还是冬天，它竟然发情了。

为了不发生意外，比如我把他揍了，或者他吊死在我的门口，我必须保持沉默，不和他说一句话。

这期间，邑姜来过一次，我们是在饭铺门口遇见的。

我的目光与邑姜不期而遇，她的眼睛一亮，只是一瞬间，又暗淡下去，身子侧过来一点，似乎要跟我说些什么，又放弃了，慢慢地扭过去。

我不敢再看她，用手指了指里面的伯邑考，说了句，他在里面。

我的声音很低沉，不过邑姜还是听清了，默默地进了饭铺。

我心情复杂，注视着饭铺里的一举一动。邑姜只是看了伯邑考一眼，意想不到的事情发生了。

邑姜用双手抱紧脑袋，嘴里叫喊着，她的尖叫声听上去不像一个正常女人的声音，一声比一声尖利，一声比一声狂暴，十分骇人。更让人意外的是，她学会了朝歌城的脏话，一骂就是一大家。

我清楚地听见邑姜高声愤怒的声音传到屋外，余音袅袅，飘到朝歌城上空。

邑姜骂道，王八蛋操的了哎，长得没人样了哎，早该断子绝孙了哎——

夜探

我在深夜悄悄潜入首相府，这样做是第一次，如果不是邑姜在饭铺第一次见到伯邑考后的反常表现，我也不可能这样做。说实话，我很担心邑姜。

那晚的月亮很暗，极弯极细的半环，仔细辨认，分辨得出被遮住的那部分黑黑的大半个圆。一只野猫，眼睛亮亮地瞪了我一眼，消失在黑暗中。院子一角的大槐树在月光下，黑乎乎的，半拉像人半拉像鬼。

邑姜的房间我是早就知道的，我来到她的窗下，小心翼翼地敲了两下，又轻声叫了声邑姜。

窗户后面响起了一阵窸窸窣窣的声音，她好像起来了，窗户吱吱嘎嘎地呻吟了一声，她的脸出现在一团幽暗里，我看见一张浮肿的泪光潋滟的脸，脑门上贴了一张膏药。她的目光停留在我的身上，看上去不是那么尖锐可怕，是一种冷静幽远的目光，带着深重的悲伤。

邑姜淡淡地说，你现在知道来了？

我一时语塞，过了一会突然抬起头，眼睛里闪闪烁烁地瞥一眼她，憋了半天才说，来看看你。

她沉默了一下，眼睛瞟我一眼，眼神有点虚无，你是想跟我睡觉吧。

我被她一下说破了心思，脸顿时红了，绞着手指头，我可没有这么说。

邑姜有些不耐烦地说，门没锁。

我脸上露出畏葸的表情，闪身进了房间。

我看见邑姜像一只小鸟扑向鸟巢，轻盈一跃，人就倒在了我的怀里。

邑姜的手十指纤长，指甲涂丹；长发委地，光可鉴人，十分好看；还有她的腰细而缭绕，臀坚而饱满。

那时候她抱着我的肩膀，脸贴着我的胸膛，看着她饱满的胸部起起伏伏，我呼吸急促。猛然间记起她将要成为伯邑考的女人，一股凄惨就涌上心头，我失去了控制。

我把手伸到邑姜胸前时，她把我的手推开道，别动，你听我的。

于是我就把手缩回去，把食指咬在嘴里。我必须承认，当时我处于一种恍惚的状态，这种状态和与姜彧睡觉时大不相同。

她让我抱着她，我就抱着她，在黑暗里嗅她的气味，晚上她身上有一种温暖的气味。然后我就说，我该回去了。

其实我也不是真的想回去，只是觉得这样不太好，要是被商容发现了，他会毫不犹豫剁掉我的下身。

邑姜一巴掌打在了我的脸上，我赶紧闭了口。

这时候邑姜的衣服滑落下来，光洁的胴体展现在我的眼前，一览无余，我惊呆了。

邑姜把我拉到床上，让我把手贴在她赤裸的乳房上，然后就闭上了眼睛。我把手贴在那个地方一动不动，就自以为尽到了责任，只顾自己去寻找体香。这种气味在腋窝和乳下尤重。我把鼻子伸到这些地方，比方说，用鼻子把乳房向上拱开，或者把鼻子伸到腋毛稀疏的地方。我刚从外面进来，鼻子是冰凉的，这就像只小狗了。

这时候，我也觉得挺荒唐的，但是后来又想，管它呢，荒唐就荒唐。

她的身体在我的鼻子下面起伏动荡，曲折延展，仿佛一条打捞上岸的鱼。

我的心，月明星稀，水波不兴。

我们拥抱着，时间在我们周围凝固。我们是如此遥远，彼此抱着的仿佛是一个幻象。在幻象之前，男人永远不能脱下裤子，露出阴部，永远不能。

我自己至今不能相信，我曾经那么矜持。

后来我又用手抚摸她的身体，她的小腹坚实平坦。我的手滑向她的大腿，她没抱着我的那只手做了阻挡的尝试，但是被轻易拨开了。

她的大腿很壮实。

许多年后，我一直都很怀念和邑姜共度的那个夜晚。邑姜的神态圣洁纯净，眼光迷离幽远，让我觉得这个女人是天下最最美丽的人，至少在那个瞬间。

邑姜的眼神迷离起来之后，会变得风姿特秀，俊爽宜人。我是从她那里第一次切身体会到什么是眼波欲流，柔情似水。

我在第一次进去的一瞬间，邑姜的眼神妩媚入骨，我那时感到自己身体的微微震颤，江河奔流，没有比这更美好的了。

我在邑姜的床上醒来时，房间里光线很暗，只有窗口有一道灰白色。那窗子上挂了一面厚实的羊皮。我身上盖的则是一条用柔软的狐狸皮制成的毯子，但这块毯子遮不住我的脚，它伸到床外，在窗口的光线下陈列着。

这间房子里满是女人的香味，和野菊花的气味相似。

转眼到了腊月，街上天寒地冻，空气里提前飘荡着为年底熬猪油的香气，朝歌城里家家户户忙着准备过年。

而我如临深渊，如履薄冰，一点没有过年的心情。

伯邑考看出了我的不安，并隐约感到我的不安与他有关，但不知道问题出在哪儿。

伯邑考想尽办法讨好我。

他穿上女人的衣服，身子随着斜斜的裙摆悠悠晃动，他的背影很庞大，粗壮的腰肢下，臀部的曲线出人意料地丰满。当然他没有胸。

他暧昧地朝我挤挤眼，我落了一地的鸡皮疙瘩。

他是一个好人，也让我倍感恶心。

从我们结识那刻起，就在他、我和邑姜之间产生了这段扭曲的关系。

那天晚上之后，我又三番五次地潜入首相府，和邑姜厮混在一起。我和她每次见面之后，她都留给我一个必须再次见到她的理由，我们的关系发展得自然顺畅。

这个邑姜，真是一个和我纠缠不清的女人。她妖冶，敏感，又伶牙俐齿，敢作敢为。每次在交欢之前，她脸色通红，对我相当凶。到了事后，她却像挨了打的狗一样，讪讪地跟我说话。她对我凶的时候，我觉得很受用；不凶的时候很不受用。

我想我们应该是挺不错的一对，可事实上，我们能在一起的时光并不多了。

邑姜有一双十指纤纤白玉般温润的手。邑姜在被窝里会把手放在我的腹部，然后低声说，这双手，懂得我，也懂得你。房间里黑暗一片，均匀而甜蜜的呼吸声里，我沉溺于邑姜的细致入微，我咬住嘴唇，以及邑姜的几缕头发。

而当我第二天面对伯邑考时，更为尴尬，眼神总是躲躲闪闪，说起话来也是前言不搭后语，词不达意。

见我这种样子，伯邑考倒是很关切，他意味深长地说，像我们那么大的年纪最好是为所欲为，也不用感到内疚，你不应该相信人都是完美的。我们经常会做一些和别人不一样的事，可这正是我们的快乐。

我听得云里雾里，后来一咬牙，索性跟他说开一些，哪怕让他知道邑姜是不喜欢他的，是不想跟他回西岐的。

于是，我影影绰绰地对伯邑考说，我跟邑姜从小就是认识的，我是大商大王的儿子，她是大商首相的女儿，而且我们有着那么一些情义，也就是说我喜欢她，她也不怎么讨厌我，或许我们更应该成亲。

我看着伯邑考，他也看着我，他的表情看上去深不可测，嘴角上浮出一点笑意来。

他说，喜欢一个女人应该是简单的，就像春天里花要开，秋天里叶要落，发情的猫要在夜里嚎叫一样，而不是你这样的唯唯诺诺、遮遮掩掩。

姬昌

腊月十四这天阳光明媚，我站在院子里对着太阳嚼着根竹签。

其实早上就喝了一碗麦子粥，真没什么东西可以塞牙的。但嚼竹签是一种姿态，如果你大清早看见一个人眯着眼睛很悠闲地嚼着根竹签，你一定觉得他生活得很有质量。

武吉弯着腰从茅房走出来，估计头天夜里又胡吃海喝，吃坏了肚子。

武吉见到我愣了一下，上下打量着我，我被他看得莫名其妙。而且这小子不仅是看，还把大鼻子凑过来不停地嗅，看着他浓重的鼻毛，我连着往后退了好几步。

武吉诡秘地一笑，又凑了上来，我大叫道，你，离我远点！

武吉依旧保持着笑容低声说，子辛大哥，你又煮什么好吃的啊？分我一口吧，也让小的我享享口福。

我低头看了看手里的竹签，又想了想，突然开心起来，于是嘿嘿一笑对他说，小点声，别让你师父知道，我新做出来一道最美味的菜，中午来我屋里尝尝。

看着武吉屁颠屁颠的背影我在心里狂笑，可不大一会儿，姜子牙来了。

姜子牙依旧保持着淡定的身姿，虽然他的眼神有些怀疑，但笑容依旧优雅迷人。他就那么笑着对我说，子辛公子，不够意思了吧？

我愣了一下，疑惑地说，什么呀？

姜子牙的脸一下拉得比驴还长，转身便走，边走边说，得，不就是想超过我，做出美味的菜嘛，有必要这样偷偷摸摸吗？

我费了半天脑子，才想明白到底是怎么回事。没想到武吉也是个大嘴巴啊，还是他们师徒情深，姜子牙也当了真。

我正觉得好笑，见姜彧跑了进来，上气不接下气地对我说，子辛，有个叫姬昌的老头找你。

我的心情变得很沉重，姬昌不是别人，他是伯邑考的亲爹，鼎鼎大名的西伯侯。前两天听说他来朝歌城了，可没想到他这么快就找上门来了。对于这个人，我要倍加提防，因为我睡了他的儿媳妇。

进了前厅就发现气氛不对劲，伯邑考在一边垂手站立，甚是恭敬。姜子牙却很不知趣地炫耀他的烤腰子。

再看姬昌，一手托着三绺长髯，另一手用两根手指捏着茶杯的手柄，这个样子当得起四个字：不辱斯文。虽然他看似是个正经人，但我对他没有亲近之感。

见我进来，姬昌赶紧起身。他身材粗壮，头顶秃光光，不住地朝我鞠躬，大概是向我问好吧。

姬昌说话很客套，主要是感谢我对他儿子伯邑考的照顾，还说我很有商王帝乙的风采，早晚必成大器，还望我垂怜伯邑考。

我浑身有些不自在，很诚恳地对姬昌说，西伯侯，你到底想说什么？

姬昌又是一阵寒暄，不过这次我倒是明白他的意思了，大概是说他这次来朝歌城是催伯邑考迎娶邑姜，可伯邑考说跟我情谊深重，不舍得这么早离开朝歌，所以他一个人先走，特来给我道个别。

听懂了姬昌的意思，我回了句，西伯侯你自便吧。

西伯侯姬昌是个老谋深算、老奸巨猾的家伙，这是尽人皆知的。我自然不愿意他在朝歌城多待，依他的阅历和精明，早就了解我跟邑姜的私通。所以他的离开看似是一个好主意，但紧接着我便意识到这样做并不那么完美，因为伯邑考还在朝歌城。

我与姬昌交谈时，伯邑考一直在注视我，目光有点焦灼，有点窘迫，还有点莫名的腼腆。

最后姬昌躬身告辞，他弯下腰的时候，用眼角的余光先瞄了下伯邑考，伯邑考紧张地低下了头。之后，他的余光扫向了我，露出了意味深长的笑容。

我们各怀心事，却全是因为一个人：邑姜。

姬昌走后，伯邑考跟我更是形影不离，甚至会有意无意地表示晚上要跟我睡在一个屋子里。我对此嗤之以鼻，总是板着脸，对他的热情视而不见。

我的冷漠，使得伯邑考有些被动，情绪也开始消沉。

记得有一次和伯邑考去泡澡，他在满室白晃晃的身体里突然哭了，站在水池中央，轻轻仰起头，闭着眼睛。

他以为眼泪和水混淆，可以掩饰得毫无破绽。我默默看着，不去惊扰他突如其来的悲伤。

这期间，我和邑姜的幽会没有收敛，甚至变本加厉，我们甚至在白天见面，在城外的洹水河边上野合。那是我和我的邑姜最喜欢的隐秘所在，那里春天有荠菜，夏天有竹子，秋天有落叶，冬天有干枯的芦苇和满河的白茅，什么时候都没有人，月亮再亮星星再多的时候，也有隐秘的地方可以在里面仔细拥抱。

腊月里天寒地冻，我和邑姜在河边上时，眼前是一片无色的肃杀世界。树干都是灰秃秃的，河里流着无色的流体，天上灰蒙蒙的有很多云块，太阳在其中穿行，时明时暗，但也没有一点红、一点黄。地上的土是一些灰色的大大小小的颗粒。

邑姜躺着时，身体洁白如雪，看上去有点轮廓不清。

我和邑姜在小树丛里拥抱亲吻，我们如胶似漆，那是互相偷盗对方体温取暖的美妙时光。我觉得天地为之逆转。

通常情况下，邑姜身上热乎乎的，我心里慌慌的。有时候吝啬的阳光烤得我头冒热汗，有时候凛冽的寒风又把我吹得龇牙咧嘴。当时的情形就是这样。

我真的很无奈，既期盼着伯邑考早点离开朝歌城，又不希望他回西岐。伯邑考为人固然怪异，给我增添了不少麻烦，但他一旦离去，必然是要带走邑姜的。

并且，我持续做着这样的一个梦，先是梦到了朝歌城火光冲天，无数个似人非人的东西追着我跑，我吓得要命。猛然想起自己是睡着了的，就从梦里惊醒。后来又遇到了火光冲天，被无数东西追着跑，又吓得要命。仔细一想，自己还是没有真醒，或者是又睡了，就又醒一回。有时一连醒个五六回，才能回到现实世界里来。这都是因为我睡觉太死。

姜彧说我睡着了半睁着眼，两眼翻白，双手放到胸前，呼吸悠长，从任何角度去看，都像是死尸。

当然，这种景象我自己是看不到的，但是我很相信。因为不久后，我经常见到死尸，觉得它们很亲切，所以像死尸也不坏。

酒

阳光挤过我的窗子抓挠我的鼻头时，新的一天也就来临了。用姜子牙的话说，这是我后半辈子的第一天。

我不想再犹豫下去，事情必须变得正常。

我在院子里踱着步，思索着如何解决这棘手的问题。

这时候，一个老头走进了院子，右眼上罩着一个用驴皮做的眼罩，样子凶巴巴的。这老头一进院子，就笑呵呵地向我打招呼，热情洋溢地跟我说话。

我看到他硕大整齐的牙齿，然后从里面骨碌骨碌滚出一个一个音节，仿佛一个个亮亮的骰子，落在地上，发出清脆但是毫无意义的响动。

他是西城卖酒的，叫吕岳，知道我喜欢喝酒后，经常给我送他新酿的酒。

吕岳生过天花，留下了一张坑坑洼洼的脸。如上所述，他只有一只左眼，但是这只左眼分外大，这样就弥补了数量上的不足。这老头当时已经七十多岁了，但是精神极旺。虽然身材不高且消瘦，但是一身的精肉。

以前吕老头来送酒时，我总会开心得要命，可这次的反应却让他有些吃惊。吕老头迅速调整话锋，殷勤地问我出了什么事。

我认识的人中，吕老头是年纪最大的，因此我喜欢跟他说话，偶尔他也会传授我点处事之道。而且这老头口风很严，我跟他说的话就是烂在肚子里他都不会给别人讲。

我正要向吕老头一诉衷肠，没成想他倒先开口了，说，咱先喝两口。

吕岳说着举起手里的酒坛拍了拍，然后他笑了起来，脸上的皱纹堆到了一起。他黝黑的脸上有几道被冬天的寒风吹裂的口子。

我过去以为喝得太多，因此失去记忆是件很糟糕的事，现在我开始明白那毫无坏处。许多事情都是不需要记住的，忘掉的话会更好一些。没什么好记忆的了，我什么也改变不了，除了借酒浇愁，让自己不清醒。

几杯下肚，我就开始晕晕乎乎了。吕老头扶着我的肩膀对我说，人活在这个世上的目的就是寻找乐趣的，活着时应该快乐点，因为我们会死很久。

可乐趣在哪里呢？除了喝酒，我到哪里去找乐趣？我又无比惆怅。

后来我把心事向吕岳一一倾诉，这吕老头平时的主意一堆一堆的，这回却成了哑巴，只顾低头喝酒。

我失望至极，如果吕老头都没了主意，那这事指定没救了。如今年关已近，我也只能看着我的心上人被伯邑考带走了。

吕岳见我这副德行，猛灌了一杯酒，压低声音说，其实这事也不难办，你看，伯邑考要是离开朝歌城，必定要娶走邑姜，他要是留在朝歌城，虽然说暂时不会娶走邑姜，但这也是迟早的事。现在我们需要一个两全其美的法子，就是伯邑考既离开了朝歌城，又不能娶走邑姜。

我点头称是，那有什么法子可以让伯邑考既离开朝歌城，又不娶走邑姜呢？

吕岳放下酒杯，不以为然地说，这有什么难的，所有的问题都出在伯邑考身上，要是他人没了不就两全其美。

我听得稀里糊涂，又是几杯酒下肚，琢磨着吕岳的话，我又似懂非懂。从酒桌上下来，觉得自己好像明白吕岳的话了，这让人脊背发凉，感到了深深的恐惧。

一些事情是我梦寐以求的，但真正到了眼前，我竟然犹豫起来，下不了决定。

一些事情总是要发生的，它们就像喜欢咬人的狗，一直躲在角落里，机敏地瞪着眼睛，瞅准时机，迅速地把那几只利牙嵌进你的骨肉，然后沉迷于你痛苦的嘶叫。不管你愿不愿意，它们乐此不疲。

吕岳的意思是说，我只要肯花一些钱，就会有人帮我除掉伯邑考，我没有同意。我觉得这种事情应该我亲自动手，而且也不一定非得让他死。

我是第一次做这样的事情，心里实在是太恐惧，于是决定先从伯邑考的那头猪下手。深夜里我把那头猪从伯邑考的房间里引诱出来，做到这点不是很难，它毕竟是头猪，随便拿些食物它就会乖乖地跟着我走。然后把它留在遥远的城外洹水河边，我负责任地把那条绳子系牢在大树上，但如果它还是挣脱了，然后冲到大路上，不幸躺在了驴车下，那我就负不了责任了。当然更有可能的是，它被别人牵走变成猪肉，或者是狼啊狗啊之类动物口中的美味。

第二天一早，伯邑考像疯了一样在朝歌城来回奔跑，他拼命地跑，一刻都不敢耽误，因为跑得太急，一路上他摔了好多跤，脸上胳膊上全是乌青一片。路过饭铺时，他进里面喝了一口水，喘了一会儿气，接着又狂奔出去。

无数个朝歌人好奇地看着他跑，他为了一头猪在街上狂奔。街上的笑声哗啦哗啦地响起来，大笑、轻笑、奸笑、细笑、淫笑、坏笑、傻笑、干笑、湿笑和皮笑肉不笑。林子大了什么鸟都有，人多了也是什么笑声都有。

临近中午，伯邑考完全是另一副模样了，头发散乱着沾满了杂草，脸上青一块红一块，好像还磕掉了一颗门牙，身上的衣服也不像样子，尽是脏兮兮的泥巴和狗屎，甚至还跑丢了一只鞋子。

伯邑考又一次跑回饭铺的时候，姜寡妇赶紧端上一碗麦子粥，伯邑考接过来一阵狼吞虎咽。姜寡妇心疼地说，你说这猪也是的，乱跑个啥，瞧把你急的。

姜寡妇刚说完，伯邑考脸上就流满了眼泪，他放下碗，低头抽泣起来，一边抽泣一边还将嘴里的粥咽了下去。然后他擦着眼泪痛苦起来，嘶哑的嗓音像是捆了一天的猪似的，呜呜地一声长，呜呜地一声短，哭得身体一抖一抽的。

我实在看不下去了，说，我听说朝歌城的猪都喜欢去城外的洹水河边的小树林散步，要不你去那里找找，兴许它也跑到那了。

驴和草

微子第二次来饭铺是在一个傍晚，他特别提议要品尝下姜子牙做的烤腰子。姜子牙受宠若惊，竟有些不知所措。

微子是驾一辆驴车来的，姜子牙在门外迎接。下车后微子让姜子牙先进门，姜子牙激动地说，还是殿下前面走吧，我小时候在东夷是个放羊的，在畜生后面走都习惯了。

落座没多会儿，姜子牙端上一盘烤腰子放在微子面前，微子客套地说，这个很破费吧？

姜子牙忙说，没事，这不值几个钱，平常都是给狗嚼的。

微子忙让姜子牙一起吃，姜子牙说，你先吃吧，我每天这时候都要先喂驴再吃饭。

微子吃得津津有味，吃完后一抹嘴，对站在一旁一直未吭声的伯邑考说，腊月十五你就回西岐吧，还能赶上过年。

伯邑考听后脸色煞白，瘫在地上。

伯邑考常说，在朝歌城的这段时间是他一生最快乐的时光。这不但是因为他找到了邑姜，娶回西岐，从此过上没羞没臊的生活，更是因为他遇到了我。

在我的点化下，伯邑考找回了他的那头猪。并且在当天晚上，伯邑考又请我喝了酒，以示对我的感激。我阴沉着脸一声不吭，他却嘻嘻哈哈笑个不停，这叫我烦得要命。

也就是在那天晚上，伯邑考喝了很多酒，也说了很多话，他说他之所以留在朝歌城迟迟不肯回西岐，全是因为我。

用他的话说，他像喜欢女人一样喜欢上了我。

这是我二十年来听到的最为荒诞的话，半天没有回过神儿来。

伯邑考还说，如果你我都能放开点的话，我们是可以相爱的。

说完这些，伯邑考就开始哭，哭得很有节奏。

这个丑陋的家伙，整天跟一头猪混在一起的怪人伯邑考口无遮拦、信口开河地说着，那样子像是在开玩笑，但又绝不是在开玩笑。

我赶紧把这件事告诉了吕岳，这老头见多识广，或许有法子处理。

吕老头眼里忽闪忽闪的，满是兴奋，他说，这种伤风败俗的事，要是被帝乙知道了，你会被处死的。

我是见过朝歌城处死人的情形的，脑海里迅速出现了那恐怖的场景，并且感同身受。空地上有上万人的目光，个个金光闪闪，整合起来就如一泡大粪上的无数绿头蝇一样。这些目光直射到我心里去，那里就又麻又痒，好像吃了什么毒药一样。有人撩起我的头发，并把冰凉的手掌贴在滚烫的脸上。我眼望虚空，耳畔响起了万众嘲骂之声。

我惊得一身是汗，赶紧问吕老头该怎么办。

吕岳叹口气，说，要是早把伯邑考给杀了，哪还会有这些烦心事。

我无奈地说，杀一个人怎么会那么简单，又不是杀猪，何况伯邑考人也不坏，我怎么能忍心下此毒手。

吕岳语气很是平静，那现在只有一个办法了，让伯邑考赶紧迎娶邑姜回西岐。

那怎么能行！我大叫道。

吕岳摇摇头，说我像他老家的一头驴。在他的乡下老家有这样一头驴，有一天这头驴见到了两堆草，就想同时到两个草堆上吃草，结果就在草堆之间饿死了。我一会儿喜欢姜彧，一会儿喜欢邑姜，就跟他老家的那头驴一样。

我对吕老头说我是驴很不高兴，嘟哝了句你才是驴呢。

吕岳气呼呼地站起身，骂骂咧咧道，我就不明白了，你已经有一个姜彧，干吗还非要霸着邑姜，她们俩就好比是两堆草，外表看起来是有区别的，但吃起来的感觉却是一样的。

晚上我抱着酒坛子即将入睡的那一刻，想着吕岳白天讲的那头驴的故事，觉得自己还真的像头驴。其实两堆草是一样的，吃哪堆都行，两个女人也是一样的，娶哪个都行。

可关键是两个女人我都不想娶，我想娶的是妲己，那个肉薄心窄，眼神忧郁的东夷女人。

那我又为什么老挂念着姜彧和邑姜呢？

后来我想了想，原因也很简单。因为我相信，有的男人，比方说我，因为太特别，除了在朝歌城画画、做猪头大菜，别无活路；还有些女人因为太无聊，比方说邑姜和姜彧，除了嫁给这么特别的我，也别无出路。

想到这些后，我翻身起来，一个人爬到屋顶，抬头看着东南方的星星，正值冬天，星星看起来很遥远。模模糊糊想起妲己，遥远的远方真的有一个叫妲己的女人吗？

寒风吹过来，四周的房屋有黑色的轮廓，隐约有狗的嚎声。我扯开衣襟，仰天长啸了一声，隔了很久，却没有回音。

我接着喝酒。

酒是好东西，它可以让我忘掉很多不开心的事情。所有的悲伤和忧愁都被酒水所稀释，在半醉半醒之间我仿佛到了另一个世界。

妲己在那里，坐在窗前，衣香鬓影，见到我只是微微一笑，我喜极而泣。她轻轻地对我说话，声音甜腻，极尽谄媚。

她的嘴，薄小而忧郁，灿如兰芷。

她的腰，纤婉而坚韧，像一小节竹笋。

我知道这是梦，但我希望我永远不要醒来。

一大早我就跑进了茅房，原本是要拉屎，但蹲了半天也没有出来。我有便秘的老毛病，急得抓耳挠腮。

武吉也进了茅房，风风火火地撒了泡尿，撒完问我，你又便秘了？

我白了他一眼，微微皱紧了眉头，表情却是镇定自若的。

武吉像早晨的公鸡一样，昂首挺胸，迈动着两条粗壮的短腿，摇晃着同样粗壮的胳膊，大模大样地走了出去。

我继续专注于拉屎，却听到外面一声撕心裂肺的惨叫，吓得我猛一哆嗦。还没等我回过神来，武吉又风风火火地跑进来，跺着脚冲我大叫，你别拉了，出大事了，伯邑考把自己的鸡巴给切了。

我马上感到小腹一阵胀痛，然后我竟然腹泻了，突然就腹泻了。我死死蹲在那里，闻见一股臭气包围着我，一种难听的声音从我屁股下面噼噼啪啪地炸响，就像不合时宜的鞭炮，我很难受，说不出口的难受。我一边呻吟一边说，我……我这就出去……

等我跑进伯邑考屋子的时候，里面已经挤满了人，所有人都目瞪口呆地望着他。

伯邑考斜靠着墙，下身满是鲜血，见我进来了，他微微笑了下，笑得有气无力，右手上英姿飒爽地举着他的阳具，血赤呼啦的。

伯邑考说，我娶不了邑姜了——

说完，伯邑考一头栽在了地上。他横行多年的阳具，它的气焰过去多么嚣张，现在它终于消停了，落寞地在地上滚着，满是污迹。

伯邑考快刀斩乱麻，亲手切下了他的命根，为的是留在朝歌城。

抉择

挺好的月亮，映得雪地上点点银光闪烁。我双臂锁了邑姜，她的头发和眼睛在我的颌下，她的双腿用力，我俩一起挪进屋子。

夜深了，没有人声，猫狗也都睡了。邑姜轻轻一笑，眼波动荡。她的双手像蛾的双翅在我的身体周围上下飞舞，最后停在我的腰间。

邑姜的手干燥而稳定，细长而冰凉。

邑姜叹了一口气，开始缓慢地亲我，亲得很深，亲得很有次序，由上到下，到很下。

邑姜的头发散开，浓密零乱，在我的腰间波涛翻滚。我像是站立在齐腰深的水中，波涛汹涌，我站立不稳。

我的目光依旧凌厉。我的手和邑姜的手有种奇怪的相似，同样干燥而稳定。我的肋骨依旧根根可数，我的大腿没有一点赘肉。

我的气数还长。

临近极致的一瞬，我想到了伯邑考切下的阳具，肮脏一团在地上乱滚，我的下身迅速疲软，邑姜便轻叹一声，眺望窗外，窗外月明星稀。

我们安安静静坐着说话，她好像了解我所有的心情，我听不见我们说话的声音。我们絮絮叨叨，吐出白蒙蒙的水汽，凝在她脸上细细的绒毛上，结成露水。

好在伯邑考身强力壮，也多亏了姜子牙和姜寡妇的悉心照料，三天后伯邑考就缓了过来。

微子来看过伯邑考。出乎意料的是，微子并没有因为伯邑考的鲁莽而去责骂他。要知道伯邑考迎娶邑姜可是商王帝乙的旨意，他的这一抉择除了使自己永远做不成男人外，更为严重的是他违背王意，是要砍掉脑袋的。

微子的脸上挂着诡异的笑容，他先是揭开被子，仔细地瞧了瞧伯邑考的下身，然后点点头，嗯了一声说，真的切干净了。

接着说了些不着边际的话安慰伯邑考，并嘱托姜子牙和姜寡妇一定要照看好他。

临近走了，微子又向姜子牙询问伯邑考切下的阳具的下落。姜子牙想了一会儿，迅速爬上桌子，从房梁上摸出一个荷叶小包裹递给微子，殷勤地说，幸亏没有喂狗。

微子小心翼翼地打开荷叶包，里面的东西已经一半风干。他又仔细地欣赏了半天，然后重新包起来，表情坦然地揣在怀里，说了声，那就这么着，我先回去了。

微子走了之后，有一些好奇的人陆陆续续地跑来看新鲜，都想一睹把自己命根子切了的男人是什么模样。

如果只是图看个新鲜也就罢了，这些人还不怀好意，故意走上前去，像微子一样掀开被子看个究竟，一个个嘴巴里还啧啧着。伯邑考赶紧安慰他们说，不打紧，还是会尿尿的。

看新鲜的这些人哄堂大笑，他们笑得前仰后合，笑得浑身发抖；他们笑出了鼻涕，笑出了口水，还笑出了屁。笑声中我看不见伯邑考了，看见的是整个朝歌城喧闹的身影，朝歌城上空回荡着一股欢乐的气流。

伯邑考切下自己的阳具这一亘古奇闻在朝歌城传得沸沸扬扬，朝歌城的无数个男男女女不厌其烦地走进饭铺，热情地打听着伯邑考的近况，问罢还不忘盯着坐在一边的我，发出幸灾乐祸的笑声。

有时候我看着伯邑考看我的那种眼神，突然觉得伯邑考好可怜。一个人外表看越是五大三粗、丑陋不堪，愚蠢起来越是如此的不可思议。而有的时候我看着伯邑考，又觉得其实伯邑考远比我幸福，虽说他经常做些惊世骇俗的事，但有几个人像他那样知道自己真正想要的是什么？

饭铺整日里不得安生，姜寡妇只顾着坐在那里生闷气，就连好脾气的姜子牙也烦恼不已，脸上现出了疲惫而厌倦的神情。

黄昏的时候，武吉来找我，坐在那里东张西望的，我故意不去问。他肚子里是存不住东西的，果然他忍不住对我说，子辛大哥，你看伯邑考现在能下地活动了，老住在饭铺也不是个办法，要不你去跟他说说，还是让他早点回西岐吧。

我脸一沉，说道，伯邑考又不是我请来的，想让他走，你自己去跟他说？

武吉一听，当时就急了，涎着脸说，谁不知道伯邑考是因为你才把鸡巴给切掉的，不找你说找谁说？

我却像一簇压抑的火苗见风燃烧，怒吼着撵武吉滚。

撵走了武吉，我有点心虚，于是离了饭铺，走在寂寥的朝歌城里。夜间的朝歌城像一幅暗色的画在我眼前铺展，静止不动，看上去很美，可是，美得荒凉。

我低头想了一阵心事，猛地抬头，一个大月亮，缺了半边，顶在半空中。虽是半个月亮，却也亮得逼人，慷慨地照耀着朝歌城。一阵风吹来，槐树的枯枝索索地响；脚下枯枝的影子，也随声索索地晃动。

我走出小巷，走上大街，姜子牙和姜寡妇俩人却在桥头堵住了我。他们注视我的表情不一样——姜寡妇看上去很焦急，姜子牙的眼神躲躲闪闪，暗藏不住他的内疚。从那眼神里我一下就猜到他是不情愿来的，是被姜寡妇逼的。

姜子牙被姜寡妇撺掇着先说的话，子辛啊，是时候痛下决心了。

我何尝不想痛下决心，可我舍不得邑姜离开朝歌城，也不忍心看着伯邑考死于非命。

我努力地为自己找借口，事实上我一直都在为自己找借口。但我发现随着事态的发展我越来越无法自拔，我经常会在黑暗中大叫一声醒过来，浑身都是冷汗。

我曾经拐弯抹角地询问过伯邑考接下去将如何，伯邑考给了我一句话，有些事情即便是如何的天经地义也会让有些人寝食难安，而有些事即便是如何的惊世骇俗也会令人心安理得，关键是我们如何去看待这些事。

显然，伯邑考是执迷不悟的。

姜子牙的话让我想了好长时间，最终我做了个决定，让伯邑考滚出朝歌城。

也许很多年后我会为这个决定而后悔，但我做了决定以后舒舒服服地睡了一觉。

伯邑考的死

我想让伯邑考滚出朝歌城，自己不好意思说，于是绕个圈子让姜彧去转告。

姜彧木然地走进伯邑考的房间，没头没脑地一句，这下你死心了吧，子辛不想再看到你了。

姜彧说着跨出了屋门，脚步响亮地走了出去。伯邑考气急败坏，一拳打在了墙上，然后痛得龇牙咧嘴，对自己受伤的拳头又是摸又是呵气又是吹，嘴里的嗷嗷叫声变成了嗞嗞的吹气声。等到疼痛缓过来了，伯邑考看着门外空荡荡的院子，对着早已经消失的姜彧喊叫，全他妈的是王八蛋！

第二天，伯邑考高大强壮的身影充满挑衅地出现在了饭铺。也许是为了让我记住他，也许是为了强迫自己遗忘我，伯邑考怀着一半爱意一半仇恨，枯坐在饭铺的店堂里，一坐就是半天。没有人愿意理他，他也不去理任何人。有时候他像一个哑巴沉默不语，只观察不说话，有时候他像一个盲人，坐在角落里闭着眼睛晒太阳，只倾听不抬眼。他的存在酷似苍蝇这类的东西招人嫌恶，起初是武吉想方法驱逐他，他自岿然不动，后来我们就懒得赶他了，任凭他在那里枯坐。

晚上，伯邑考又懵懵懂懂地站在我的屋门外，他站了很长时间。

夜晚静得连针掉在地上的声音都没有，后来有两只猫蹿到了屋顶上，它们追逐时叫声凄惨，他听了在那里发抖。我意识到这样做也不是个法子，弄不好他又要挂根草绳来上吊。

我开了房门，可又有些后悔，觉得自己不该这时候给他开门。

我出来时，伯邑考激动得差一点哭了。他像是怕冷似的抱住自己的肩膀，嘴巴张了又张，却没有声音。

我看了他一眼，面无表情地走回了房间，伯邑考摇摇晃晃地跟在我的身后，终于说出声音来了。他沙哑着嗓子说，你——

我对他的厌恶之情溢于言表，不等他说出来，便冷冷地呵斥道，你还是赶紧回西岐吧，这里没有人想再看到你。

他被抢白了一通，嘴巴安静了，脑子没停，过了一会儿他终于还是没管住自己的舌头，你……你就不想说点别的？

一股热血冲上我的头顶，恶向胆边生，紧握拳头朝他扑了过去。

晚风吹来一个神秘而阴险的声音，那声音摧毁了我的理智，我明明知道打人不打脸，别人打人都挑隐蔽的地方下手，我却决定打他的脸。

他不还手，也不出声。我的拳头在他的脸上游走，发现那张脸像一个孩子，肮脏、瘦小、无辜，带着孤儿们天然的凄苦表情，凄苦中流露出不知所云的纯洁。

痛打了伯邑考后，我心里发虚，没敢在饭铺多待，直奔回了王宫，倒头便睡。

直到早晨的阳光从窗口照射进来，阳光让我睁开了眼睛。我看到了一个明媚的早晨，屋檐上仍然挂着冰凌子，冰凌子上仍然映着水珠，像一颗颗獠牙，要把人撕碎嚼烂。可是阳光让整个屋子灿烂起来了，麻雀在屋外的树上叽叽喳喳地鸣叫着，来来去去的下人们响亮地说着话。我长长地出了一口气，终于度过了艰难和压抑的夜晚，这个美好的早晨让我心情舒畅了。

也就在这时，妇戊闯了进来，不由分说地在我的大腿上蹬了一脚，手在我的脖子上掐了一把，破口大骂，你干的好事——

我一时慌乱。妇戊说话嗓门大，她嗓门一大我更慌乱，一乱就前言不搭后语了，我……我什么都没干……

接着是帝乙，他挥舞着木棒抽我，抽我的脸，我从来没有见过如此暴怒的父亲。他头发凌乱，眼角上还挂着眼屎，面孔上看上去很古怪，一半是苍白的，另一半因为愤怒，已经涨成了猪肝色。

我被打得晕头转向。

我被打得越是厉害，委屈就越是强烈，委屈越是强烈，愤怒就越是无法遏制，刹那间无数恶毒的语言从我的嘴里倾泻出来，犹如汹涌的洪水向我父亲奔涌而去，操死你啊，你个王八蛋——

帝乙突然愣住了，用手指着我，一句话也说不出。我登时也觉出失言了，站在那里抖个不停，像是狂风中的树叶一样抖出了响声，我吃惊地看着自己的身体。

也只是片刻的沉默，屋子里便炸开了锅，这回是妇戊和帝乙两个人都要冲过来和我拼命。我站在窗下没有躲，随着愤怒以一种酣畅淋漓的方式发泄出来，我浑身还在战栗，眼泪都快掉出来了。

我就站在那里等，任由他们打骂。

最后是微子侧身进来了，他掩饰住不正经的笑意，去拉拽两个人，嘴里忙不迭地安慰帝乙和妇戊。

微子是那么无耻，无耻得光明磊落；他又是那么下流，下流的方式却是居高临下。

伯邑考死了，是因我而死。

伯邑考把自己吊死在了王宫大门的横梁上。他的那张伤痕累累的脸上挂着一丝微笑。

死人也是会笑的。

伯邑考令人匪夷所思的死，迅速传遍了朝歌城。

朝歌人都在议论着伯邑考的死，他们的嘴里一片唏嘘之声，他们连连说着不可思议、难以置信、无法想象……他们说王宫大门的横梁足有三丈高，他怎么就把绳子系在了上面，而且死的时候还在笑。他们说到这里声音都抖起来了。他们说他怎么下的狠心，爬那么高，心也会发虚，腿也会发软，更不用说是把自己的脑袋放进绳套子里……

微子走上前去，淡淡地对他们说，人要是真想死了，总是有办法的。

微子说完这句话停了下来，稍稍回了一下神，拿眼睛看了我半天，看得我灰白色的面孔上罩了一层冷汗，在这上面又有一层皱巴巴、湿淋淋的惨笑。

猪的下场

连年征战，大商的天下已经是日薄西山，全仰仗着西岐这样的诸侯国支撑。这下西伯侯的儿子伯邑考死了，死在了朝歌城，有了这么一个由头，姬昌怎么会善罢甘休，迟早是要兵戎相见的。

可怜朝歌城刚有了几年太平日子，又要血流成河了，帝乙岂有不愤怒的道理。

我遍体鳞伤回到饭铺时，伯邑考的尸首已经往西岐起运了，只留下伯邑考那头心爱的猪在饭铺。

那猪趴在地上，歪着脑袋吧嗒吧嗒掉眼泪。旁边的武吉赤着膊，蹲在地上霍霍地磨着杀猪刀，围着的姜子牙和姜寡妇在说杀猪刀从什么地方刺进去最好。

我走上去，一把夺过武吉的杀猪刀，这下武吉不干了，直起身子生气地朝我吼，我一脚踹在了他的肚子上。我使的劲很大，武吉捂着肚子满地打滚。

吕岳抱着个酒坛子走了进来，朝我笑了笑，说，这下了结吧，没有烦心事了吧。

我也笑了起来，笑得没有一丝力气。

笑有时候也是痛苦的，因为笑得没心没肺，笑得无从源起，笑得无比悲伤。

我转身进屋，低头坐在那里，此刻遥远的往事雪花纷飞般来到，和伯邑考的共同经历仿佛是一条雪中的道路，慢慢延伸到了现在，然后突然消失了。我思绪万千，可是又茫然不知所想，仿佛是皑皑白雪覆盖了所有的道路，也就覆盖了所有的方向。直到我低头看见姜彧站在屋子中央的两只脚，我的思绪才回来。

姜彧一直安慰我，但对于伯邑考的死，我始终无法释怀。

我这个人，无聊过，下流过，干过许多蠢事，几年后还莫名其妙地当上了商族的大王，带兵出征过，杀过很多人，但没有一件像伯邑考之死这次这样，让我苦苦纠结，终生不安，身心疲惫。

伯邑考不是我杀的，但的确是因我而死。

后来的人都骂我是纣王，这个我不是很介意，历史总是让你看到他要你看到的那些，再说姬发做了天子，也不大可能有夸奖我的话。就像伯邑考的那头猪，伯邑考死了，它的下场只能是任人宰杀。我被打败了，也只好任人评说。

但我永远想不明白的是，姬发为什么要那么编排我，把我骂得一无是处。后来我年纪大了，就无所谓了，因为编造这些假话的人，既不是从他始，也不是到他终。

对于其他，我问心无愧，我也甘愿接受别人骂我是纣王。因为活在这个世界上，有些事你可以不承认，但必须接受。

也只有伯邑考之死这件事，如鲠在喉。这完全是我的错。

很多年后，我在朝歌城遇见一个名叫南宫适的乞丐，长相甚是奇特，细长的身子上顶着个大脑袋，活像姜子牙烤的一串猪腰子，比起伯邑考有过之而无不及。说话时还喜欢摇头晃脑，看得让人胆战心惊的，生怕他那个细脖子承受不住，万一那斗大的脑袋掉下来可不是闹着玩的。

南宫适还是个斗鸡眼，他也并不以此为耻，反倒四处夸耀自己眼神好，也真是奇了怪。更为奇怪的是他总牵着一只褪了毛的山羊，他只是一个乞丐，有了上顿没下顿的，居然对此山羊不离不弃。真是活脱脱的又一个伯邑考。

那年我偶然见到南宫适，吓了我一跳，暗骂这种人怎么不去死，居然还满大街溜达来吓唬人，我真想上前痛打他一顿。姜彧制止了我，对我说，如此怪异之人你就不要招惹了，忘了早年间的伯邑考了吗?

我心里一沉，悲从中来，叫人赏了南宫适一些吃的，轰他出了朝歌城。

后来听说这南宫适还挺厉害的，自幼父母双亡，在很小的时候被一位世外高人收养，并传授了他一身武艺，再加上他天赋异禀，素有名声。在朝歌城没有讨到差事，就去投了西岐，很快便名震天下。姬发带兵攻进朝歌城时，这人出了不少力。

这些长得丑的人，杀也不是，留也不是，真拿他们没办法。

第四章 变

习惯

饭铺外的大槐树下面是我喜欢的地方。从十三岁开始，我就跟着黄飞虎待在这地方练习下流，虽说黄飞虎现在不大来了，但一有空我还是会坐在这里。

这成了我的习惯。

我有很多习惯。饭铺里面的茅房，我习惯用最靠东边的那个。我固执地认为那个方位风水最好，拉出的大便带热气。

但是连续几天，晁田老早就给占了，而且一进去就是老半天，里面就那一个茅坑，我只能在外面干着急。

我以为他也是便秘，他出来后我双手抱臂，同情地问他感觉怎么样，他脸一红，低着头走了。

晁田是个很奇怪的家伙，都二十岁了还不怎么识数，比如让他瞧瞧大堂里有多少客人，他非得把手指、脚趾全都掰上才能数得过来。平日里总是呆呆地看着一个地方发笑，很少说话。都说这家伙脑子有问题，有段时间我一度觉得他怪可怜的。

晁田虽说又蠢又笨，但人不坏。

自打出了伯邑考的事，朝歌城的人都在嫌恶我。他们觉得我不正经，把伯邑考的女人睡了，伯邑考一时气不过，才把自己吊死在了王宫大门外。黄飞虎、姜子牙他们有心维护我，但老有些人风言风语的，于是也不太敢接近我。人言可畏啊。

幸好还有个晁田，这人没什么心眼，弘敞宽阔，也不知道什么利害，照常对我好，我也就越发亲近他了。

在朝歌城，晁田不属于漂亮的人，做什么事都显得心不在焉，但我被他迷惑。他的眼睛很亮，在黑暗的角落里闪光，像四足着地的野兽。姜彧告诉我，我刚来饭铺时，眼睛里也放绿光，只是现在黯淡到几乎没有了。我在晁田身上阴晦地察觉到我少年时的存在状态，或许这个年轻人头脑里也有一个怪胎，这个发现让我心惊肉跳。

晁田有一天晚上拖着残脚，摸到了我的房间。我问他有事吗，他也不说话，只是红着脸嘿嘿笑，笑得很不自然。

我不去理他，年轻人心里是藏不住事儿的，他呆坐了一会儿，终于开口了。他说，你知道我这几天为什么一大早就去茅房吗？

我觉得好笑，说，拉屎撒尿啊。

他扭捏着，也不全是——

我说，你有话就说，有屁就放，别跟我磨磨叽叽的。

我这一急，晁田的脸更红了，又憋了半天总算道出了原委。

原来，晁田这几天起床后总会看到自己的鸡巴直直地挺着，有时候还有些黏糊糊的东西挂在头儿上。晁田很害怕，以为自己得了什么不治之症，因为这是下面的事，他又不好意思去问别人，只好在上茅房时，躲在里面瞎琢磨。因为跟我亲近，才来问的我。

我张大了嘴巴，淫荡的目光趁机在晁田的脸上扫来扫去，隔了好一会儿，才拍拍他的脑瓜说，这叫一柱擎天。

晁田瞪大了眼睛。

我接着说，男人长大了都这样，我也这样，这是提醒我们该去睡女人了。

晁田似懂非懂地点点头。

我倒是有些吃惊，按年纪来说，我跟晁田同岁，都二十了，可我十三岁时就雄激素蓬勃，性冲动踊跃了，他怎么到现在才开始挺着呢？

帝乙十六年的夏天，凉一阵，热一阵，下阵雨，出一小会儿太阳。凉热打了几个反复之后，天忽然暴热起来。早上还油绿绿的叶子，中午就卷了边；街上的行人打起了雨伞，希望遮住天上下来的火。

我热得要命，不穿衣服坐在那里汗都不停地流，一天到晚后背总是湿漉漉的。晚上能稍好一些，但也热得睡不着觉，我背一葫芦凉水爬上屋顶乘凉，看见晁田也蹲在那里，舌头伸出老长，吓了我一跳。

我有些生气，这小子不光霸占我的茅坑，现在又来抢我的屋顶，但还是好奇地问，晁田你伸着舌头干吗？

晁田赶紧收了舌头，害羞地说，我哈气呢，这样会很凉快。

他这么一说，我也张嘴伸出舌头哈哈了几下，发现还真的管用，于是我和晁田并排蹲在屋顶，张着嘴哈哈地吐着舌头。

月光照在我俩身上，留下两个很怪的影子。我忽然想起朝歌城的狗一到夏天也是这个样子，一时又气又恼，抬脚把晁田踹了下去。

天一热起来，最受不了的是姜寡妇了，她最恼火的是这种鬼天气让她无法和姜子牙睡在一起。说来也是，两人要是往一起这么一抱，浑身湿漉漉的，像两条黏稠的蛇搅在一起，确实让人意兴阑珊。

没有了兴致的姜寡妇把姜子牙赶出了房门，姜子牙没有办法，也只好爬上屋顶跟我和晁田一起看星星。

闲极无聊时，我们会各自倾诉对未来的期许。

姜子牙说他已经是四十几岁的人了，只想着能跟姜寡妇好下去，如果能生个一儿半女的更好，然后把饭铺经营好，这辈子也就没有别的奢望了。

坐在我旁边的这个矮胖子，用这样平和的语气谈论着对未来的期望，使我内心涌上一股难言的温情，仿佛是一片青草在风中摇曳，我看到宁静在遥远处波动。

晁田毕竟年轻，想法有点不切实际。他想赶紧有一场大的战事，最好像几年前朝歌征伐东夷那样轰轰烈烈，然后他好做一个大将军，杀敌立功，拜将封侯。

我和姜子牙对此嗤之以鼻，考虑到他本就是一个愚蠢的人，还有这样一番惊天动地的愿望实属不易，也就不去和他计较。

不过很多年后，晁田真的成了一个大将军，我想姜子牙一定会和我一样觉得可笑。可晁田真的做到了，虽说没有实现拜将封侯的愿望，但至少披甲戴盔在沙场上驰骋过，也算是了了心愿。

我不确定晁田是个聪明人，但有一点我敢肯定，至少他不是个傻子。

我们坐在饭铺的屋顶上，尽兴地聊着，不知不觉天都快亮了。

我举目四望，天空是从很远处的泥土里升起来的，天空红彤彤的越来越高，把整个朝歌城都映亮了，使眼前变得像血那样通红一片。还有横在城里的河流和爬过去的街巷，那些树木，那些茅屋和天井，那些从屋顶歪歪曲曲升上去的炊烟，它们都红了。

姜子牙和晁田一直在催问我对将来的期许，我望着初升的太阳，一股悲伤涌了出来。

我在孤僻的泥潭中越陷越深，在荒唐的道路上越走越远。我在朝歌城失了宠，前途很渺茫，未来很模糊。

东街

吕岳不久前刚刚死掉，他是在这个世界还没有变得太奇怪之前死去的，后来很多人都羡慕他死得很是时候。这老头一辈子都很会算计。

这老头一生的故事太多，我不想一一诉说。他是朝歌城最有名的酿酒师，从此我再也喝不到美酒了，单单这一条就足以让我伤心很多天了。

我是怀着万分悲痛的心情去拜祭他的，那情形就算是帝乙死了我也不会有的。

吕岳乖乖地躺在一张门板上，表情安详。我望着他形同枯槁的身体，那身体像一段顽强的朽木顶风冒雨，站立七十来年，终于在一次醉酒中倒伏下来。

他死于一次醉酒，一头倒在了大街上，再也没有爬起来。这是个让人羡慕的死法，明显地好于精竭而亡。

老头生性风流，大小老婆无数，因此儿子也颇多，但多数都默默无闻，极不成器，出来混的几个又都乖悖违戾，臭名远扬，不堪大用。我去拜祭时，他的这些儿子冷冷看着我，尤其是我抹眼泪时，他们又都露出了极其鄙视的目光。

我看到他家里还余下一坛美酒，就想抱回去喝。要是在吕老头活着时，他一准儿是没有二话的，可如今他躺在了那里，我不得不征求他的这些儿子的意见。可他们个个面无表情，也不知道是同意还是不同意。

后来我硬着头皮，抱起那坛酒就往外走。谁知还没等我跨出门槛，身后就传来了说话声。

喂，你站住，我说你呢——

我回头，看到其中一个儿子瞪起金鱼眼，垂着两个大眼袋怒冲冲地盯着我，像盯贼一样盯着我。

我有点心虚地看着他，他走过来，动手来抢我怀里的酒坛，我一下把他的手搡了回去。他一个踉跄，脸上有点挂不住，嘴里骂起来了。

他一骂，我也火了，随口就回了他几句。

这时候上来另外一个儿子，不由分说地夺了酒坛，放回原处。那人蜂目，豺声，是恶人相。

我想再抢过来，那人却一个猛扑，把我死死地按在地上，他带有蒜头味道的鼻息喷到了我的脖子上。他骂道，你鸡巴毛还没长齐呢，就想跟我们较量？

他狡诈地让我保持一种嘴啃泥的姿势，我一时找不到反抗的办法，只能蹬腿，不停地蹬腿。砰的一声闷响，我蹬倒了酒坛子。

酒洒了一地，酒香四溢，打我的那人也停了手，跟其他的几个儿子一起笑了起来。他们边笑边说，洒了也不给你王八蛋喝。

我从地上爬起来，用最为恶毒的语言骂了他们一阵后，扬长而去。我瘦弱的身体昂首阔步地从那些嘲笑我的人身旁走过，故意弄得尘土飞扬。

不知是什么原因，从远处飞来了无数麻雀，它们大胆地聚集在朝歌城的上空，发出鸟类神秘而尖利的大合唱。

我突然感觉自己猥琐、渺小、低能。

从吕岳家的小巷出来，爬一座石桥，穿过一片茅草屋，就是一条开阔的大街，叫作东街。大街两边杨柳依依，烟花飘摇，一到晚上便张灯结彩，各色女人倚街而立。多数不像朝歌人士，或薄有姿色，或敢于暴露，大多都涂脂抹粉，妖艳异常，也分不清是卖大饼的，还是卖鸡蛋的，或者索性就是卖自己的。

如果心无旁骛，沿着大街朝北走上一刻钟，就到邑姜的家了。

我常把邑姜躺抱在怀里，在很近的距离看她。她的皮肤很白，露出下面青青的脉管。她的领口半开，露出下面青青的乳房。

我的手掌滑过她的身体，像是水冲过石子，她的身体起伏动荡，曲折延展。她的头发细致而柔软，味道很好。

每到这时，邑姜会叫我站起来，又叫我脱掉下裳，坐到床上来。我的那东西就逐渐伸直了，像一根直溜溜的棍子。邑姜向它俯过身去，我感到了一股模糊不清的热气。她又用手指轻轻地弹它，发现它在轻轻颤动着。

邑姜舔舔嘴唇，说道开始吧，然后就脱掉上衣。

这也是我最为惬意的时刻了，我们情深意笃，牢不可分。

有一天，我也是心急了点，天还没黑下来就想去找邑姜。这光景自然是不能翻墙而入的，再说每次都那样偷鸡摸狗，我也有些腻烦了，于是仗着胆子从南门进去。

首相府是个大院子，周围围着三丈高的土坯墙。本来它有四个大门，但是其中三个早已封死了，这样做是因为商容觉得安全。所以我只能从南门进去，刚进去时我还提心吊胆，生怕遇见人，后来见院里的人不多，也没人搭理我，于是我大摇大摆，满身杀气地奔向后院。

路过正房时，一个茶碗从里面飞出来，落在我脚下。我下意识地停住脚步，看见一身宽袍大袖的商容，倚在门口看我。商容中等个儿，上嘴唇留着一撮小胡子，有五十来岁。他看我的神情不同以往，眼神严峻，嘴角上浮现出一丝讥嘲的冷笑。

我无比沮丧，心想那些带兵打仗的将军失掉了自己的城池时也会是这样。还没等我走到后院，我身上的杀气就毫无影踪了。我又变成了个悲观的人。

天空突然一暗，夜色慢慢垂下来，覆盖了漫天的雨云，朝歌城变黑了，首相府也变黑了。

此地不宜久留，我顶着商容敌对的目光往回走，咬着牙跑出了他的视线。

来到大街上，我终于松了一口气。天色已经黑下来了，店铺门口的火把亮了，朝歌城的街道在灯火下半掩半露，干净的主街看起来更干净了，肮脏的小巷则更肮脏了。空气里残留着路边人家晚餐的气味，有的是猪肉诱人的香味，有的是麦子粥淡淡的清香，我饥肠辘辘心急如焚，却不知道该去哪里。

姬发

大清早，朝歌城的景色赏心悦目，仔细想想，这样在城里活下去，虽说一无是处，好歹也休闲恬适。

我大跨步迈出饭铺大门，刚出来，就看到一个胖子在打一个瘦子。

胖子扬着巴掌，劈头盖脸，一会儿就把瘦子打得鼻青脸肿。瘦子经不住打，一步一步往外跳，像是驴在尥蹶子。大街上人来人往，瘦子还得躲人。胖子身笨，人缝里撵不上瘦子，便喘着气在那里喊，有本事你站那别动！

瘦子一脸坏笑，回道，有本事你过来打我！

我觉得无聊至极，真想过去一人揍他们一顿，不过终究还是忍住了。我在朝歌城已经是恶名远扬，好歹收敛点，不要把所有人都得罪。

我回转过头，正好看到一个猴脸在冲凉水澡。冲澡就冲澡吧，他不在院子里冲，他竟然当街冲，当街冲澡也就算了，他竟然还是一丝不挂满身皂荚沫，这里抓抓那里挠挠，一边朝街上的姑娘挤眉弄眼。

我怒不可遏，操起一根木棍就要去揍他。

申公豹疯疯癫癫地迎了上来，挤眉弄眼地对我说，你还是住手吧，你知道他是谁？

我骂道，管他是谁，老子今天非弄死他。

他是姬昌的二儿子，伯邑考的亲弟弟，姬发。申公豹哑着嗓子低声说。

我被戳中了痛处，感到莫名的紧张，手里的木棍突然变得异常沉重，一声没吭回了饭铺。

姬发约十八九岁，黑胖，门头一样高，一脸疙瘩肉，满头红毛。无论春夏秋冬，走路皆敞着怀，露着胸前凸出的一条子肉。十几年下来，这肉变得黑红，与身上其他部位不一个颜色。他的右嘴角有一颗黑痣，黑痣上有两三根毛，他大笑或是兴奋的时候黑痣就会颤，黑痣上的毛就会跟着抖，其中最长的一根的末梢会画圆圈。

最让我不安的，是他那两只又大又黑的眼睛。在宁静中，眼中射出火一样的光辉，又像是熟思和探寻的样子，但一瞬间，又流露出可憎的仇恨。

姬发来者不善，我第一眼看见他的时候，就有一种不祥的预感，我们之间一定会有某种事情发生。

那天傍晚回来，看到屋里有个男人，年纪比我小，肤色黝黑。果不其然，就是姬发，他这么快就冲我来了。

他在我屋里逡逡巡巡，见我回来就说，你有没有吃的东西？我饿死了。

与此同时，我看到桌上一块剩了好几天、老鼠啃过的大饼没有了，竹筐里的吃食也一扫而空。我可以假设他在给我清扫屋子，但是地没有扫。所以我就带他到前面的饭铺吃东西，他一连吃了六张大饼、十个烤腰子。

我怀疑他胃有毛病，但是他说他没有这些病，一切都正常，只是吃得多，但去茅房也多。

此后，他操一口浓重的西岐口音，老爱往我房间跑，并且管我叫大哥。我警觉地和他寒暄，你来朝歌有何贵干？

他答道，不为别的，就为一件未了的事。

听到这样的回答，我的额头上就暴起了青筋，低下头去。

后来他就到我对面坐下，和我搭讪道，大哥，听说你会画画，我也想画画，你能不能教教我？

姬发自称是个画师。这家伙整天穿着邋遢的衣服，背着大包裹，里面全是各种各样的零碎物件，根本不像个正经人。

我不以为然，说，看你像个杀猪的。

姬发急忙解释道，我的长相平庸而粗糙，但是我的内心精致而细腻，别看我长得像个杀猪的，其实我真是个画师。

他来到朝歌城当晚就要洗劫楼下的西瓜摊。我说兔子不吃窝边草，然后他就和我吵起来了。不过这人没心没肺，从不记仇，吵完没多会儿，就又腆着脸跟我套近乎。

后来，姬发就开始在街上瞎混，白日里跟一些半大小子斗殴，到了晚上就向我显摆他白日里的丰功伟绩。

姬发的斗殴有小斗和大斗。小斗使拳脚，关键是不能倒地，倒在地上就会被别人乱踢裆部和脸，以后明里暗里都没办法和姑娘睡觉了。大斗用家伙，怀里揣着菜刀、杀猪刀、石头之类的，家伙使得越朴素的人越是凶残。我也曾经见过一个蓄一撇小黑胡子的人用一块石头把别人的脑浆子砸出来，白白地流了一地。

小斗常转化成大斗，被拳脚打得鼻青脸肿的人从地上爬起来，用袖子堵着流血的鼻子，冲打他的人喊，有种你别走，在这儿等着。打他的人多半会一边轻蔑地笑着，一边等一等，大斗往往就在之后进行，仿佛幕间休息一阵，下一幕开始。

姬发斗殴的缘起有时候会非常简单，比如一双新做的草鞋。其实姬发也不缺这些，姬发跟相争的人一手攥住一只草鞋，另一手抡着石头砸对方的头，谁也懒得躲，谁的头抗不住石头，先倒下去，草鞋就归另一个人。

多数时候的斗殴涉及女人。可不要小瞧了姬发，这小子虽然长得不堪入目，但在勾搭女人方面却是有两手，而且他总喜欢勾搭那些有了男人的女人。光勾搭女人还不算完，姬发还喜欢送被勾搭了女人的男人们每人一顶帽子，那是一种绿萝编成的草帽，朝歌人都管那叫绿帽子。

姬发这样做实属挑衅。

经常看到这样的场景，姬发和被送了绿帽子的男人在街中间厮杀，充当祸水的女人在一边无能为力地哭，眼泪流到土地上，溅起尘土，没人理她，更没人听得见她的哭声。女人可能长得很美，一头乌发飘在高高的胸前，又黑又亮又顺，随着哭泣的动作一跳一跳的。女人也可能丑点，或者简直就是惨不忍睹，一头黄发跟枯草似的，柿饼子脸，绿豆眼，鼻孔朝天，血盆大口，五短身材。可这些都不要紧，有一个斗殴的引子就成。酣畅淋漓地打一场比什么都强。

我向来对这些事情都很反感，说他刚来朝歌城就这样跟人打来打去的很没有道理。

姬发眼睛一瞪，跟牛似的，理直气壮地吼着，我爹说过拳头大不一定有道理，但拳头小一定没道理。我小时候由于脑袋不灵活，经常被人取笑，气极了我便冲过去狂打一顿，有时候是我打赢了，但更多时候是他们一拥而上把我打得鼻青脸肿，我爹对此一直视而不见，在我被打得最惨的一次的时候他说了这句话。从那天起我就发了个誓，无论走到哪里都要让周围的人怕我三分，让别人怕我的最简单的方式就是举起拳头，揍他个王八蛋。

我厌恶地看看姬发，简直不可理喻。

姬发还喜欢跟人拼酒，他说他喜欢那种屏神静气的气氛，也喜欢那种脸红脖子粗的场面，在那一排黑色陶碗被浇满酒水的一瞬间，血脉贲张的感觉非常好。

但他老是输，喝不过别人，喝不过了又不认账，就开始耍赖。别人要是多说几句，他就跟人家吹胡子瞪眼，举起拳头，把那人揍个半死。

有一次我拐弯抹角地问他，老这么在朝歌城瞎混着，会不会很没有意思？

姬发很是不解地看着我，嘴里呢喃道，我觉得在这里比在西岐有意义，也就你这样每天没事找事埋汰我。

我气得浑身发抖，真想把他的嘴给撕了，不过后来我还是忍住了。我可不能像姬发那样粗俗野蛮，好歹我也是朝歌城的王族。

姬发还一直惦记着让我教他画画，软磨硬泡了我半个月，最后还是散了伙，因为实在气味不投，而且我还想多活些时候。他斗殴成性，又是伯邑考的弟弟，全天下人都知道我害死了他哥哥，保不准他哪天就要了我的命。

我们分道扬镳那天，他把我房间里的一面墙画成了绿莹莹的麦田。开头我想把它涂掉，后来又改变了主意，因为我已经看惯了。

西岐

姬发无休止的挑衅举动，终于引起了朝歌城里年轻人的不满。特别是他的拳头理论，朝歌城的年轻人们先是目瞪口呆，很快反应过来，群情激愤地对他进行了围剿，把他骂得狗血淋头。

若论力气大小和打斗技巧，姬发在朝歌城都不怎么占优势，他只不过是一股子蛮力，再加上点不要命的劲头。朝歌城的年轻人由于不了解底细，对姬发多是忍让。日子久了，朝歌人觉得姬发不过如此，再打斗起来就不留情面了。这样一来，姬发在外面经常打输。

姬发打斗不过，便从腰里掏出一根绳子，要把自个儿吊死在这家门前。

我提醒他说，你哥哥伯邑考当年也用过这招，没有什么新意，你应该换种方法。

姬发不听，还是风风火火地跑去上吊。事实上这招真不怎么管用，朝歌人差不多都了解点姬发的秉性，大家并不买账。姬发气呼呼地回到饭铺，坐在那里生闷气。

姜子牙、武吉他们殷勤地问在外面打得怎么样，姬发也不说话。于是他们同情地围着姬发，他们各尽所能，齐心协力，启发，联想，加上创造，艰难地想出了几个方法，可还是没有多少新意，结果还是吃亏。

直到有一天早上，我被一阵恶臭熏醒。我愤怒地走出房门，发现姬发正挑着两桶大粪往院外走。每个桶里都满盈盈的，向我散发着热情的臭气。看上去很恶心，闻起来令人反胃。

我好奇地问姬发挑这东西做什么，他回我一个鬼脸，神秘地说，过会儿你就知道了。

下午的时候，武吉跑回来说，姬发真不是个省油的灯，他挑一担粪上街，看谁不顺眼就迎面给他泼一瓢。我恍然大悟，这是姬发想出来的打斗的新招啊！

从此，朝歌城再也没有人敢跟姬发打斗了，一见他上街，朝歌城所有的年轻人都捂着鼻子躲着走，姬发怎么招惹，他们都骂不还口，打不还手。朝歌城所有店铺都上了门板，心里暗骂着姬发你个王八蛋，就这么在门前一走，一天都甭想做生意了。

姬发战果卓著，回到饭铺后兴奋异常，我们也不太愿意招惹他，只是点头应和。姜寡妇无知无畏，对他是一脸的嫌恶，吩咐我把他领到角落里洗澡。

姬发光顾着挑粪上街，一连多天都没有洗澡了。他的身体已经很臭了，我一路领着他，先后闻见他嘴里的气味、头发上的汗臭味，还有来自他衣裤的酸馊味，加上粪臭味，所有气味集合起来，竟然是一股强烈的驴臊味。

洗澡之前，他身上搓出来的泥是黑的。洗澡之后，搓出来的泥是灰的。如果使劲洗，多使几遍皂荚，搓出来的泥又会是白的。

洗乏了，姬发躺在澡盆里，开始了他的身世的传奇叙述。

他在叙述传奇身世的时候，眼望虚空，语调深沉，像一个上了年纪的人。

在姬发的叙述中，西岐有时候是北风如刀，残阳如血，黄沙满天，白骨遍地，吃不上喝不上。强盗恶人随处都是，他们不是天生歪一个嘴，就是后天瞎一只眼，像吕岳一样用一块驴皮罩起来，而且无一不是欺男霸女，无恶不作。但是有时候西岐却是杂花生树，群莺乱飞，绿水绕户，青苔侵阶，有鱼有肉有点心，所有的男人都长相俊朗、温文尔雅，所有的女人都美若天仙、知书达理，过着我们没法想象的幸福而美好的生活。

无论是哪种情况，姬发存在的姿态都是统一而恒定。他胸怀宽广，抱负远大，他志趣高尚，一心向学，他品性良好，从不偷鸡摸狗、强抢民女。

直到多年后，我向去过西岐的闻仲打听真实的西岐什么样。

闻仲对我说，西岐那个地方终日黄沙满天，出门一趟，回到屋子里，洗完手还要洗鼻孔。无论男女，鼻毛必须留得老长，否则黄沙入肺，会难受得很。地瘦得要命，天公不作美的时候，麦子也不长，只长强盗和悍妇。那个地方水缺得要命，为了一口水井，动辄拼掉十几条人命。长出来的姑娘也从里到外透着剽悍，皮肤粗糙，像几百年的老树皮，男人摸过去，很是干涩，弄不好还会刮破手。男人们私下里都在抱怨怎么就生在了这么个鬼地方，都不愿意在西岐多待，不仅水没得喝，姑娘也没法睡。没有法子，男人只有自己出门找水喝，找女人睡，怕人家不乐意给，随身带上了刀。

我又问闻仲，姬发在西岐到底是个什么样的人？

闻仲哼了一声说，这人表面上不正经，暗地里也不正经，总之是个里外不正经的人。

姬发的确是个不正经的人，这一点不容置疑。这表现在来朝歌城后，姬发对男女之事有着很浓的好奇。

那时是夏天，每到晚上吃过饭，桑园那边就会一溜排坐着一对对相依相偎的小男女。这些开始体会情感的小男女抢占朝歌城里著名的阴暗角落，练习亲吻技巧。

这个角落被几棵壮实的桑树拥着，即使在白天也少有人来，很安静。不知道这个角落里曾经有过多少小男女相拥在一起，刚开始练习，没有人指导，接吻的时候，不会用嘴唇和舌头，牙齿碰撞，发出“嗒嗒”的声响。

每次看见别人亲亲热热姬发就会笑，而我总是很紧张地捂着他的嘴，生怕他突兀的举动遭来周围小男女的白眼。

我越是这样，姬发就越有作弄别人的兴致，以至于到后来姬发没有了发笑的念头还硬是干笑两声，看我惊惶却又无可奈何的表情。

渐渐地，我发觉姬发看姜彧的眼神也不正经起来，我认为他对姜彧有意思。以我的揣测，他对很多身体匀称面孔红润的女人都有意思。

如果用一种善于发现美的眼光来看，姜彧或许算是个小美人。她齿白唇红，头发顺顺的，胸部翘翘的。时常穿件小褂，白色，质地稀疏，半透明状，也不像姜寡妇总裹层内衣，领口开得有点大，居高临下一看，山是山，水是水。

姬发看到这些会目光下流，口水四溢。每次姜彧上过茅房后，姬发都要抢进去，蹲在散有她气息的茅房里，心花怒放。这是我所不能容忍的。

我用凌厉的目光警告过姬发，后来他有所收敛。

不过有一天，一对小男女进到饭铺来，不要吃的，只是在一个角落里互相凝望，脸上发光，也不出声说话，四只手搭在桌子上紧紧握着，四只腿潜在桌子下杂乱扎着。然后我就看到了姬发眼中的凶狠躁戾之色。

之后，我在那条站满花枝招展女人的街上看到过姬发，他当时抱着一个粗壮姑娘在角落毛手毛脚，一通忙活。那个姑娘长得世俗而温暖。在我眼里粗壮的姑娘，到了姬发怀里，变成了一根细瘦的竹竿，被姬发挥舞得虎虎生风，长发飞扬。

那个姑娘也在姬发的房中出现过，当时她平躺在床上，表情淡然，姬发上蹿下跳，左冲右杀，前顶后撞，一阵打哈欠的工夫，结束了。

灿若春花

人这一辈子总有感到无奈感到恐慌的时候，即使是像姬发这样粗枝大叶的人。

来朝歌城没多久，姬发就陷入了这种困境。姬发得了一种病，一种很奇怪的病。

开始的时候是面部的皮肤有几个小红疙瘩，姬发根本没当回事，后来慢慢地肿胀起来，像小山包，并且越来越多，说痛也不痛，就是看着难受。晚上还好一些，黑灯瞎火的，也没人仔细看他的脸。白天就惨了，顶着满脸的包去街上晃来晃去，显得很突兀，朝歌城里的人对他指指点点，简直就是在受刑。

那个曾经被姬发抱着的粗壮姑娘，见到他的脸大红大紫，灿若春花，往日眉眼间的妩媚立刻烟消云散，嫌弃之情溢于言表，转过身去发出一声尖利的冷笑。

姬发没办法，找来了姜子牙。姜子牙喂过几天驴，驴子要是头疼脑热、食欲不振，他都能应付，应该算是半个郎中。

姜子牙仔细看过姬发的脸以后，大惊失色，连声叫道，公子，大事不好啊大事不好！

姬发本来就郁闷，现在又听姜子牙大呼小叫的，心下便有些慌乱，忙问，怎么回事？好治吗？

姜子牙的样子如同看到了异类，惊讶中还有些兴奋的意思，连声说道，公子，你真了不起，这种包很少有人脸上长，长了也没有你这么多的。

姬发气不打一处来，怒道，快说是怎么治！

姜子牙围着姬发又转了一圈，然后慢悠悠地说，驴脸上没长过这种东西，所以我也不知道该怎么治。

姬发一阵痛骂，把姜子牙骂得狗血淋头，不过看姜子牙那气定神闲的样子，又觉得不是很严重，心情稍微舒缓了些。

正在这时，黄飞虎来了，一进门看到姬发的样子吓了一跳，待他坐稳后面色凝重起来，说道，公子，这可不得了啊，千万不能再长了呀！

黄飞虎这么一说，姬发顿时面如死灰，目光呆滞。

正在姬发唉声叹气的时候，武吉却笑得像朵花似的凑过来说，公子，要不请申公豹给你看看吧，街上人都说他懂些医术。

姬发感激地点点头。

一盏茶的工夫，申公豹请来了。最近申公豹的日子不好过，在街上老被人打，披了件满是破洞的麻衣，头发长短不均，乱蓬蓬的像一堆草，弯腰驼背，表情挺猥琐。

只见姬发对申公豹恭恭敬敬地施了一个礼，仔细地诉说了病情。

申公豹耐着性子听完，一只手正在掏鼻孔，一只手又拨拉过姬发的脸看了半天，然后按捺不住喜悦的心情，双眼炯炯放光，酒糟鼻流光溢彩，红艳欲滴。

姬发急切地问，什么病？怎么治？

申公豹嘴里念念有词，绝大多数病能自己好，那些自己好不了的通常非常难治。

说完这句话，申公豹潇洒地离开了。

到后来姬发实在受不了了，问我是怎么回事。其实我也不懂，只是觉得不是什么大毛病，当年我和晁田脸上也生过类似的红包。

于是好心安慰姬发说，脸上长了个包，晶亮熟糯，肿胀难忍，最明智的办法是不理它，水流云在，灰飞烟灭，包会干瘪枯黄脱落，不再肿胀，不复被记得，不会破相。如果手实在痒痒，一定要挤，就挤干净了它，把脓都挤出来，挤到出血。

姬发打量了我一眼，脸上露出暧昧的笑容，迅速支起铜镜，展开抹布，铺在桌子上，开始挤他脸上的包。每挤出一个，就把挤出来的油脂整齐地涂抹在抹布上。

两天后，姬发脸上的肿胀有所消退，但脸挤得却像是个粪场。

姬发不无得意，他说挤包也是门手艺，要判断哪些包成熟了，哪些没有，成熟的到了什么程度，没熟的几天后熟。挤的手法要讲究，掐得太多了，挤不出来，掐得太少了，反而挤到皮里面去了，镜子照不到的地方，就得全凭手上的感觉了。心里有把握了，下手要明快决断，不能怕痛。

姬发还说当油脂从包里喷涌而出的时候，每每能体会到大粪从屁眼排出般的快感。我说要是他把脸上的包一下子都挤完，就不会再有这样的快感了。

姬发本来兴致勃勃的，我一打岔，登时索然无味，垂下脑袋，若有所思。

到了晚上，姬发一副兴高采烈的样子，像吃了喜鹊屎。我们都有点纳闷，但都憋着没问。后来还是武吉忍不住了，他凑过去低三下四地问道，公子，何事如此开心啊？

姬发先仰天哈哈了两声，然后眉飞色舞地说，我想明白了。

我们几个面面相觑，还没等说话呢，姬发接着说，挤脸上的包和睡女人都会让我有快感，只不过一个在上面，一个在下面。要是我上面有快感，下面就没有快感，反之，要是下面有快感，上面就没有快感，这就叫鱼和熊掌不可兼得。

半天我才回过味，于是率先咯咯地笑了起来，笑得前仰后合。这时候姜子牙他们还在发愣，因此我的笑声显得特别突兀，而且过于生硬，笑了两声我也觉得无趣，随即戛然而止。

武吉转过头，有些奇怪地看着我，掩饰不住酸溜溜的心情问，子辛公子，你这是笑什么呢？

我就把姬发说挤包有快感的话，用一种更为通俗、更为淫荡的方式给他们解释了一遍，他们也笑得前仰后合。

姬发做了很多让我瞧不起的事，但他也有很多让我十分佩服的地方。比如说，他遇到问题时会有个前思后虑，分得出轻重缓急。像姬发这种人在任何场合都如鱼得水，天大的事到他那里都会迎刃而解。

这与他的粗糙外表很不相称，也使得我对他肃然起敬。

姬发没有告诉我们他选择了要哪种快感，只是次日一大早，就领了一个女人回来。那是一个宽脸的小姑娘，杏核眼，翘鼻，小嘴，长了一脸很可爱的雀斑，不算难看，似乎还操西岐一带口音。

我看到姬发满足地笑着仿佛可以马上就地死去。

桑园会

说来也奇怪，姜寡妇这样的女人，鼻子不是鼻子，不高，眼睛不是眼睛，不大，五官中无一出众，但合起来就是好看、耐看。

她的皮肤很白，从侧面看去，可以看见颈部和颊部皮肤下青青的血管，血管里有一种让我心旌荡漾的流动。这个迟暮的美人举手投足间却总能透出旧日旖旎的风光，令人仰视。

对姜寡妇仰视的不光是我，还有姬发。我发现姬发有事没事总爱往姜寡妇身上靠。

我给姜子牙使了眼色，让他留意姬发的龌龊行径，可姜子牙根本不当回事。后来我憋不住了，就骂姜子牙是软骨头。谁知姜子牙一句话把我给噎住了，他说，姬发那傻小子，还没我喂的驴聪明，他干不出啥名堂。

姬发聪不聪明，我不知道，但我知道他绝对不傻。这在以后的几十年里得到了证实。

不过还是我多虑了，事实证明姬发对姜寡妇的确没有非分之想。我也隐隐约约听说，姬发之所以接近姜寡妇是要跟她学习经营之道，他在轰轰烈烈的求爱过程中发现一些机遇，异想天开地要买下街边的桑园，那个无数个小男女相拥在一起，练习亲吻的阴暗角落。至于要做什么生意，我不得而知。

后来的几天里，姬发先找了姜子牙，慷慨激昂地表达了要和姜子牙干一番大事业的决心。姜子牙还没等他把话说完，就把他轰了出去，理由是自己很忙，除了白天喂驴、烤猪腰子，晚上还要伺候姜寡妇。

姬发饭也没吃，径直去找黄飞虎。黄飞虎正在给贾婆娘梳头，见姬发进门对他摆了摆手。姬发见贾婆娘双目微闭，一脸陶醉的样子，于是屏住呼吸立在边上。

好容易等黄飞虎把贾婆娘安顿好，把姬发拉到院子里问什么事。姬发口若悬河，说了一下午，要和黄飞虎一起实现一个远大抱负。黄飞虎听罢怅然若失，长叹一声说他老了，没用了。之后转身回屋，再也没出来。

姬发换一副嘴脸，找到微子可怜巴巴地说了又说，希望得到微子的帮助，好做成一点事。微子听他说完后，给他泼了一盆凉水，说了一个斩钉截铁的“不可能”，告诉姬发自己是大商族的王子，未来的商王，是不会跟人做那些下三滥的事情的。

姬发最后愁眉苦脸地来找我，进门就开始长吁短叹，说偌大的朝歌城找不到一个志同道合之人。

我挺纳闷，不咸不淡地说，你好歹也是个鲜衣怒马、年少多金的诸侯公子，想做什么就去做就是了，干吗非要找人一起呢？

姬发听了我的话，脸憋得通红，闷着头走了。

说实话，我也没想过要帮姬发，在我看来，他们那些西岐人就喜欢没事找事。如果有一两个胳膊粗、嗓门大、逞凶斗狠、敢剁自己手指头、号称不怕死的兄弟，再加上一伙吃不饱饭的饿鬼，自个再发狂自大一番，硬说自己是王是帝是上天的儿子，振臂一呼，就是一场起义。我打心眼里瞧不上他们。他这一折腾，还不知道会出什么乱子呢。

没想到的是，姬发真就一个人开始干了。

姬发早出晚归，整日忙活在桑园里，他撅起屁股在里面乐此不疲地翻拣。他的屁股抬得比他的脑袋还高，围着破烂的桑园转过去又转过来，像是在拱地找食的猪。他收拾起了枯枝败叶，赶走了练习亲吻的小男女，就着那几棵桑树起了凉棚，挂上了纱幔，布置了茶具，俨然是一副茶社的景象。

可姬发接下来的举动就有些诡异起来。

姬发召集了许多姑娘，有长得眉如细柳的，有长得面如桃花的，有长得乳大如斗的，个个年轻貌美。后来听说都是从东街那边淘换过来的。

天黑以前，这些丰乳肥臀的姑娘集体洗了身子，薄施粉黛，小衣襟短打扮，腋窝熏了香，头发松松的，眼睛亮晶晶的，在桑园前排成两排站立。若有男人路经此处，她们就嫣然一笑，齐声莺歌燕语，大爷，来玩会儿——

这些姑娘乖乖的，白白的，干干净净的，眉眼顺顺的，鼻子翘翘的，笑靥迎人的，很受朝歌城男人们喜爱。她们像我印象中各种轻盈而飞舞的东西，比如蝴蝶、柳絮、落叶。

姬发更是精挑细选了几个妆浓衣薄、直发拂肩、奶香浓郁、风骚异常的，放在凉棚里面，不轻易给人看，更是让朝歌城的男人们趋之如鹜。

一时间，桑园前车水马龙，各色男人进出其中，夜夜灯火通明，欢歌艳舞。各种长相猥琐的男人，脱个精光，摸近姑娘们活色生香的身子，生龙活虎，上下忙乱，胡言乱语，唠唠叨叨，惊世骇俗，很伤大雅。

姬发别出心裁，管这叫桑园会。

我在感慨桑园会下流淫荡之余，更是钦佩姬发如此有才。

姬发也没有见好就收，很快变本加厉。

他新收了一批小伙子，多是中道败落的世家子弟，能歌善舞，齿白唇红，眼皮一抹桃花，眼底一坨忧郁。我第一次看见这样的男孩，蓦地感叹，男人中也有尤物啊。

至于这些尤物男人的用途，我不甚了解，不过姬发好像含糊地提到，可以像女人一样用。

我耻笑姬发真是离经叛道，异想天开。姬发却不以为然，神情淡远地说，在你们朝歌城有什么不可以的，驴不照样和马私奔生了骡子。

风波

姬发呼朋引伴，啸聚桑园，引来了一些朝歌人的不满，特别是他关于驴和马私奔的胡言乱语，更是戳到了朝歌人的痛处，一气之下对着他破口大骂。

姬发并不当回事，丝毫不见收敛，竟然领着花枝招展的姑娘，大摇大摆地上街游行。

那些姑娘个个大奶窄腰，浓妆艳抹，朝歌城的男人看完一眼会想办法以别人不察觉的方式再看几眼。有几个腰肢柔软，能劈横叉竖叉，抬腿踢到面门的，更是有恃无恐，见人聚拢的多了，猛地一抬腿，抬腿之时，裙底风光乍现，引来男人们阵阵喝彩。

她们的下边都很茂密，像疯长的草一样。草丛之中，是一洼绿水。男人们也不是光想那片草和那洼水，浑身上下，从里到外，枝枝叶叶都想。也不是光想身子，走路的姿势，说话的样子，说出的声音，都想。

姬发的这支特殊的游行队伍，每天在朝歌城里来来去去，大街上开始人山人海。越来越多的人走到街上大狗小狗似的喊叫和唱歌，他们喊着姬发的名字，唱着西岐的民歌，晚上就有越来越多的男人聚集在桑园会，抱着心仪的姑娘，喝着甘甜的美酒。

我实在看不下去了，姬发的丑恶嘴脸，让我感到恶心。于是做了几个大木牌，在上面都画上丑陋的绿毛乌龟，并且写上姬发的名字，然后吩咐晁田、晁雷，还有武吉，让他们举着木牌，敲着破锅破碗，高喊着“姬发滚蛋”的口号上街。

三个人面露难色，围在一起商量着什么，我气不打一处来，痛骂了他们半天，后来他们极不情愿地上了街。

三个人的举动和喊叫的口号在街上很是突兀，群情激昂的人群顿时安静下来，把三个人围在中间，上上下下地打量了一番，很快明白了是怎么一回事，于是群情激奋地对三个人进行了围剿。

人们挥手抽三个人的脸，抬腿踢他们的肚子，擤一把鼻涕甩进他们的脖子里，又撒一泡尿在他们的身上。

三个人受着欺负还不敢言语，还不敢斜眼看别人，别人嘻嘻哈哈笑着还要他们伸手抽自己的脸，还要他们喊着口号骂自己，骂完了自己还要骂祖宗。

三个人回来后一肚子的气，说我是嫉妒人家姬发，害得他们白白挨打受骂，并且发誓再也不听我的话了。

三个人开始像三条野狗一样在我们朝歌城到处乱窜，他们跟随着这一支游行的队伍在大街上走得汗流浃背。他们跟着人群，把姬发的名字喊叫了一遍又一遍，跟随着人群把西岐的民歌唱了一遍又一遍。他们喊叫得口干舌燥，唱得嗓子眼又红又肿。

在那个燥热的夏天，朝歌变了，被一个叫姬发的王八蛋搅得天翻地覆，面目全非。

六月十六日，是姬发的生日。

这天我们朝歌城有史以来最为奇特的游行队伍过来了，从街头一直到街尾，多如牛毛的旗子迎风招展，上面还画着姬发的笑脸。

趾高气扬的姬发走在队伍的最前面，赤裸着全身，身子还算精壮，但是小肚子已经渐拱，肚脐深深凹进去，脸上坑坑洼洼的疤痕显得光彩而生动。右嘴角黑痣上的两三根毛，也是熠熠生辉。最为惹人的是他裸露的下体，茁壮异常，随风招摇。

姬发身后的姑娘也比平时妖冶许多，清一色的黑衣，有绸子和皮革两种不同质地，只是裹了该裹的部位，身体的大部分还是裸露的。平日的娇嗔变得有如怒态，迷离变得严肃，凤眼圆睁，横眉立目，嘴角朝下，平添一种诡异的生动。

兴致勃勃的人群，高呼狂叫，不绝于耳，随同这支怪异的队伍向前缓慢地移动，像是涌动的河流。

我只是站在远处，冷冷地望着这群乌合之众。

姬发骄傲地仰着头，他的肌肉像小松鼠似的在他的肩膀和手臂上跳动，他通红的脸上连汗水都在激动地流，他的眼睛亮得就像天边的闪电。

这是姬发最辉煌的一天。很多人在街上叫着姬发的名字，姬发嘴里嗯嗯地回答他们，有些人还走上来要和姬发握手，姬发蜻蜓点水一般一带而过。

人们崇敬地看着姬发，姬发偶尔说上一两句，比如“姚中是个好陶匠”或者“邓九公是个好裁缝”这类的言语，让那些人的头像是啄木鸟一样点个没完没了，让那些人的嘴巴像是牙疼似的哎呀哎呀赞叹不已。

晌午的时候，人群挪到了王宫前，所有人饿得前胸贴后背，饿得放出来的屁都是空的，依然没有散去的意思。

可姬发怪异的游行队伍在这里竟然停了下来。人群开始躁动，那些唾沫横飞的、咳嗽的、打喷嚏的、放屁的、吐痰的和骂骂咧咧的朝歌人，乱哄哄的像无数只苍蝇，把宫门前闹得乌七八糟，像个粪场。

姬发定下神，环望四周，不由得打了一个激灵。原来不知道什么时候，躁动的人群已经被朝歌城的士兵围得严严实实，水泄不通。

姬发在朝歌城里离经叛道，旁若无人，引起了一些人的赞叹，一些人的非议，也终于有人被姬发肆无忌惮的游行惹怒了。

士兵中一个满脸胡子，乱蓬蓬的都找不到嘴的老头堵在了姬发跟前。老头胳膊很粗，鼻梁很挺，眼窝很深，偶然能看见眼睛里有一种鹰鹫般的凶狠凌厉。

有眼尖的朝歌人，认出了这个凶神恶煞似的老头，大叫一声，太师闻仲！闻仲的身体就像是一块门板一样挡住了阳光，姬发站在他的阴影里，仰脸看着他。

闻仲岿然不动，从他身后又闪出一个年轻人，乍一看，这人相貌堂堂，仔细一瞅眉目之间的那股杀气却不由得让人吸一口凉气。

姬发认出了这个年轻人，扯起嗓子喊道，微子王子！

微子厌恶地看了姬发一眼，目光停在他裸露的下体上。

姬发注意到微子的目光，抬手擦着脸上的汗水说，自己的东西，拿出来看看。

微子移开目光，姬发殷勤地走上前，眯着眼睛说，你的也应该经常拿出来看看。

说着，姬发竟然伸手去捏微子的鸡巴，还不知好歹地问他，能不能硬呀？

周围的朝歌人都傻在那里。姬发捏完微子的鸡巴，点点头说，小得像黄豆，软得像面团。

开玩笑要分场合，更要分人。有些人可以任意开玩笑，有些人的玩笑却是万万开不得的。

姬发的一番挑衅，终于把微子激怒了。微子上去就是一巴掌，打在姬发的脸上，姬发回手也给了他一巴掌，两个人立刻伸开双臂胡乱挥舞起来，不一会儿都抓住了对方的头发，使劲揪着。微子一边揪姬发的头发一边叫，闻仲，你还愣着干什么？

姬发的下场

短短的两个月时间，姬发已经是我们朝歌城大名鼎鼎的人物了。

我们朝歌城有些游手好闲的人，经常晃荡在大街上，这些人以前整日里靠在墙角无所事事，呵欠连连。后来姬发来了，他们就高喊姬发的名字，跟着游行的队伍走上一阵。姬发会赏给他们几个钱，他们也就兴奋上半天。

在收买人心方面，姬发是有一手的。但他来错了地方，在朝歌城，这是很招微子嫉恨的。

在朝歌城，人们都知道微子还有两大忌讳。一是，微子的身世。微子出身卑贱，是个野种，所以他最不愿意别人提及。二是，微子的下体。微子一直认为自己是个高雅之人，别人的粗俗、轻佻言语，微子自然是嗤之以鼻。自打征伐东夷回来，微子更是变本加厉，有人向他的裤裆打量，他都要大发雷霆。

姬发先是在朝歌城收买人心，招了微子的嫉恨，又说微子的鸡巴小得像黄豆，软得像面团，犯了微子的一大忌讳。如果只是前者，微子说不定也不会那么动怒，毕竟姬发在朝歌城单枪匹马，掀不起大风浪；可后者却几乎给姬发带来了灭顶之灾。

姬发说那句话时，也不知道会给自己带来什么，接下去的情景把他吓傻了。

微子打不过姬发，闻仲带着几个士兵冲了上来，周围的朝歌人和那队怪异的游行队伍，瞬间离散，腾出了空荡荡的打斗场地。

姬发的眼睛被人揍肿了，嘴角被人撕破了，他微笑地看着四散的人群，笑容硬邦邦的。姬发还不明白发生了什么，刚才还在街上威风凛凛的自己，突然就成了这副模样。

几个士兵打累了，又换上另外几个，然后又是一阵拳打脚踢，把姬发揍了个死去活来。他们吼叫着，几只脚对准地上的姬发又是踩又是蹬。

我从来没有见过一个人会被打成这样。姬发满脸是血，头发都被血染红了，他躺在地上，不知道有多少只大小不一的脚蹬在他身上，他的身体像是台阶似的被人踩个不停。他的身体没有躲闪，躲闪的是他的眼睛，他的眼睛里满是倔强和仇恨，他的眼睛仿佛在咒骂着什么，让人十分害怕。后来围观的人越来越多，我离姬发也就越来越远，就没有再看到他的眼睛，只是姬发惨烈的吼叫声会偶尔传出来。

这是姬发最为悲惨的一天。

我再次见到姬发，是几天后朝歌城的大街上。

这时的姬发今非昔比了，他先被关进了驴棚，后来又被扔到了大街上。他的桑园会被人拆了，姑娘们也被人赶跑了，甚至那几株桑树也被人砍了。他本可以回姜寡妇的饭铺的，但闻仲早在饭铺外埋伏下了两个剽悍的士兵，一个叫周信，一个叫陶荣，声称只要姬发敢回来，就天天揍他一顿。

姬发无处可归，他垂头丧气地走在大街上，他独自一人又饥肠辘辘，他对街上的事物是一点兴趣都没有了。不过那些在街上晃荡的游手好闲的人，对他仍然兴趣浓厚。他们拦住姬发，幸灾乐祸地说，姬发，很久没看见你搞女人了。

姬发摇晃着脑袋响亮地说，我现在不搞女人了。

这些在街上晃荡的人捂住嘴巴笑得前仰后合，他们围着姬发不让他走开，还有人上去踹了他一脚，再次问他，为什么不搞女人了？

姬发无奈地拉开裤子，让他们看看自己的鸡巴，他说，看见了吧？看见我的鸡巴了吧？

他们的脑袋撞在一起看见了姬发裤子里的鸡巴，他们点头的时候脑袋又撞到了一起，这些人捂着脑袋说看见了。

姬发神气地问他们，有什么不一样吗？

这些人不知道姬发是什么意思，他们歪着头说，黑乎乎、毛茸茸的，没什么不一样啊。

姬发声调悲怆，叹息道，软了，像你们的微子王子一样，小得像黄豆，软得像面团。

然后他从人群中间走了出去，他走了几步后回过头来，决绝地朝这些人挥了挥手，饱经沧桑地说，我姬发要改邪归正，重新做人，再也不乱搞女人了。

在这些人的阵阵哄笑里，姬发又精神抖擞了，他昂起了头威风凛凛地走去。走过街角时，看到申公豹斜靠在那里闭目养神，他就顺便踢了申公豹一脚。

申公豹岂肯罢休，脑袋一转，嘴巴一张，一口浓痰射在了姬发右眼上。

姬发毫不含糊，左手揪住申公豹胸前的衣服，右手捏成拳头对准申公豹的脸一顿猛揍。申公豹还没来得及站稳身子，已经被姬发揍得满脸是血了，鼻血流到了嘴唇上，嘴唇的血流到了脖子上。

申公豹疼得嗷嗷直叫，才知道姬发雄风犹存。申公豹双腿一软跪在了地上，姬发仍不松手，继续他的暴揍，发泄自己连日来满腔的愤懑。姬发一边揍着申公豹，一边恨恨地说着，微子揍我，我忍了，你一个乞丐也要欺负我，老子不忍了。

姬发光顾着发泄自己的愤懑，没有注意到远处走来的周信和陶荣。这两个人一直在饭铺外蹲守，老不见姬发回来，于是就跑到街上踅摸，正巧看到姬发暴揍申公豹。姬发已经穷困潦倒，吃了上顿没下顿，人见人烦，狗见狗厌了，没想到仍然八面威风。

两人兴致勃勃地欣赏了一阵，上前拦住热火朝天的姬发，又把他拉到了街上。姬发一见是这两个人，上牙和下牙打着架，双腿也抖得厉害。

周信先是对准姬发的两条腿一阵猛踢，踢得姬发弯下了腰劈开了腿，把裤裆暴露出来时，周信使劲一脚踢了上去，姬发疼得天昏地暗，双手捂住下身在地上来回翻滚。

周信不依不饶，把姬发拎起来，还要踢，姬发马上双腿夹紧，双手一前一后捂住裤裆处，任凭周信如何胡踢乱踹，姬发也要誓死捍卫他的裤裆。周信往姬发的小腿缝踢了一脚又一脚，又往大腿缝踹了一脚又一脚，把自己弄得满头大汗了，也弄不开姬发夹紧的双腿，周信急了，一边踢着踹着，一边喊叫，劈开来，劈开来……

姬发连连摇头，腾出左手指指自己裤裆里的宝贝说，它已经又小又软啦，你就饶它一命吧。

周信累了，又换上陶荣。

陶荣倒是简单，只是揪住姬发的衣领，跟姬发揍申公豹的动作一样，一拳又一拳，揍得姬发双手抱住脑袋蹲在地上。陶荣又左手按在姬发肩膀上，支撑住自己的身体，右手还是一拳又一拳，足足揍了一个时辰。姬发奄奄一息，陶荣又嘲笑姬发的嘴巴像个屁眼一样只有出气的声响。

此后，姬发每次出现在我们朝歌城的大街上时，不是鼻青脸肿，就是吊着胳膊瘸着腿。

这时的姬发破衣烂衫，头发很长，胡子很乱，昔日的威风凛凛也不知去向，露出了一副讨饭的乞丐模样，跟申公豹相似。

施舍

我走到了邑姜的床前，她睡在床上时，像小猫那样安静。

隆起的被子显示了邑姜柔和的身段，邑姜的头发遮掩了美丽的脸，我觉得自己血往上涌，心跳越来越快。

也许是感受到了有一个身影移动到了床前，邑姜微微睁开了眼睛，她先是吓了一跳，当她看清楚是我站在床前时，脸上出现了惊喜的笑容。她闭上眼睛抿嘴笑了一会儿，又睁开眼睛抬起了右手，她的手伸向了我。

她穿了一条丝质薄衣，薄衣下面，乳房温暖、大腿坚实、阴毛茁壮。我无比熟悉的这些地方，以前摸过，现在还要再摸。

我喜欢和邑姜睡在一起，她的奶头会硬，她的屁股像丝绸般柔滑。我们一丝不挂，把被子裹紧，四脚塞严，我们叽叽喳喳，像躲在洞穴里的老鼠。

我跟邑姜幽处的场所并不很多。朝歌城里干燥、平坦、隐蔽而又安全的幽会场所并不充足，往往被别人占据。城外的小树林里常常充满危险，高潮之前尽情号叫，会发现野猪正用它幽怨的绿眼睛看着我们。

所以我还是习惯选择深夜里，翻墙摸进邑姜的屋子。我向往那个时刻。

深秋的夜里，我走在满是月光的街道上，落叶在街上滑行时嗞嗞响着。这时候邑姜已经用兰汤洗香下体，裹了绸子，等着我的到来。我大口呼吸着秋夜的凉风，大步走向商容的家。

我沿途走去，觉得朝歌城的夜晚是那么美丽，星光满天，秋风习习，树影摇曳，灯光和月光交错在一起，就像邑姜的秀发编到了一起。宁静的街道上偶尔出现几个行人，从月光下走过时身上仿佛披上了光芒，让我惊讶地瞪圆了眼睛；当我从桥上走过时更是万分惊讶，我看到波动的河水里满载着星星和月亮。

我刚下桥，姬发蓬头垢面地冒了出来，着实吓了我一跳。我挥起拳头砸在了他的脸上，想不到天都凉了，我的脾气还是如此暴躁。

姬发一个趔趄，好不容易站稳脚步，咧开嘴朝我一笑，兴奋得像是一只小狗看到了一堆肉骨头。他说，子辛公子，有没有吃的？我快要饿死了。

他这一笑，我倒有些不好意思了。俗话说，恶狗不咬笑脸人，于是我便将底下踢出的一腿生生地收了回来。伸手摸了摸怀里，还好有一块晚饭剩下的酱驴肉，对他说，赶紧吃吧，看你瘦的。

姬发接了驴肉，朝我又笑了一下。飞快塞进嘴里，他的嘴巴像个蛤蟆一样鼓起来了。看他瘦骨嶙峋的模样，我一阵感慨，亲热地拍着姬发的后背，帮助他把嘴里的驴肉咽下去。姬发将驴肉咽下去以后，他先是抹了抹嘴，然后抹眼泪了。

看到姬发哭了，我吓了一跳。我安慰他说，你这是何苦呢，早点回西岐吧。

这个曾经辉煌无比的男人身披月亮的光辉，目光凄凉地望着远处，竟然说不出话来了，只有口水从嘴角淌出来。

姬发又是擦眼泪又是抹口水，刚刚把眼泪口水擦抹干净了，嘴巴张了张发现鼻涕堵在嗓子眼了，他又把鼻涕吸到了肚子里去，终于说出来话来了，他呜呜地说，还有一件未了的事啊……

此后，姬发经常出现在我去往邑姜家的路上，他似乎对我的行踪很了解。这本来是一件隐秘的事，现在被姬发窥视到了，我像是吞了只苍蝇一样不舒服。姬发每回都向我讨要吃的，我也顺便每次带一些给他，好堵住他的嘴，别让他在朝歌人跟前乱说。

直到一天晚上，我和邑姜爬上床以后，继续我们一如既往的甜蜜。我充满爱意地搂着邑姜，邑姜享受着我对她细水长流似的爱，脸上挂着甜蜜的微笑。我开始深入时，觉察到邑姜变得有些异常。

以前这个时候，邑姜全身瘫软，精气内敛，眼睛柔情似水，表情妩媚动人，习惯性地闷声高叫。结果那次她浑身僵硬，眼睛发直，表情木然，一声不吭。

我很是纳闷，问她怎么回事。

邑姜的脸像抹布一样甩下来，两腮垂肩，她说，窗外有人在看我们。

我回头看，晁田、晁雷的脸正挤在窗户上，一个在扮鬼脸，另一个还在咽口水，表情看上去愤愤不平。

我强压怒火，低声吼道，你们怎么跑到这儿来了？

晁雷挤眉弄眼地说，姬发嚷得全朝歌城的人都知道你们俩的好事了，我们来看看。

我心猛地一凉，感觉乌云遮顶，暗无天光，无数种沉重让人抬头困难。我预感到事情不妙。

早晨大雾不散，大雾把朝歌城弄得湿漉漉的，像是下过一场雨。

太阳犹犹豫豫地冲出雾霭，但有所保留，街道的一部分被阳光照亮了，另一部分躲避着太阳。

姬发在大街上苟延残喘地走来走去，什么吃的都没见着，倒是见着了周信和陶荣。当时姬发正靠在一棵树上，他听到了嘿嘿的笑声，听到他们叫他。

这两个人从夏日炎炎到秋风瑟瑟，不厌其烦，天天都要揍姬发一顿，把他揍得屁滚尿流，鼻青脸肿，姬发对此是烦不胜烦。

姬发扯着嗓子回了句，你们就把我当个屁放了吧。

周信和陶荣笑得弯下了腰，骂骂咧咧说了一堆堆难听的话，逼近了姬发。姬发这时候往树下一躺，全身蜷起，深屏呼吸，一副死猪不怕开水烫的气象，全然不见平日的张牙舞爪。

两人讨论着如何对付姬发这个无赖，过去又掐又拽，姬发像堆烂泥一样瘫着。两个人知道这混蛋就是海枯石烂也不会站起来了。两人束手无策，看着赖在地上的姬发，各踢了他三脚，姬发哎哟喊叫时，两人捡了便宜似的走开了。

周信和陶荣饶过姬发，我却不能善罢甘休，面目阴郁地走了过去。

见我来了，姬发兴高采烈朝我喊道，子辛，又给我带什么吃的了？

我一个嘴巴子扇在了他脸上，还没等他明白怎么回事呢，我就接着左右开弓，打得他捂着脸满地躲闪。姬发没什么力气，躲闪了一会儿就放弃了，任由我去打。

我打够了，坐在地上喘粗气。这时候邑姜出现在不远处，于是招呼她过来。

邑姜小心翼翼走上了台阶，向着桥这边张望了一会儿，看到只有气喘吁吁的我和鼻青脸肿的姬发，她莞尔一笑，放心地走了过来。

邑姜身材高挑，表情淡定，步缓行迟，遥望去，凝如断山。

姬发挣扎着爬起身，如痴如醉地看着邑姜下桥沿着街道走来，嘴里呻吟似的说个不停，美啊美啊……两股鲜血从他的鼻孔里流了出来，流进了他的嘴巴。

邑姜靠近姬发，怒目圆睁地撕扯他的嘴巴，那眼神和动作都是破坏性的。

邑姜声音尖利地说，你再嘴贱，就拿驴粪给你塞上。

我笑着去看姬发，姬发忽然浑身一个激灵，这反应让我震惊，我再也笑不出来了。我注意到他古怪的表情，那表情已经超越了仇恨，比仇恨更尖锐，他肮脏的脸上被一圈寒冷的光芒包裹住了。

噩梦

很多年后，申公豹经常跟我谈论起邑姜。

申公豹说邑姜那是绝世的容貌，体态婀娜，肌肤雪白，真乃天生尤物。而给申公豹印象最深的是邑姜的眼神，清澈而平静，如一湾幽幽的潭水。

我惊愕不已，因为我从来没有觉得邑姜有申公豹所描述的这么美。可能我真不是个会欣赏女人的人。

一切都是一个偶然，从姬发窥视我和邑姜有私情的那个晚上开始，邑姜这个名字就为朝歌人所津津乐道。很多人说她是个荡妇，是个妖精，直接的证据是她和我同谋害死了伯邑考。一切的偶然都是必然，从我跟邑姜有这样暧昧的关系开始，就注定会有这样的下场。

邑姜不再昂首走在街上，她已经胆怯了，每次上街都是低垂着头，贴着墙壁匆匆地走去，她觉得街上所有的人都在对她指指点点，对她议论纷纷。偶尔与人遇见，她的目光投射过来，是一缕怨恨的冰冷的光，让人下意识地躲避她，不敢搭讪了。她不愿意出门了，就是在家里时她也把自己关在里面的屋子里，坐在床边呆若木鸡。

街上的风言风语迅速传到了商容耳中，这个鼻子底下都是胡子，没有嘴的老头拉上比干和微子，在帝乙和妇戊跟前哭哭啼啼，说自己颜面尽失，没法活了。

我的父亲帝乙是一个怒气冲冲的家伙，也是一个善于推卸责任的父亲，他热衷于对我进行粗野的教化，当我皮开肉绽，同时他也气喘吁吁的时候，他会很有满足感。

帝乙把我叫到九间殿，问我有没有这回事。

虽说我不是个很正经的人，但对于此事我还是痛快地承认，不做任何遮掩。

帝乙脸上的愤怒不见了，他的表情风云变幻，看不出是满意还是不满，也许是一种深深的悲伤而已。他的眼睛着了魔似的，死死地盯着我的裆部，过了一会儿，他突然问，邑姜漂亮吧？

我咧嘴一笑，不怀好意地点点头。我的笑容可能过于下流淫荡，商容暴跳如雷，冲上来就要扇我的脸，我赶紧躲开。

比干煞有介事走到帝乙跟前，躬身一礼，不阴不阳地说道，此人不除，必是我大商的祸害。

比干是五短身材，尖嘴猴腮，獐头鼠目，不仔细看的话还以为是山里跑出来的猴子。在朝歌城，比干是为数不多的，我见了就想马上揍他一顿的人，他说完上面那句话时，我真想朝他脸上踹一脚。

微子跟着添油加醋，比干王叔说的是，还是早些除掉这个祸害为好。

微子两眉之间很宽，姜子牙说这样的人有气量，多是善良之人。然而就我分析，很多事实证明，微子是一个不折不扣的小人，尤其是他的蛇蝎心肠，简直令人发指。

帝乙微闭双目，一言不发，他的脸在午后的光线里显得深谋远虑。

微子半尴不尬，我用眼角的余光清楚地看到他的恨意。他继续攻势凌厉地说道，要不把他阉了也好，省得老在外面惹是生非。

我打了个寒战，伸手摸了摸自己的裤裆，警惕地看着帝乙。

帝乙面有愠色，朝我摆摆手。我没有迅速理会父亲的意思，妇戊急了，看来我还是擅长惹怒母亲的，她竟然拿了一根竹枝来打我的屁股，就像打一头消极怠工的老牛屁股，你还不滚，等着把你的鸡巴切下来啊？

我慌忙往外走。临走时我看了一眼微子，他一副咬牙切齿的样子，看见他这副嘴脸，我心里就充满了仇恨和屈辱，嘴里会冒泡泡似的冒出一串串脏话。

我有自知之明，论打架我不是他对手，所以不能当他面骂，我转过身朝外走，一边走一边低声骂。可是我走出去没几步远，骂了没几句，突然后面响起了比干的声音，怎么让他走了？他现在不能走的。

朝歌人都知道，得罪微子和比干是没有好下场的，所以我的噩梦随之而来。

次日一早，春光明媚。

暖洋洋的太阳，懒洋洋的风，风托了漫天的柳絮追着人跑。花谢了，枝头吐出的叶子嫩得让人心情愉快。爱打扮和不太怕冷的女人们换上了裙子或是薄衫，笑盈盈地行走在大街上。

我穿过阳光灿烂的街道，睡眼惺忪地来到饭铺，男人们都去买菜买肉了，很是冷清。我随便拉把凳子坐下，不见姜彧的影子，只有姜寡妇惊魂未定地立在一边。

我顿感不妙，腾地站起身来，充满戒备地朝四周张望。

我一回头，看见了微子阴森狰狞的脸。微子说，子辛，你好大的胆，你也不看看你长什么德行，还敢来惹我，你才多大，怎么活得不耐烦了？

我仓皇地奔向饭铺的门，已经来不及了。周信和陶荣堵住了门，我冲了几次没冲出去，双臂被他们反剪到了身后，身体像一个麻袋一样，被他们扔到了地上。我的脸恰好贴在微子的腿边，看见了他小腿上满是黑毛。

微子顺势对我的脸踢了一脚，他说，子辛，我亲手收拾你，传出去丢人，你别怕我，好歹我也是你哥，我不动手，让他们俩给你好好收拾下吧。

周信和陶荣来者不善，像两个阴沉沉的恶狗包围着我。

周信朝手心吐了口吐沫，掏出一把短剑来，在我的裤裆里点了一下。我下意识地大叫起来，周信狞笑道，你叫什么，不过是切掉你的鸡巴，不疼的。

我用双手护住下身，拼命挣扎着站起来，朝饭铺门外跑，门外那个陶荣身手矫健，迅速把木门拉上了。我的头正好撞在门板上。

我的腰被周信箍住了，腿被微子绊住了。我精疲力竭，觉得自己像一张旧驴皮一样被摊在地上，他们扒我裤子时我听见了自己的叫声，帝乙，帝乙！

我自己都不相信，那是我的呼救声，我不知道为什么会向我父亲呼救，也许他是在这个朝歌城唯一能救我的人了。

我这么一喊，微子对着我冷笑起来，你个没出息的子辛，喊父亲干什么？你以为父亲会管你啊，他早就不认你这个儿子了。

我看见周信的短剑拖曳着一道青光，在我的下身附近巡回，翘呀，翘起来，快翘起来，你不翘起来我们不好切啊！

他开始当着其他人的面，用刀子挑弄我的鸡巴，挑弄得饶有兴致。我感到一阵尖锐的冰凉的刺痛。这个瞬间，所有的羞辱和恐惧都被我忽略了，我忘记了我躺在饭铺里，似乎是躺在一个熟悉的噩梦里，微子他们的脸在我面前晃动，每一张脸都是模糊的，伯邑考的脸也在他们的身后时隐时现，斗大的脑袋和如豆小眼清晰可辨。他的眼睛里没有一丝的怜悯，苍白的脸上却浮现出一丝欣慰的笑容，我依稀听见了伯邑考娘娘腔的声音，忍一下就过去了，让他们切，切了也好。

外面响起了一阵尖利的喊声，饭铺里静了一下，我感觉到锁着我身体的所有手和腿有所松动。

姜彧带着黄飞虎来了，黄飞虎手里握着把明晃晃的长剑。

微子站在门口朝黄飞虎说，武成王，这是我们的家事，不烦你老人家了。

黄飞虎气得胡子翘得老高，说，微子，你今天要是切了子辛的鸡巴，我就剁了你的脑袋。

微子的身子猛地抖了一下，往后退着步子。

姜彧从微子他们的人墙里挤了进来，抓起一把扫帚走近我，在我身上打一下，你自作自受啊，活该，还不爬起来？

我挣扎了几下，身体散了架似的，怎么也爬不起来。她的手伸过来，还是没法把我拽起来，一跺脚对着姜寡妇嚷起来，你是不是人？都什么时候了，还在看热闹？快过来帮帮忙，把他弄出去！

姜寡妇把我推到了门边，趁着微子他们队形混乱，我跑到了饭铺外。

周信先追出来，朝我腰间踢了一脚，我躲闪不及，被他踢中了。陶荣抓过饭铺的木勺追出来，拿木勺做飞镖，朝我的脖子飞，木勺从我的耳边掠过去了。

与此同时，我听见微子在饭铺里大声叫喊，子辛我让你跑，我迟早要做大商的大王，到时候看你还往哪里跑？

我继续跑，跑到大街上，身后没有人追了，我保住了命根。

当时大街上仍然阳光灿烂人来人往，很多路人听见了从饭铺里传来的骚乱声，有人拉着我问，饭铺里怎么啦，怎么那么吵啊，是打架吗？

我甩掉那些讨厌的手，说饭铺里面有猪头肉吃，你们赶紧去吃吧。

失踪

天色渐渐黑了下来，站在空荡荡的朝歌城中，我的脑袋里像是被掏空了一样，仿佛失去了知觉。

我是在大街上度过那个夜晚的，我曾经想着要不要去黄飞虎的家，可是想到微子或许早在路上设了埋伏，只得打消这一念头。于是我像一个无家可归的乞丐一样席地而睡，秋夜里的风很凉，我却毫无知觉，昏昏睡去，又恍恍惚惚地醒来。

到了后半夜，申公豹来陪伴我了。这个疯子先是坐在我的身边，仔细地看着我，同时哧哧笑着。我被他的怪笑吓醒，月光里申公豹蓬头垢面，我吓得一声惊叫，结果申公豹发出了一声更长更尖利的惊叫，像是我吓着他似的跳了起来，随即又若无其事地坐了下来，看着我继续哧哧地笑。

我还在惊愕之中，申公豹已经哼起了小调。他一边哼唱着，一边滔滔不绝地说着什么。我听不太清，可是有一个声音在耳边不断地响着，让我心里十分安详。我微微一笑后，又昏昏睡去。

我在朝歌城度过了几天饥寒交迫的日子。我整日像死猪那样躺在街边，后来又爬起来像病狗那样坐在街角。

我在朝歌城无地自容，我名声败坏，城里的所有人都讨厌我，提防我，不给我好脸色。只有一条野狗对我高看一眼，很热情地对待我，甚至向我献媚，它天天围着我嗅来嗅去，尤其喜欢嗅我的裤裆。我不领狗的情，更讨厌那畜生对我裤裆的特别关注，我再怎么不受待见，也不至于要感激一条野狗的情义，所以我对它拳打脚踢。

野狗竟然也有自尊，顿时与我反目了，冲着我吠了半天。畜生也嫌弃我。我捡起根木棍，咋咋呼呼轰它走。

轰走了狗，我坐在地上傻笑，接着发现有人立在我的身后。转过头，我能看见一个女人光着脚，露着细嫩的脚背，脚趾甲则是鲜红鲜红的，一看就是染过了凤仙花汁。朝歌城的女人都这样，以为别人都要留意她们的脚趾甲。我扬起脸，看到了姜彧。

姜彧不知道什么时候站在了我身后，她咬着嘴唇，下巴显得浑圆，脸上露出一种找词儿训人的表情。这种表情叫我想起妇戊来。

那一刻我无地自容，但是姜彧忽然朝我笑了笑，说道，我给你拿了点吃的。

这一瞬间我又感到心里热乎乎的，有一种很肉麻的感觉，似乎是感激姜彧拿我这样的人当了一回事。这说明像我这样的人身上也有奴隶性。

闻到大饼的香气，我的鼻翼都扇动起来了，平日里吃的都是大鱼大肉，现在看见了姜彧手里的大饼，竟然馋得嘴巴里都伸出手爪子来了，唾沫星子像下雨一样喷在她的脸上。我要大饼的味道塞满嘴巴，让这些味道流到肠子里去，让这些味道从鼻孔里溢出来。

我狼吞虎咽地吃着大饼，一股凄凉打心底升起，悲不自禁，眼泪冒了出来。

为了惩罚自己的哀伤和自怜，我又狠狠打了自己一记耳光，这个耳光异常响亮，我的脸颊一下失去了知觉，于是我捂住自己的脸呜呜地哭起来了。

在街上到处游荡的我，一看到士兵打扮的人，就拼命奔跑，生怕是微子的爪牙，又要来切我的鸡巴。

后来我厌倦奔跑了，每次都跑得气喘吁吁，跑得肺里往外冒臭气。我心想要是还有人要来切我的鸡巴，索性就跟他们拼了，大不了一死。于是一屁股坐在地上，舒舒服服地还能看看街上的风景。

奇怪的是，我坐下后竟然没有人来搭理我，更没有人要切我的鸡巴，倒是申公豹经常来找我，滔滔不绝地跟我说话。

我安慰自己说，一切都过去了，都是虚惊一场，过了这两天就可以想回王宫回王宫，想去饭铺去饭铺了。

于是我又开始在大街上招摇过市了。

我经常看见头发稀疏的比干，他也是一个怪僻之人。他时常一个人歪着脑袋在街上走来走去，时常一个人歪着脑袋斜靠在桥栏上，有人叫他的名字，拍他的肩膀，他从不回应，像是不认识人家一样。

一天中午，我们这两个同样孤零零的人在大街上相遇。

那天我在朝歌城走过了三条街和两条巷，还有一座小桥，我像是河面上漂浮的树叶那样无聊，也像是街道上被风吹动的草屑那样可怜巴巴。我不知道自己要干什么，只知道自己在走来走去，累了就找个地方坐下来，渴了喝，饿了吃。当我看到大街上除了我和比干，空荡荡的没有其他人时，我压抑不住自己的喜悦。

我兴奋地喊道，我的聪明人叔叔，人家都说你的心是七窍的，拿出来让我看看吧。

比干愣了片刻，然后看着我笑声不断。先是嘿嘿地笑，接着哈哈大笑，后来他捂着肚子蹲下去笑，当他站起来时仍然捂着肚子在笑，笑得我心里直发毛。

我气得发抖，挥手给了他一巴掌，他的头甩了一下，嘴角流出了鲜血。可他竟然骄傲地笑了，继续昂首看着我。

我又给了他一巴掌，他的头又甩了一下，仍然骄傲地笑着，仍然昂首看着我。他说，打够了吗？

比干的话让我怔了一下，我看看他，又看看依旧空荡荡的朝歌城，一脸的疑惑。他对我说，你要是打够了，我就要走了。

王八蛋——我破口大骂道，挥手给了他两个耳光，让他的头左右甩了两下，然后说，滚吧……

比干嘴角流着鲜血，微笑着向前走去。这时候大街上陆陆续续地走来几个人，他们惊讶地看着比干。比干微笑地走着，微笑地告诉他们，等着吧，我早晚弄死他。

我定下神来，打量着四周，没有人留意我。阳光照着朝歌城的街道，还是那几条街，那么几排房子，还是那些城里的人，穿着白色的衣服在街上来来往往，可是我的脚有异样的感觉。脚下的路居然在微微颠簸，路上的石子和泥块都在粗野地冲撞我的脚，石子和泥块似乎也在嫌弃我。

我开始摇摇晃晃，像是喝了很多酒，在这中午阳光灿烂的时刻，我的眼睛里一片黑暗，仿佛突然瞎了聋了，一时间什么都看不见，什么都听不到。

我恍恍惚惚了一刻钟，眼睛逐渐明亮起来，晁田和晁雷的声音也逐渐清晰起来。我重新看清楚了我们朝歌城，看清楚了行走的男人和女人，看清楚了晁田和晁雷，他们两个满脸的眼泪和鼻涕。

他们拉扯着我的衣服，冲着我耳朵喊着，一遍又一遍地告诉我，邑姜不见了，她失踪了。

第五章 乱

槐花

我对酒的热爱，丝毫不逊于对女人的热爱。

只不过自打吕岳老头死后，我一喝就醉，醉了就吐。通常的情况下，我会吐得两眼汪汪，吐得两腿直哆嗦，吐得两侧的腰部抽风似的痛。我想要是再这样吐下去，非把胃吐出来不可，所以我坚持用手捂住嘴巴。

嘴巴一捂，倒是不吐了，可眼泪簌簌地往下落。接着我会埋怨这酒不好，我喝吕岳酿的酒从来都不会醉不会吐，更不会掉眼泪。

我喝酒的时候，武吉常常陪在我身边。他不喝酒，只是一个劲地吃烤肉串。

武吉吃东西的样子实在太丑，一下把一整串的肉扫进嘴里，活脱脱的一头饿驴。

我好心提醒他这样子吃东西很不雅，很难找到女人的。武吉不以为然，说他能吃饱就行了，没必要像我似的，因为一个女人花开伤心，花落溅泪。

五月末，饭铺外满是槐树花，厚厚地覆了一地，像积了一层雪，踩上去吱吱响。

阳光正好，姜彧在街上晃。阳光洒下来，姜彧的眼睛清亮淡荡，头发油光水滑。姜彧转过脸，冲我一笑，齿白唇红，我还会惊诧于她简简单单的美丽，继而感叹天公造化。

她左手理了一下滑下耳朵的发梢，乌黑的发梢在阳光里变得金黄脆亮，垂在胸前的头发清细润滑，像帘子一样。透过去，看见她的丝质上衣和半敞胸口下那半抹乳房的痕迹。

我的眼睛顺着姜彧的头发油光水滑地捋过，身子就肿胀起来，精神恍惚。接着我想到了邑姜，不由得悲从中来。

或许我早该没心没肺，也不用现在这么撕心裂肺。

入夏的时候，西岐传来消息说西伯侯姬昌死了。

姬昌在我眼中一直以来是个好人形象，斯斯文文的，像个正经人，不过听说他的死讯，竟然忍不住有一些欣慰。

这都怪他的儿子，倘若只有一个儿子让我苦不堪言，或许是偶然，但姬昌的两个儿子个个如此，简直是我的魔障。仅从家庭教养这方面来说，不由得让我对姬昌恨之入骨，千刀万剐他的心都有。

姬发出现在朝歌城不是个偶然，这是姬昌的一个用心良苦的计谋。姬发的那件所谓未了的事，就是按照姬昌的旨意抢走邑姜，那个原本是要嫁给他哥哥伯邑考的女人。

黄飞虎也常说姬昌这样的人是最坏的，表面上看似温文尔雅，但实质上一肚子的男盗女娼，早就暗藏反心，他从不多说话，那是因为他知道语多必然有失。随着西岐一天天壮大，朝歌城的形势岌岌可危。

好在姬昌这一死，朝歌人算是了了一大心病。可我的心病始终放不下，我始终惦记着如何把邑姜再抢回来。

在朝歌城，人们把当年姬发抢走邑姜的事说得神乎其神。

说姬发穷困潦倒，生不如死，拿了根草绳套住脖子，要把自己吊在一根树枝上，结果草绳靠不住断了，树枝靠不住也断了，姬发摔了个嘴啃泥；接着姬发去投河自尽，跳进了洹水河里才想起来自己会游泳，又死不成了，姬发从河里爬上来说一声，他妈的不死啦。

后来姬发想干脆回西岐得了，好歹吃喝不愁，但出来大半年的，自己又不好意思空手回去，就想在朝歌城抢点什么值钱的东西回去。姬发在朝歌城四处溜达，不知不觉竟然摸进了商容的府上，于是一拍脑门把邑姜抢了去。那可是朝歌城的尤物啊，比什么都值钱。

我时常在想，在那个奇妙的夜晚，姬发在扛起邑姜跳墙而逃时，邑姜有没有挣扎和反抗？戒备森严的首相府，一丁点的动静都会引起下人的警觉，姬发如此顺利得手，那肯定是邑姜没有挣扎和反抗。而邑姜没有挣扎和反抗的原因也只有一个：姬发先将邑姜打晕，之后是奸是杀，悉听尊便了。

无论如何，后来的结果是姬发抢走了邑姜。朝歌城的有些女人幸灾乐祸，说邑姜是一朵鲜花让驴给嚼了，说这就叫红颜薄命。

邑姜被抢走的第二天，不明缘由的商容跑到帝乙跟前大哭大闹。他以为邑姜的失踪肯定跟我有关，然后弯下腰，要拿他的秃脑袋顶我，像羊一样顶我。我就那么顺势一躲，老头子的脑袋撞在了九间殿的石柱上。也真是的，商容那么用力，竟然撞了个脑浆迸裂，死得实在憋屈。

好端端的一个人就死在我跟前，把我吓坏了，我目光凝滞，呆若木鸡。

微子在商容的尸体前蹲下来，目不转睛地看了一会儿，然后摇着头，拍着大腿惋惜道，首相商容，我大商族之栋梁，就这么稀里糊涂地死了，罪在子辛啊……

微子这么一说，我吓得眼泪哗地出来了，歪着肩膀低着头，哭得身体一抖一抖的。

微子说着还去征求众位大臣的意见，啊？我没有冤枉子辛吧，我说得对不对？

众大臣都点头称是，一片厌恶的目光整齐地投在我脸上。我有理说不出，真想冲微子脸上吐上一口吐沫。

倒是帝乙很是淡定，他说了一句，赶紧抬出去葬了吧，看着怪难受的。

帝乙并没有怪罪我的意思，我感激地看了他一眼，热泪盈眶。我突然发现帝乙老了许多，额头和眼角爬满了皱纹，以前浓密的头发现在稀少了。

之后，这件事就这么不了了之。我在诧异帝乙的宽容，这是很不寻常的，要是在前些年，把我剐了都有可能。

不过我在朝歌城的处境越来越糟。很多人对我很反感，可是他们没有资格教训我，于是就不来搭理我。

我形单影只，一个人在街上走，一个人在树下坐着，一个人蹲到河边去喝水，一个人和自己说话。

我站在街上看呀等呀，盼望着一个和我熟识的人走过来，我身上的汗水出来了一次又一次，又被太阳晒干了一次又一次，我看到的都是行色匆匆的路人和鄙夷的表情。没有人和我说话，甚至都没有人看我。当走过去的人不小心撞了我一下，当吐痰的人不小心吐到了我的脚上，他们才会认真看我一眼。

只有周信和陶荣喜欢我，他们一看到我就会高兴地招着手，远远地叫我，子辛，微子说了，等时机成熟了一定切掉你的鸡巴。

夜幕降临时，我对着朝歌城自怨自艾，看见夜色中的朝歌城还是岌岌可危的破败样子。一阵风吹来，我流下两行眼泪。

之后，我晃荡回饭铺，胡乱找些吃的填饱肚子，武吉说我饥不择食的样子更难看。我也懒得搭理他，倒上一碗酒，一饮而尽。

尽管这些酒不好，但每天还能够喝上几碗，实在是一件很幸福的事情了。主要是那种轻飘飘、晕乎乎的感觉很舒服，之后要吐要掉眼泪，就不去管了。

平庸

很多时候，我们能容忍一个人凶残、卑劣，甚至下贱，但不能忍受一个人平庸。

在我生命中至关重要的那个夏天，我是一个很平庸的人，这就是我在朝歌城遭受不公的根本所在。

也正是从那个夏天开始，我心智渐开，发觉世事渐杂。

早晨的太阳照到了我的屁股上，才把我照醒过来。起床后我跑到院角的茅房撒了一泡尿，提一桶井水洗了一把脸，然后我就不知道该干什么了。我在门槛上坐了一会，然后往大街上走去。

走到街上，我才想起来忘吃早饭了，又不想这么早回去。我只好吞着自己的口水，继续像野狗一样在大街小巷到处游荡。刚开始的时候我还能蹦跳几下，中午时我就又成了泄了气的猪尿脬。

饥饿让年纪轻轻的我仿佛八十岁，头晕眼花不去说它了，四肢无力也不去说它了，肚子里空荡荡什么都没有还不停地打着嗝。

我在街旁的一棵杨树下坐了很长时间，歪着脑袋看着街上来来往往的人。我看到有人吃着酱驴肉从跟前走过，我亲眼看见那人的嘴角挂着肉汁，我还亲眼看见那人的舌头伸出来舔了一下肉汁；还有吃着甜杏从我身边走过的女人，她把杏核都丢到我的头发上了；最让我生气的是一条野狗，从我面前走过时嘴里竟然叼着一根骨头。

我使劲舔着嘴唇，吞着口水，然后看到姜彧来了。我仰起脸冲她笑，她冲过来用手抽打我的脑袋，一边哭一边骂，你个不长进点的东西——

有些人是我很不能理解的，比如我的叔叔比干，这个人极有才能，在朝歌城具有举足轻重的地位，帝乙也十分信任这个弟弟，特别是商容死后，他在朝歌城更是如日中天。

按理说，比干也是一把岁数了，应该是宅心仁厚、轻财好义之人，何况我是他的侄子，总该有些温情话语。

可事实恰恰相反，我与这位叔叔碰面时，人从来没有讲诸如今天天气很好啊、你好像长胖了之类的寒暄话，一点也不跟我玩虚的，上来就是怒目以对。

很多年后，我才坚信我这位比干叔叔，其人格之无耻、行为之卑劣、脸皮之厚度，朝歌城中难有人与之匹敌。

怪我当初年轻，不知道人心的险恶。关键是我不知道我哪一点得罪了比干叔叔，以至于他非得置我于死地。妇戊曾经不止一次地提醒我说，比干又在帝乙跟前说我的坏话了，说我是个祸患，得赶紧除掉。

妇戊在转述这些话时，先是对比干进行一顿咬牙切齿的痛骂，接着就是指责我不争气，之后她开胸放喉，大放悲声。

很快我也发现了一些异常，总会有几个神神秘秘的人出现在我左右，这些人都是生面孔，长相不像是正经人，个个眼射凶光，一脸坏笑。

与此同时，朝歌城开始流传我的各种丑恶行径，光是早些年我做的一些丑事也就罢了，令人气愤的是无中生有，诸如道德败坏、人性沦丧的杀人放火、欺男霸女、结交狐朋狗友、意图谋取大商王位等等，在朝歌人嘴里广为传诵。

我在饭铺憋了好多天，可街上的种种流言蜚语有增无减，以至于晁田、晁雷再见到我都要用一种不可思议的眼光看我，非要缠着我问到底有没有做过那些伤天害理的事。

这害得我很长时间不敢走上大街，弄得我好像真的做了那么多伤天害理的事一样。可我又绝不是一个安分守己的人，对于大街的向往，促使我义无反顾地走了出去。

我战战兢兢地走在街道上，我的头低到了胸前，我贴着墙边走，我觉得街上所有人的目光像针一样扎遍了我的全身。一个认识我的人叫了一声我的名字，我像被狗咬了似的浑身一颤，差一点倒在地上。

街巷一带阳光灿烂，有几个老汉在巷口的阴凉处摆了张桌子，一人一个小竹凳，坐在一起喝水闲聊，坐吃等死。老汉们大多认识我，压低声音议论着，这就是那个子辛呀，打小就不学好，现在算是没救了！

天知道我当时是如何的懊恼，如何在该死的老汉旁走过，又如何从街道上走回饭铺？

从此以后我无声无息，把自己关在门窗紧闭的屋里，一个人对着墙壁发呆，有时候也对着墙壁说话。

偶尔的深夜，实在是忍受不了寂寞，我会悄无声息地来到朝歌城的大街上。我侧头，天上是很好的月亮，好像什么都知道似的冷冷地瞧着。

我没了在墙上画那些奇怪图案的兴致，只是低着头走路，我低下的头都贴在了自己胸上。我沿着墙根快速地走动着，只有在我确定前后都没有脚步声的时候，我才会放慢自己的步伐，抬起自己的头，看着天空里一轮皎洁的明月，沐浴着夜风凉爽的吹拂。

我喜欢站在空空荡荡的桥上，凝视着河水在月光里闪闪发亮，一波一波永无止境地荡漾过去。我抬起头时，洹水河边的树木在月光里安静得像是正在睡眠中一样，伸向空中的树梢挂满了月光，散发着河水一样的波纹。还有飞舞的萤火虫，它们在黑夜里上下跳跃前后飞翔时，起伏不止，像是歌声那样的跌宕。

黄飞虎似乎很在意我的一举一动，这个曾经的屠夫拿着一串猪大肠来看我，说红烧了很好吃，后来我就跟他就着这一盘大肠喝下了一坛子的酒。喝多了，我就开始嘤嘤嗡嗡地哭，黄飞虎也不怎么劝我，只是很淡定地说，你不能总这样吧，早晚是要做出些决定的。

姜彧也让我很是感动，我确定她是爱我的，她看我可怜，就怀着一种悲天悯人的心情爱上了我。这个不吭不啊的姑娘，尽心尽力地对我好，并且一个劲地让我出去看看。架不住姜彧三番五次的劝说，我还是走出了饭铺。

我迎着朝阳满怀信心地走出饭铺，夕阳西下时我一脸苦笑地出现在饭铺门口，姜彧看到我的神态就知道什么结果了。我在朝歌城的大街上并不受人待见。

姜彧很看不惯我整天垂头丧气的样子，终于在一个阳光明媚的日子决定和我一起出城走走。

我像孤魂野鬼一样跟在姜彧后面，我们在城外转悠了一整天，彼此也不怎么说话。后来我又像一个农夫坐在河边的田埂上，眉头紧锁，思考着该如何筹划自己的人生。

姜彧在我冥思苦想时，对着我耳朵喊道，你这样会想死的！

我抬头看看她的脸，小声说，我不会。

她愣了一下，接着把薄衫后的乳房放在我脸上，我用鼻子在上面蹭起来，姜彧的乳房异常温柔。假如没有姜彧在我身边，我可真要死掉了。

在空旷无人的田埂上，我那张形容憔悴的脸直对着她的漂亮乳房，那个景象不同凡响。她曾经对我寄予了很大希望，看到我意气消沉，神色木然，肯定是失望至极。

然后天黑了，我们就往回走。我还是晃晃悠悠地跟在姜彧后面，毫无生气。这个季节，晚上的风是暖的，就像夏天小河沟里的水，看上去黑乎乎且透明，但是踏进去却感到温暖得出人意料。

快走到朝歌城时，姜彧突然停下来问道，子辛，你就不想做大商的大王？

姜彧的这一问着实吓了我一跳，浑身竟冒出了冷汗。我张着嘴，傻傻地望着她，什么都没有回答。

后来姜彧也不说话了，默默地继续往朝歌城走。我心神不宁地跟在后面，几次想上前跟姜彧说点什么，但试了几次，又不知道该说什么好。

终于进了城门，乞丐申公豹疯疯癫癫地朝我们跑过来，满脸的兴奋与喜悦。他跑到我跟前，扑通一声跪了下来，声音洪亮地喊道，大王回城了——

很多年后，我依旧会回想起那个不寻常的黄昏。申公豹正规正矩地跪在我跟前，我一脸惊愕，同样惊愕的还有朝歌城无数的百姓。

朝歌城的百姓们最先反应过来，他们哈哈大笑着，高声呵斥着申公豹真是个疯子，疯癫到这个地步了，继而开始嘲弄起我来，说我子辛也想当上大王，除非是自己跟申公豹一样疯掉了。

我无地自容地听着朝歌人的辱骂，申公豹双目微闭，一脸严肃。我回头望了眼一旁的姜彧，她竟然是一脸的气定神闲，置身事外。

朝歌人的辱骂开始变本加厉，说什么的都有。虽说我也是久经羞辱的人，但这一次我实在是撑不下去了，朝着周围嘲弄我的人望过去，怒吼了一声，你们这群王八蛋，等我子辛做了大王，把你们的舌头全剁了——

叛逆

说实在的，我对朝歌人没有什么好感，并且在很多时候深感厌恶，以至于很多年后，姬发灭了商族，我也不再是大王的时候，并没有表现出太多的失落感。因为失去的东西，其实从来未曾真正地属于我，也不必惋惜。

朝歌人是天生的欺软怕硬的贱种，当我真的昂首阔步走在朝歌城的大街上时，我没有再听到他们的辱骂与耻笑，多数情况只是半尴不尬地朝我笑。

我不是帝乙，不是微子，也不是比干，我是我自己。不用隐藏，不用伪装，不用忍气吞声。一切很自然也很自在，自然得就像风会吹、雨会落。

我意气风发，诸如偷个梨摸个枣烧人家衣服往别人门上涂大粪之类的事，以前我没少干，现在我也在继续干。当然我最喜欢的还是调戏妇女，遇见表情儒雅、小腰婀娜、小脸绯红的姑娘，心里照样会意乱情迷，手上照样会去摸上一把。

这个季节，照样是杂花生树，群莺乱飞，做这些事的时候，我照样是理直气壮。

但我的高调还是激怒了一些人，这其中肯定包括我的哥哥微子和叔叔比干。

我一直认为这两个人沆瀣一气，狼狈为奸，可从后来的情势看，他们之间也有着微妙的关系。比如说，在比干的心目中，微子本来就是个杂种。至于微子怎么看比干，这个可以从微子打量比干时，满是鄙夷的眼神中了解一二。比干长相猥琐，一副小干巴样。

不过这丝毫阻挡不了两个人一致对外，他们两个都拿我作为仇敌。关于这一点，我在很长的一段时间里不能理解。

朝歌城开始不平静了，比干和微子的所作所为，手段下流，行径恶劣。

最先是比干带着一列人马来到了饭铺，说是要捉拿妖言惑众的人。具体什么样的妖言，又惑了哪些众，比干并没有给出合理的说法。

这也不难想象，要想整我，必须找个借口，总不能一走上大街就把我往死里打吧，至少得找个借口说我踩了他一脚，或者我瞪了他一眼。

比干心怀鬼胎，矗立在饭铺门口，我兴高采烈地走上前，盯着他的脸看了半天。比干气呼呼地骂道，有什么好看的？

我退后几步，语气淡定地说，啊——没事，突然看到你，就老有些疑问，为什么那么多人死，你还不死呢？

比干火冒三丈，冲过来要抓我的脸。我抬脚踹了过去，大概是踹在了他小肚子上，比干捂着腹部，呦呦地像猪一样嚎叫着，继而忍痛朝身后的人马喊道，还不快把子辛给我拿下——

人马先是一阵骚动，往前挪动了几步。见这情形，我也慌了，连忙呼喊武吉他们。

武吉赤手空拳，应声而出，他昂首阔步冲上前时，显得英勇无比。晁田、晁雷则小跑着紧随其后，他们手里握着的吹火筒、擀面杖，抖动不止。

那一列人马停下脚步，警惕地注视着武吉。武吉没有停留，大模大样地从比干跟前走过，又从那列人马后面绕了回来。比起武吉来，晁田、晁雷的大模大样就显得有些虚张声势。

他们绕回到比干跟前后，我听到武吉说，就你们这几个人，也敢来找碴？

倒是比干迫不及待，伸手给了武吉一记耳光。武吉低头一躲，那记耳光没有打在武吉的脸上，而是打在武吉的后脑勺上。武吉挨了一记耳光，又伸手还给了比干一记耳光。他们两个人就这样轮流着一个人打对方一记耳光，把对方的脸拍得噼啪响。

这时，黄飞虎风风火火赶了过来，带着三五个剽悍的随从。

比干见是黄飞虎来了，连忙喊道，武成王，你来得正好，赶紧把这些叛逆给绑了——

黄飞虎不紧不慢地挡在比干前面，目光凌厉地说，比干丞相，你也这么大年纪的人了，就不能少折腾点，就算是把子辛整死了，你也做不了大商族的大王。

一听这话，比干像是被火烧着了一样，头发也炸了起来，嘴里叽里呱啦地骂着。紧接着比干又挥舞起拳头，愤怒地扑向黄飞虎，武吉趁机抬起一只脚狠狠地踢在了他的腰部。比干想叫唤一声，可嘴巴一张却没有了声音。

比干坐在地上爬不起来，他只能让目光走来走去。他气急败坏，有气无力地摇着胳膊，指挥身后的人马，那队人马苍蝇般涌了上来。

黄飞虎怒不可遏，高声厉呵道，你们可别忘了子辛是谁？他是商王帝乙唯一的亲生儿子，不是微子那样的杂种，他迟早是要做大商族大王的，你们再有人敢来这里找事，把你们全绑铜柱子上烤了——

黄飞虎说完这些，那一队人马果真不动了。他的这几句话同样让我胆战心惊。

后来的事情就简单了，比干除了被暴揍一顿外，没有落着一点好处。他垂头丧气地瘫在地上，但我听到他咬牙切齿地骂着，估计是在骂我和黄飞虎。

比干爬起来时很艰难，因为每动一下全身就剧烈地疼痛，但他还是爬了起来。

我看着被打得遍体鳞伤的比干，以及他两鬓那苍苍白发，突然觉得他很可怜。

生活中有太多无可奈何的选择。在朝歌城这个奇妙的地方，总是让人身不由己。

果真，事情也并没有就此消停下去，比干很快又从北城召集了更多的人马，气势汹汹地要来报仇。晁田和晁雷最先得知了这一消息，兄弟俩不无担忧地对我说，要不你还是出城躲躲吧？

我不知道如何是好，一脸茫然地望着黄飞虎。黄飞虎轻咳了一声，骂道，老子的人马比他多。

黄飞虎也不愧是武成王，在比干的人马到来之前，迅速集结起上百人的队伍，在城南饭铺一带犄角旮旯，排兵布防，挖了陷坑。

当时饭铺内外，几个精壮者持戈矛，姜子牙持木棍，姜寡妇和姜彧也一脸视死如归，手里掂着菜刀、剪子，人人决心死战到底。假如比干攻了进来，还有放火的计划，大伙一块做烤全羊罢了。但是万幸，这些事没有发生。

帝乙得知这次冲突后，迅速下了旨意，叫饭铺交出为首的不安定分子，然后就算无事。因为这事往大了说是流血暴乱，属于叛逆；往小了说是聚众斗殴，在朝歌城影响很坏。

姜寡妇和姜彧赶快填平陷坑，剩下的我们几个，也扔下了戈矛，放下木棍，把黄飞虎作为叛逆的匪首，交了上去。

帝乙看在黄飞虎劳苦功高的分上，也并没有惩罚他的意思，只是收了黄飞虎的兵权，让他继续做杀猪的。

黄飞虎为此愤愤不平，本来就是比干没事找事，怎么只把自己给罚了。但帝乙已经下了旨意，黄飞虎也就只好受罚。

不过，令黄飞虎想不到的是，他的厄运还在后面。我说过，比干绝对是个心狠手辣、寡廉鲜耻之人。另外他做丞相这么多年，在朝歌城人脉甚广，耳目众多，他是个风云人物，他要风得风，要雨得雨。

他是无论如何都不会放过黄飞虎的。

命运

在我年轻的时候，那个做烤腰子的姜子牙来到朝歌城，在我们相处的不多的时间里，他经常哀叹自己身世的卑微，说自己是奴隶出身如何如之何。

其实大家都一样。在这个世界上，谁也不比谁高贵多少，我们头顶一片蓝天，脚踏一片黄土，呼吸着同样的空气，脱了衣服，大家都一样。

至于命运，我想呱呱落地之时早已注定大半。就比如说，我一出生就很不济，明显逊于微子，但这并不能阻挡我做上大商族的大王，因为我是帝乙唯一的儿子。

我不得不说下比干，我的这个叔叔并不怎么相信命运，他也想做大商族的大王，这个念头从他很小的时候，就开始存在于他的脑子里，一直到死都在争取。可命运就是命运，强求不得的。

人生苦短，百年一瞬，我们无法要求大家都有一样的成就。其实人这一辈子，能做到没有那些本应该没有的行为，没有那些劣迹和笑柄，没有那些罪过和背后的阴谋，即使你的成就有限，起码你可以正直地从容地心安理得地度过一生。

可惜的是，比干并不认同这样的一个道理，要不他也不会对黄飞虎痛下杀手。

黄飞虎是我在朝歌城最为崇拜、最为信赖的人，当然持这种观点的人不在少数，要不黄飞虎也不会在死后成了神。

做了武成王，黄飞虎能怡然自得；继续当个杀猪的，他也能自得其乐。可谓是得意淡然，失意亦然。这世界上没有什么人什么事可以难倒黄飞虎，除了他老婆。

黄飞虎是在某个夜晚被贾婆娘赶出了家门，之后的好几天都没有踪影。当贾婆娘哭哭啼啼找到饭铺的时候，我才意识到情形的不妙。

在夏天剩下的几天里，我天天由南向北，穿过整个朝歌城，四处打探黄飞虎的下落。

我在大街上晃荡的时间比阳光还要久，有时候月光照下来了我仍然在晃荡。后来，晁田、晁雷也跟随着我整日在朝歌城晃荡，就像苍蝇总是在粪坑上盘旋一样，我们离开了大街就不知道去什么地方。

街上一些流里流气的孩子，吹着得意洋洋的口哨，甩着乱如枯草的头发，朝着我说些我听不太懂的骂人的话。原来朝歌城的孩子也像麦子和葫芦南瓜一样，每年都有新的一拨儿，新的一拨儿不见得比老的一拨儿老实安分。

几天后，我终于找到了黄飞虎。当时他已经暴死街头。

很多年以后，朝歌人每次提起那个杀猪的黄飞虎时，只有一句话，他是一条好汉。

那个夏末的晚上，黄飞虎先是被贾婆娘赶出了家门，接着又被比干的手下劫了去。比干的耳目一直在等待这样的机会。

黄飞虎后来被关在比干府上的柴房里。比干的府很大，柴房也很隐蔽，以至于我一直没有找到黄飞虎。

在黄飞虎暴死街头的头天晚上，他从比干府的柴房里面逃了出来。他是趁着看守他的人上茅房的时候，悄悄将大门打开一条缝，溜了出来。

黄飞虎走回家时，差不多是子时了，贾婆娘早就睡着了，他用手在抚摸贾婆娘，月光也照着她。贾婆娘确实老了，眼角堆满了皱纹，脸上的肉往下嘟噜着。

贾婆娘揉着眼睛醒来，看到黄飞虎坐在床边，她发出了惊喜的喊叫。

贾婆娘满是愧疚，说自己不该那么晚了还赶黄飞虎出家门，黄飞虎笑着说没什么，然后告诉贾婆娘说他们要赶紧去东夷。

贾婆娘很是不高兴，扯着嗓子骂了起来，说放着好好的日子不过，跑到鸟不拉屎的东夷干什么？

黄飞虎摆动着他的右手让贾婆娘安静下来，他指了指两边的邻居，悄声说不要把别人吵醒了。贾婆娘立刻捂住了自己的嘴，悄悄地爬到床下。

黄飞虎一五一十地跟贾婆娘讲了，如果再不离开朝歌城，他们就得死在这儿了。贾婆娘刚开始不怎么相信黄飞虎说的是真的，后来看黄飞虎的样子也不像是在说笑，于是也紧张了起来。

贾婆娘压低声音问，我们什么时候走？

等天亮了，城门一开我们就走。黄飞虎语气坚定地回道。

这一下贾婆娘又愁眉苦脸了，说，那我们还没有吃饭呢，再说家里早就没有吃的了，路上怎么办？

黄飞虎想了想后，安慰她说，等天稍微亮一点，我就去姜寡妇的饭铺，买很多的麦子饼，这样路上不就有得吃了。

对！贾婆娘也叫了一声。

听到了清晨的鸡叫，外面的天空出现了鱼肚白。然后贾婆娘面朝外坐在门槛上，看着黄飞虎提来井水，洗了把脸。然后他走回屋子时，贾婆娘又转过身来面朝里坐在门槛上，看着他换上了干净的衣服。

这时候贾婆娘发现黄飞虎不同于往常，他的汗衫上沾着血迹，他脸是青的，眼睛是肿的，右胳膊落寞地吊着。黄飞虎是被别人打成这样的，这下子她完全相信了黄飞虎的话，他们的确处在危险之中。贾婆娘走过来，伸手抚摸黄飞虎满是伤痕的脸。那场景很温馨，也很少见。

太阳开始升起的时候，一夜没睡的黄飞虎打了几个呵欠。他让贾婆娘上床再去睡会儿觉，贾婆娘摇摇头仍然坐在门槛上，于是他就抬脚从她身边跨了出去，他要去买姜寡妇新做的麦子饼，然后带着贾婆娘离开朝歌城。

他枯瘦的身体从贾婆娘的头顶越过后，朝霞将屋子映红了，贾婆娘正在憧憬美味的麦子饼。

看着黄飞虎就要走远了，贾婆娘转过身来，对着走去的黄飞虎喊叫，当家的，我要吃有驴肉的麦子饼。

黄飞虎响亮的脚步又走了回来，回答道，嗯，买一整扇驴肉吃。

贾婆娘粗声大气地笑了起来，黄飞虎也朗声大笑。他迎着朝阳走去，他的两只脚踩在地上，像是锤子在击打着道路，发出啪啪的响声。走了十多步，贾婆娘看到他站住了脚，他整了整衣服，还用口水抿好了蓬乱的头发。他继续向前走去，他的胳膊不再吊着了。

黄飞虎昂着头，两只手甩着走时神气极了。这个迎着日出走去的身影变得高大起来，像是个英雄人物。

横尸街头

黄飞虎走出了家门，小心翼翼地朝城南的饭铺挪动。

在姜寡妇的饭铺门口，黄飞虎看到了一个短衣襟打扮、满脸胡子的大个子手里拿着木棍站在饭铺外。这个人看到黄飞虎从街口走过来时，立刻转身对着饭铺里面喊叫，里面立刻冲出来五个短衣襟打扮的人。

黄飞虎知道他们是来抓他的，迟疑了一下，迎面走了过去。

黄飞虎在一瞬间想到了拔腿逃跑，可转念一想又算了，好歹自己曾经也是堂堂的武成王，何况这是在姜寡妇的饭铺，不是比干府上的柴房，料这几个人也不敢太过造次。

六个短衣襟打扮的人小心翼翼地朝黄飞虎靠拢，他们每个人手里拿着一根木棍。

黄飞虎两只手紧张地来回搓着，走到了饭铺门口，正要向他们打招呼，或者问一声他们吃早饭没有，要不要也来张大饼吃。

几根木棍迎面打来，黄飞虎本能地举起两只胳膊阻挡打来的木棍，木棍砸在了他的胳膊上，让他觉得手臂的骨头仿佛断了似的疼痛，他仍然挥舞着胳膊阻挡打来的木棍。黄飞虎走进了饭铺，走向了盛放麦子饼的大簸箕。

六个短衣襟打扮的人挥舞着木棍，像六头野兽似的追打着他，一直追打到了簸箕前。这时的黄飞虎觉得自己阻挡木棍的胳膊疼得快要裂开来了，他的胳膊阻挡雨点般的乱棍，也挨了无数次打击，他的一只耳朵似乎已经被打掉了。他终于在乱棍的围追堵截里接近了簸箕，他看到簸箕旁边的姜寡妇吓得眼珠子快从眼睛里瞪出来了。

他腾出一只右手伸进胸口摸出钱来，塞向姜寡妇，对浑身颤抖的姜寡妇说，要大饼。

姜寡妇脑袋一歪栽倒在地，吓昏过去了。

这情景让黄飞虎一下子不知所措，竟然忘了继续用胳膊去阻挡打来的木棍，乱棍瞬间砸在了他的头上。黄飞虎头破血流地倒在了墙角，六根木棍疯狂地抽打着他，直到木棍纷纷打断。然后是六个短衣襟的十二只脚了，他们的脚又是踩，又是踢，又是蹬。连续一刻钟以后，躺在墙角的黄飞虎一动不动了，这六个短衣襟才停住了他们的手脚。他们呼哧呼哧喘着气，揉着自己的胳膊和腿脚，擦着满脸的汗水走到饭铺中央，在木凳上坐了下来。他们累得一点力气都没有了，歪着脑袋看着躺在墙角的黄飞虎，他们嘴里还在骂骂咧咧。

这些短衣襟打扮的男人都是比干派来的，是在天蒙蒙亮的时候发现黄飞虎跑了，他立刻让手下人兵分两路，守住了朝歌城所有的城门和黄飞虎可能会出现的地方。

守在饭铺的六个短衣襟在这天早晨号叫着殴打黄飞虎，把那些要来买大饼吃的人吓得都躲到了外面，几个孩子尖声哭叫，几个女人吓歪了嘴巴。

这些人站在饭铺门外偷偷往里面张望，没有一个人敢走进去，胆战心惊地看着围坐在一起休息的六个短衣襟。

他还在动啊——隐约听到门口有人喊叫道。

黄飞虎竟然苏醒了过来，而且扶着墙壁站了起来。他抹了抹脸上的鲜血，摇摇晃晃地走向簸箕，让那些在门口观望的人失声惊叫起来。

坐在桌子边休息的六个短衣襟看到黄飞虎突然站了起来，而且还走向装大饼的簸箕，他们目瞪口呆地互相看来看去，嘴里发出了咿咿呀呀的惊讶声。这时一个吊眼睛喊叫了一声，别让他跑啦——

六个短衣襟捡起地上打断了的木棍冲了上去，他们劈头盖脸地打向了黄飞虎。

这一次黄飞虎开始反抗了，他一边挥起右拳还击他们，一边朝簸箕靠近。姜寡妇这时候也恢复了意识，但看到这情形，也顾不上满簸箕的大饼了，拖着肥硕的身子往里屋爬。

黄飞虎用左手抱起簸箕，右手还在顽强地挥拳回击。

六个短衣襟围打着刚刚从昏迷中醒来的黄飞虎，他们把黄飞虎打得鲜血淋漓，从饭铺里打到了饭铺外的大街上。黄飞虎拼命抵抗，打到大街上时他一脚没稳住，身体又倒了下去，簸箕也摔在了地上，冒着热气的麦子饼滚得满街都是。

六个短衣襟围着他又是一顿乱踢乱踩，还将折断以后锋利的木棍像利剑一样往黄飞虎身上捅。有一根木棍捅进了黄飞虎的腹部，黄飞虎的身体痉挛了起来，那个满脸胡子的大个子又将木棍拔了出来，黄飞虎立刻挺直了，腹部的鲜血呼呼地涌了出来，染红了地上的泥土。黄飞虎一动不动了。

六个短衣襟也没有力气了，他们先是蹲到地上大口地喘气，接着他们发现蹲在这夏末的阳光下太热，走到了老槐树下，靠着树撩起了汗衫擦着浑身的汗水。他们觉得这次黄飞虎不会再爬起来了。

乞丐申公豹这时候也出现在街面上。他对这场打斗并没有很大的热情，倒是对滚落满地的麦子饼来了兴致，于是兴高采烈地捡起来，一边捡还一边大声喊叫着，有大饼吃喽——

没想到乞丐申公豹这一喊叫，这个黄飞虎竟然又从昏迷中苏醒过来了，而且再次站了起来，摇晃着往前走了两步，还挥了一下右手。他看着兴高采烈的申公豹，断断续续地说，别捡……我……我的……

刚刚休息过来的六个短衣襟再次冲了上去，再次将黄飞虎打倒在地。

黄飞虎不再反抗，他开始求饶。从不屈服的黄飞虎这时候太想活下去了，他用尽力气跪了起来，他吐着满嘴的鲜血，右手捧着呼呼流血的腹部，流着眼泪求他们别再打了，他的眼泪里都是鲜血。

他抓起一块大饼，艰难地往上举起，以这种姿态乞求着他们住手。

没有一只手接他举起的大饼，只有那些脚在继续踩过来踢过去，还有两根折断后像尖刀一样锋利的木棍捅进了他的身体，捅进去以后又拔了出来，黄飞虎的身体像是漏了似的到处喷出了鲜血。

我们朝歌城有几个人亲眼目睹了这六个短衣襟对黄飞虎的屠杀，姜子牙也在内。姜寡妇哭喊着回到后院时，姜子牙刚喂完驴，看着姜寡妇惊慌失措的样子，他赶紧跑到了饭铺前面。

姜子牙看到这一幕的时候难过得眼泪直流。他一边抹着眼泪，一边摇着头，嘴里呜呜地响着，不知道是哭声还是叹气声。

看着黄飞虎奄奄一息了，这六个短衣襟才发现自己饿了，他们暂时放过了黄飞虎，向饭铺又走来。这六个短衣襟像是干了一天力气活的奴隶那样疲惫不堪，他们走进姜寡妇的饭铺坐下来时，累得谁都不想说话了。

姜子牙也低头走进饭铺，在柜台前坐了下来，一声不吭地看着这六个禽兽不如的短衣襟。这六个短衣襟歇过来以后，向姜子牙要了酒和驴肉，然后他们像饿狗似的大口吃喝了起来。

这时守在城门的十几个短衣襟也赶到了，他们知道黄飞虎在饭铺被抓以后，兴致勃勃满头大汗地跑来。他们手里的木棍接着用上了，对着已经一动不动的黄飞虎又是一顿疯狂的抽打，直到所有的木棍都打断为止，他们又开始用脚踩、用脚蹬上了。

前面六个吃饱的短衣襟从饭铺里走出来后，这后来的十几个短衣襟进了姜寡妇的饭铺，轮到他们喝酒吃驴肉了。这六个加上新来的十几个，总共二十多个短衣襟继续轮流折磨着黄飞虎，黄飞虎已经一动不动了，他们还在用脚将他的身体蹬来踢去。最后是姜子牙实在看不下去了，他说了一句，人可能都死了……

短衣襟们这才收住了他们的脚，擦着汗水凯旋而去。二十几个短衣襟都把自己的脚踢伤了，离开时二十几个全是一瘸一拐的了。姜子牙看着他们瘸着走了，心想他们简直不是人。他对自己说，人心怎么会这样狠毒啊！

假设

在我的脑海里，长久地存在这么一个假设：那个夏末的早上，如果我不那么早出门，如果不带走这几个年轻人，或许黄飞虎就不会死了。

我得出这样的结论有一定的依据。当时的饭铺里只姜子牙和姜寡妇，甚至连姜彧都跟着我出了门，如果有年轻人在，会阻止那场屠杀。即使姜彧一个女人也会通风报信，那样黄飞虎的死就可以避免了。

一想到这，我内心久久不安。黄飞虎的死跟我有着莫大的关系。

那天早上，我叫上饭铺里所有的年轻人，前往比干的府上。因为在前一天晚上，我从卖烂杏的土行孙那里打听到了一点消息，说是最近两天，比干府里经常传出男人的惨叫声。

当时黄飞虎已经失踪了四天，我心急火燎，天不亮我们就出发了，在比干府的门外摆开阵势，发誓一定要把黄飞虎给救出来。

可我还是高估了我们的实力，比干府守卫森严，我们几个想破了脑子，使用了各种手段，一直到中午，依旧没有跨进比干府的大门。

后来还是姜彧出马，她修长的腿、柔细的腰身、隆起的胸部、白白的颈项，终于起到了作用，她把一个年纪小的守卫迷得七荤八素。最后我们得知黄飞虎的确是被比干给劫走的，但昨天晚上黄飞虎又逃走了。

听说黄飞虎逃了出来，我先是一阵高兴，紧接着就又担忧起来，有种不祥的预感。

于是，我把晁田、晁雷叫过来，让他们俩赶去黄飞虎家看看。

晁田、晁雷到了黄飞虎家。那时候贾婆娘还在家中睡觉，正梦见黄飞虎抱着许多大饼回来的喜悦情景，后来就被晁田、晁雷给吵醒了，骂骂咧咧了一阵。

贾婆娘也很纳闷为什么黄飞虎都出去半天了，还没有回来，但想到黄飞虎是给自己买大饼去了，于是又兴高采烈起来，全然不知事态的严重。

晁田、晁雷经过短暂的协商以后，决定去街上寻找黄飞虎的下落，他们以为黄飞虎因为买了太多的大饼。

贾婆娘这时候也担心起来，她记起了昨天晚上黄飞虎的话，不由得心惊肉跳。她本打算和晁田、晁雷兄弟俩一起去街上找的，可她一走起路来走得摇摇晃晃，她已经四天没有吃到过什么东西了。晁田、晁雷嫌她磨蹭，就先走上了街。

晁田、晁雷走过街口的时候就看到了黄飞虎，一个血肉模糊的人横在街边的空地上。几个行人从他身旁走过，看上几眼说上几句话，兄弟俩也从他的身旁走过，他们没有认出他。

黄飞虎趴在那里，一条胳膊压在身体下面，另一条胳膊弯曲着；有一条腿是伸直的，另一条腿蜷缩了起来。苍蝇们嗡嗡叫着在他身上盘旋，他的脸，他的手和脚，他身上所有血迹斑斑的地方都布满了苍蝇。

两个人见了又害怕又恶心，晁雷问一个戴着草帽的人，他是谁？他死了没有？

那个人摇摇头，说了声不知道，走到老槐树下，摘下草帽给自己扇起了风。

晁田和晁雷走过街口，走进了饭铺。他们觉得在外面只站了一会儿，夏天的毒太阳就快把他们烤干了。

晁田和晁雷进了饭铺，没有看到姜子牙，只看到姜寡妇呆呆地坐在那里，像个傻子似的，她还没有从早晨的惊恐中完全摆脱出来。两个人的说话声把正在发呆的她吓了一跳，她定睛一看后吼叫了一声，死啦！

晁田、晁雷逃跑似的离开了饭铺，然后无聊地在大街上转了几圈。

这时候土行孙提着一把柴刀，背着一筐烂杏出现在了大街上。到了街口，他卸下藤筐，坐下来以后用柴刀敲打着藤筐，叫卖起了他的杏子。土行孙喊叫道，卖杏啦！香甜的杏子啊……

晁田、晁雷走到了土行孙跟前，吞着口水看着他。土行孙一边敲打着藤筐，一边警惕地看着晁田、晁雷。这时兄弟俩又看到了外面地上的黄飞虎，他还是刚才的样子趴在那里。晁雷指着黄飞虎，问土行孙，他是谁呀？

土行孙斜着脑袋看了两个人一眼，没有搭理。晁雷继续问，他死了没有？

这时土行孙恶狠狠地说，不买就滚开，别在这里吞口水。

晁田、晁雷吓了一跳，站起身跑出了大槐树的阴影。他们又来到了夏天的烈日下，从满是苍蝇的黄飞虎身旁走过去时，晁田突然停住了脚，“啊”的一声惊叫起来，指着黄飞虎脚上半旧的草鞋说，他穿着黄飞虎的鞋。

晁田又看到了黄飞虎身上的麻布短衫，他说，他还穿着黄飞虎的短衫。

两个人不知道发生了什么，站在那里互相看着。过了一会儿晁雷说话了。晁雷说，这不是黄飞虎的衣服，黄飞虎的短衫应该是白色的。

晁田先是点点头，接着又摇起了头。他说，这件衣服脏了，不知道是什么颜色了。

两个人蹲了下去，挥手驱赶着苍蝇，扯着黄飞虎身下的衣服，质地的白色被他们扯出来了。晁田站起来哭了，他哭着问晁雷，他会不会是黄飞虎？

晁雷忍不住也哭了起来，他哭着说，我不知道。

两个人站在那里，哭泣着东张西望，没有人走过来。他们又蹲了下去，挥手驱赶掉黄飞虎脸上的苍蝇，想看清楚是不是黄飞虎。

黄飞虎的脸上全是血迹和泥土，他们看不清楚。他们觉得他有点像黄飞虎，又不知道是不是他。他们站了起来，觉得还是去问问别人。

天上两三朵很闲的云很慢地变幻各自的形态，巷子口一个老头敞着怀，坐在石凳上，泡在阴凉里，看闲云变幻。

晁田、晁雷走过去，指着黄飞虎问，他是不是我们的武成王黄飞虎？

阴凉里的老头先是一愣，接着摇着头说，不认识什么武成王。

兄弟俩又走上大街，走到了土行孙面前。晁雷抹着眼泪问他，外面趴着的是不是我们的武成王黄飞虎？

土行孙敲打了几下柴刀，瞪着眼睛说，滚开！

晁雷委屈地说，我们没有吞口水。

土行孙说，那也滚开！

这时候街上走过一堆人，兄弟俩赶紧拦住他们问，你们有谁知道，趴在地上的那个人是不是我们的武成王？

兄弟俩伤心的话引来了一片哄笑，他们说，只看到一个死人，没有什么武成王。

两个人哭泣着，走到趴在地上的黄飞虎身旁，晁田哭着说，我们本来是认识黄飞虎的，可是这个人脸上都是血，我们看不清楚。

姜子牙手里捏着块抹布，不知道从哪儿冒了出来，摇摇晃晃地走过来，像喝醉了酒。兄弟俩冲上去摇着姜子牙的胳膊说，姜子牙，那是不是武成王黄飞虎？

姜子牙表情痛苦地点点头。

两个人尖利地哭叫起来。他们重新走到黄飞虎的尸体前，尖利的哭叫把那些苍蝇吓得嗡嗡地飞走了。晁田跪到了地上，晁雷也跪到了地上，他们俯下脸去仔细看着黄飞虎。黄飞虎脸上的血被太阳晒干了，晁田的手把血迹一片一片剥了下来，然后他终于看清楚了黄飞虎。晁田转身拉住了晁雷的手说，他是黄飞虎。

两个人跪在街前的泥地上放声大哭，他们向着天空张开了嘴，哭声向着天空飞去。他们的哭声像是断了翅膀一样掉下来，突然噎住了，张开嘴半晌没有声音，眼泪鼻涕堵住了他们的喉咙。他们费了很大劲才将眼泪鼻涕咽了下去，他们的哭喊又尖利地爆发出来，又在天空里呼啸了。

兄弟俩的哭喊声引来了无数人的围观，后来也不知道是谁喊了一嗓子，贾婆娘来了。

贾婆娘出现在槐树旁，她虚弱的身体靠着槐树慢慢滑了下去，她一直木然的脸上出现了痛苦的表情，她躺在了地上，她的两腿伸开了，她的十根手指像是要紧紧抓住大地似的插进了泥土之中，她的额上渗满了汗珠，她睁圆了眼睛无声无息地看着围观的人群。

苇席

那天黄昏，朝歌城里的人看着我弯着腰拉着一辆板车，车上是死去的黄飞虎。晁田、晁雷兄弟俩一左一右跟在车后，晁田抱着两卷苇席，晁雷扛着一把铲子。我们朝着南门外走去，一路上对着遇到的人，神情凄凉地说，黄飞虎死了。

黄飞虎的几个老伙伴跟随着我们来到了城外，晁田将苇席在地上铺展，我小心地将车上的黄飞虎放在苇席里，就像放在床上一样，晁田将苇席分别卷起来，系上三股草绳。这就是黄飞虎的棺材。

等晁雷掘好了墓穴，我抱起苇席里的黄飞虎，走到墓穴前双腿依次跪下，将黄飞虎放入墓穴里，然后站起来擦了擦潮湿的眼睛。晁雷开始往墓穴里填土。

看着黄飞虎就这么结束了自己的一生，他的几个老伙伴忍不住掉下了眼泪。

黄飞虎的女人贾婆娘，曾经是一个尖嘴利齿的女人，在与黄飞虎共度的夜晚，她经常因为黄飞虎的没用而破口大骂，能够骂出一连串难听的话。

现在她的丈夫埋在了城外的荒地里，她像换了一个人，说话轻声细气，见人笑脸相迎。她经常在上午的时候出现在饭铺外的大槐树下，她知道那是她丈夫常去的地方。她见了我像一个妈妈似的热情体贴，嘘寒问暖。要是我不小心提到了黄飞虎，她就会叹气，眼圈就会发红，当她的眼泪快要出来时，她就会背过身去。

这个时候，我也会泪如雨下。

不可否认，我是个懦弱的人，可眼见着黄飞虎惨死街头，我还是有揣把短剑，把比干剖心挖肺的冲动。但姜彧告诉我说，我现在杀不了比干，相反他会杀了我。

比干是全天下最聪明的人，这一点在朝歌城人人都承认。故而假如有一个朝歌城的子民胆敢以为自己比比干还聪明，人们就不仅要说他是个自大狂，还要把他痛打一顿。

帝乙曾经对比干宠爱有加，常叮嘱他说，你要经常吃鱼，鱼补脑。

比干倒是很听话，吃鱼吃得满身的腥味，饭后散步时常有大队的猫跟在身后。姜彧告诉我，可以多捉些猫来。

我心领神会。

我捉了大概十几只野猫，把它们关在笼子里，然后吩咐晁田、晁雷，每天除了喂点水之外，不要给猫任何吃的。就这样，十几只猫被关了有十几天，个个饿得皮包骨头，见到一丁点的腥味就会抓狂。

剩下的事就很自然了，比干傍晚散步的时候，我把这些猫放了出来。

那天傍晚具体的情况我不得而知，但几天后我看到比干满脸的抓痕，右边的耳朵少了半拉，整日用头发遮着，走起路来摇摇晃晃，魂不守舍。而且他特别怕猫，尤其是一听到猫叫，整个人就会瘫在地上。

了解到这一点，我时常会指使人跟在比干身后，趁他不注意时，猛地学声猫叫，再看比干口吐白沫瘫倒在地的丑态。

后来比干忍无可忍，他下令不准朝歌城的人养猫，并且把所有的猫捉住勒死。那些学猫叫的人一旦被抓住，也要就地砍了。

看来比干对猫真是深恶痛绝了。对于那些被捉住勒死的猫，我很是愧疚，同时我也更加气愤。我的目的并不是简单地戏弄下比干，让他尝下苦头，而是要置他于死地。

在朝歌城，能杀比干的只有一个人，那就是帝乙。

我是了解帝乙的，他的心境就如一个善变的美人——喜欢比干时，就肉麻兮兮地说，比干可是个尤物，是我的好弟弟。也不管别人听了起不起鸡皮疙瘩。要是不喜欢比干，就说，比干这个杀千刀的！

和女人撒娇不一样的是，帝乙说谁杀千刀，谁就得被杀一千刀，杀完了的这个人就变成薄薄的肉片，放到锅里一涮就熟。

众所周知，凡是聪明的人都喜欢想入非非，可在帝乙严厉控制之下的朝歌城，想入非非绝对是大逆不道的。换句话说，比干的聪明要是用在听帝乙话上，帝乙会很高兴，可要是比干的聪明用在了想入非非上，帝乙就会很生气。

比干如此聪明的一个人，怎么会不想入非非呢？

朝歌城流传着各种说法，比如说当年帝乙和比干的父亲，也就是我的爷爷，是很喜欢比干的，在他临死的时候原打算是要把王位传给比干的，但后来觉得比干身材矮小，长相猥琐，实在是不像一个君主，于是一咬牙，就把王位传给了帝乙。

这样的说法并非都是凭空捏造。从比干的种种表现来看，比干在很多时候是瞧不上他的哥哥帝乙的，这在朝歌城是尽人皆知的。特别是最近两年，眼看着帝乙的身体大不如前，比干的动作也就更多了，时常听说有部落诸侯们出入他的丞相府。

比干这个人总是鬼鬼祟祟，这就是说，他有话不明说，拐着弯往外说；心里面有点坏，但是老想装好人等等。

坦白地说，过去我也有过这种毛病。这都是少年时的积习。那时候半夜起来手淫，心里想着白天见到的美貌少女。事情干完了，心里很疑惑：到底是全朝歌城的人都像我这么坏呢，还是只有我一个人这么坏？所以到了白天，我就拼命地装好人。当然，我现在已经有姜彧了，这种毛病也好了。

比干的另一种毛病我是绝没有的，就是有点腻腻歪歪的毛病。明明是别人的事，他偏要觉得是自己的事。别人娶媳妇，热热闹闹的，他在一边看着眉开眼笑；青天白日的，他就看到了满天的星斗，稀里糊涂自己就变成了新郎，进了洞房，骑在新娘身上。当然，这些想象只限于好事情。而帝乙坐上王位后，他还在一边恋恋不舍，跑前跑后地帮忙，这到底是为什么，我就不懂了。

不过帝乙是懂这些的，或许帝乙只是在等待时机。要论心狠手辣，帝乙是很擅长的。

奸细

我一直以为，男人是否美丽在于男人是否有智慧，不是聪明而是智慧，这甚至和有没有鸡巴都没有必然的联系。比如说微子，即使把他的鸡巴切了，他依旧魅力四射，美丽动人。女人是否美丽在于女人是否淫荡，不是轻浮不是好看而是淫荡。比如说邑姜，即使她没有鼻子，我也会天天想念她。

所以说，在美丽这方面，姜彧的确不如邑姜。不过姜彧自然有姜彧自己的妙处，她决不像一只饥不择食的苍蝇，纵使在这横风横雨、乌天黑地的劣境之中，姜彧仍然是一只色泽鲜明、神采飞扬的粉蝶。

姜彧说，她在大街上走时，经常迎上这样的目光：先是盯上了脸，然后一路向下搜索，在胸部久久地停留，然后久久端详她细长的腿。她对自己的腿很是骄傲。

这种景象我从没看见过。我想人家也许是在看她那条丝质的长裙，那条裙子可是出自朝歌城最好的裁缝邓九公之手。

她对这种说法十分愤怒，说我在蓄意贬低她。其实我没有这样的意思。我早就注意到她的头发细密茂盛，柔软光滑，就像一只长毛猫的毛一样，每次见到她，她都要把手伸给我，让我拉着它。那只手非常小，柔若无骨，又凉又滑。我们拉着手在朝歌城走来走去，然后和每一个见到的人打招呼。

我和姜彧在一起的情形就是这样的。

跟姜彧在一起的这几年，我并没有成为一个厨子，也没有成为一个杀猪的，但我过得也不错，至少不是那么了无生趣。

这几年中，我甚至还发现，帝乙对我的态度有明显的转变，会经常把我叫到身边，和颜悦色地跟我说话。姜彧说，这可能是因为帝乙快要死了的缘故，人在临近死亡的时候总会变得很温顺。

秋后的一天，帝乙又把我叫到了王宫，说捉到一个奸细。他对此事非常重视，派我亲自去审。

那个年月，部落纷争，诸侯并起，个个心怀鬼胎，捉到一个奸细很正常，为什么帝乙一定要大动肝火呢，还为了此人派我亲自去审？

原来这个奸细非同寻常，十几年前就隐姓埋名藏进王宫，平日里话极少，干些端茶倒水的杂活。因为见他老实，所以帝乙有很多机密都当着他的面商议，因此此人知道我们的内情颇多。要不是前几天他晾衣服时，在衣服里层发现了张朝歌城的布防图，谁也不会相信他是个奸细。

我去牢房提审，到了一看，这人绑在柱子上，五十岁上下，满嘴的坏牙，看着我一脸的傻笑，两个下垂的眼袋像是两颗瘤子。

怎么看这人也不像是个奸细啊？但帝乙既然说是了，那就开始审吧。

我问他谁派他来的，他却一脸坦然，嘴很严实。我骂了句，得给他上点刑。

晁田、晁雷把各种刑具摆了一地，挨个在这人身上使，直到他奄奄一息，浑身上下没一个好地方。可这人端的是条硬汉子，只字未吐。

晁田过来低声道，不能再打了，再打下去估计会死人的。

我当然不是来审死人的，这可如何是好呢？我和晁田、晁雷大眼瞪小眼地看了半天。最后还是晁雷想了一个主意，既然来硬的不行，我们就给他来点软的吧。

商量完了以后，晁雷便去街上买了些酱驴肉回来。我将那奸细用凉水泼醒，然后故意问他，你饿不饿，要不要先吃点东西？

可说了半天，唾沫星子溅了那人一脸，那人居然眼皮都没眨一下，更别说开口了。这下我可傻眼了，这人定力够厉害啊。

眼看这事就快黄了，把我和晁田、晁雷急得跟热锅上的蚂蚁似的，正好武吉过来，问清了缘由以后，武吉自告奋勇地说他去试试。死马权当活马医，让他去试一下也好。

谁料武吉进去以后，只在那人耳边嘀咕了几句，那人面色大变，竟号啕大哭起来。

我好奇地问武吉说了什么。武吉淡定地说，也没什么，我就说饭铺这两天的烤腰子卖得特别好，朝歌城一时又买不到那么多，就想借他的用。

我笑道，看来他还是怕死啊——

还没等我说完，那个奸细倒是接上话了，我不是怕死，是没见过你们这样整人的，你们饶了我吧，我真不是奸细。

他这么一说，我们都愣了。晁雷歪着脑袋问，你不是奸细，怎么把你抓到这儿了？还有你衣服上的地图是怎么回事？

那人哭着嗓子回道，哪有什么地图啊，那是我晚上睡觉时不小心梦遗，把衣服弄脏了，白天我拿出来晾晾，你们就非说是地图，还说我是奸细……

看他一把鼻涕一把眼泪的，也不像是假话，可我有一下子不知如何是好了，帝乙是让我来审奸细的，结果审来审去又不是奸细了。我考虑来考虑去，觉得这件事很是蹊跷。按说帝乙认定的事那肯定是错不了的，但这个人的确不是个奸细，那只能有一种可能：帝乙想让这个人是奸细。

这是帝乙的一个阴谋。

后来我一拍大腿说，既然帝乙认定你是奸细，你也受了这么多刑，你干脆承认得了，你就说你是西岐派来的，在朝歌城的接头人是比干，完了我会找机会把你再放了。就这么定了，你要是不愿意就只能让武吉把你的腰子拿去烤。你仔细想想，看哪个划算。

那人听我这么一说，脸拉得老长，像是犯了痔疮似的。

回宫后我禀报帝乙说，审明白了，奸细是西岐派过来的，朝歌城的接头人是比干。

帝乙很不可思议地看着我，继而满意地笑了起来，说，到底是我的儿子，就是聪明。

我笑而不语，帝乙又问我接下来打算怎么做。我说，把比干抓起来，先打上一顿，罪名是勾结诸侯，意图谋反，然后再找机会把他弄死。

再看帝乙看我眼神都直了，嘴里啧啧道，狠，够狠，实在是狠。

三天后，帝乙罢免了比干的相位，并且拿鞭子狠抽了比干一顿。抽完后，帝乙还警告比干说，只要你的脚还在朝歌城地面上，就别把自己看得太重，只要你的鼻孔还呼吸朝歌城的空气，你就给我老老实实的。

但帝乙没有杀比干。

帝乙说比干是他的亲弟弟，要是杀他的话怕朝歌人说闲话，但他已经安排好，这个人迟早是要死的。

酱驴鞭

黄飞虎的死和比干被罢，对一个人来说是莫大的好事，这人就是微子。

微子现在看起来喜气洋洋，自打征伐东夷回来，这是很少见的。他的脸色像是吃了人参似的突然红润起来，他在朝歌城里走来走去时脚步敲鼓似的咚咚响，他贴着街角的墙壁撒尿时疾风暴雨似的哗哗地响。

可这样的情形没有持续很久。

入冬的时候，经常会看到微子面色阴郁地出现在饭铺，姜子牙则谨小慎微地站在旁边。要说这两个人也很有意思，前段时间还是有说有笑的，转眼就变了脸，跟仇人似的。

从姜寡妇那里得知，姜子牙一直给微子做一道菜，叫酱驴鞭。是取用新鲜的驴阳具，酱好了，切成薄片，圆而有孔，可以拿根筷子挑着吃。

至于微子为什么要吃这东西，姜寡妇很神秘地笑笑说，就是为晚上那点事呗。

我觉得这事很有意思，微子这么年纪轻轻的，晚上就力不从心了吗？我很诚恳地向姜子牙打听。姜子牙压低声音说，微子哪是力不从心啊，是相当有难度才对。

我听得一愣一愣的，没明白姜子牙的意思。再去问他时，他就什么都不愿意多说了，说有些事要是传出去了，微子会杀了全饭铺的人的。

微子吃了姜子牙一百根酱驴鞭，依旧面色阴郁，看来是下身没有什么太大的变化。渐渐地，姜子牙也心神不宁起来，动不动就鼓动姜寡妇跟他一起去东夷或者西岐走走。要知道能让他着急的事情，绝对不是什么小事。

姜子牙最担心的事情还是来了。一天傍晚的时候，微子带着一堆人马来到饭铺。

姜子牙赶紧上前，跟微子嘀咕些什么，估计是在谈一些妥协的法子。微子双目微闭，把脑袋痛苦地摇了两下，就断然、坚决以及决然地否定了姜子牙的提议。

微子骑在马上高喊一声，把饭铺给我拆了。

听微子这么一喊，姜子牙面如土灰，蹲坐在地，而姜寡妇像疯了一样冲到微子前面，大喊大叫着不能拆。

微子哪管得了这些，一脚踹在了姜寡妇胸口，姜寡妇迅速倒下，趴在地上痛苦地呻吟。姜彧哭着上前去扶。

一看这情形，我火冒三丈，带着晁田、晁雷，还有武吉就冲了上去。谁知微子手下那些如狼似虎的士兵一拥而上，轻易地就把我们几个按下了。

饭铺就在我们眼前被拆掉了。

微子没有就此罢休，不光拆了饭铺，把姜子牙也绑走了。

姜子牙之后的遭遇，就只是朝歌人的传说了，因为微子后来关了姜子牙一个月，这一个月中到底发生了些什么事，我也知之甚少。

有人说，微子回去后还不解气，把姜子牙的双手和双脚捆绑起来，到外面去捉来了一只野猫，把野猫放进了他的裤子。裤子的上下都扎紧了，野猫在他的裤子里面又咬又抓了整整一夜，让他痛不欲生地惨叫了整整一夜，让朝歌城的人哆嗦了整整一夜，有几个胆小的吓得都尿湿了裤子。

那只野猫把他的两条腿全部抓烂了，裤子又粘连在了伤口上，他在脱下裤子时仿佛是脱下一层皮肉似的疼痛，裤子脱下来时脓血流满了他的双腿。

姜子牙在那个惨叫声夜夜不绝的屋子里受尽折磨，他的两条腿越来越肿，每天都在流着脓血，每天都在发出一阵一阵的恶臭。

这个男人浑身上下都烂了，站着的时候疼痛，坐着的时候疼痛，躺着的时候疼痛，动的时候疼痛，不动的时候也疼痛。

他生不如死，还要继续忍受新的折磨，只有在深夜时才会有片刻的安宁。他浑身疼痛地躺在床上，唯一不疼痛的地方就是他的思想，那时候他就会一次又一次地想着姜寡妇。

他的眼前一次又一次地出现了一个青山绿水的地方，他心想自己和姜寡妇应该生活在青山和绿水之间。他有时觉得这美丽的地方好像很熟悉，有时又觉得很陌生。然后他又不停地去想姜寡妇现在怎么样了，是不是等待着自己与她相聚。

姜子牙想不到的是，姜寡妇的遭遇也好不到哪里去。饭铺是姜寡妇的命根子，拆了饭铺等于说是要了她的命。

后来我花钱在东街买了处院落，院子四合，三面房，一面门，中间是个空地，能种南瓜和葫芦，虽没有原来的饭铺那么宽敞，但足以安置我们这几个无家可归的人。

我甚至想好等姜子牙回来了，我们可以再把这个院子改成饭铺，接着做我们的拿手好菜。但姜寡妇的状况，实打实地在我的心头泼了一瓢凉水。

姜寡妇开始神情恍惚目光呆滞，身上的衣服越来越脏，头发和脸也是越来越脏。她走路的姿态也变得越来越奇怪，她的右腿迈出去时，右手甩出去了；左腿迈出去时，左手甩出去了。用我们朝歌城的说法，她是顺拐子走路了。

这个衣着灰暗眼大漏光的女人，走到被拆的饭铺前席地而坐，整个身体昏迷似的瘫软在那里，她呜呜的哭泣声低得像是蚊子的鸣叫。很多人以为她精神不正常了，可是当她偶然抬起头来，看到别人的眼睛时，她就扭过身去，垂下头偷偷地擦起了眼泪。后来为了不让别人看到她的哭泣，她干脆背过身去，把脸贴在那棵大槐树上。

我们朝歌城的人议论纷纷，有些说她已经疯了，有些说她还知道害羞，就表示她还没有疯。这些说她还没有疯的人，对她的怪模怪样也是说不清楚，他们说她可能是着了魔、中了邪。

我跟姜彧每天的任务就是看着姜寡妇，不让她上街，不让她去饭铺那里。可怎么看都看不住，姜寡妇像一只聪明的老狗，总会趁我们不注意的时候溜到街上去。

她每天都来到大街上，有一天她的鞋子掉了，以后就没再见她穿鞋；她身上的衣服也一件件少了，也没见她加上衣服。直到有一天她突然赤身裸体坐在了那里，那时候的饭铺已经只剩下半拉破墙了，她仍然看着地面不停地哭泣，仍然是发现别人在看她时，就扭过身去，把脸贴到大槐树上，偷偷地擦着眼泪。这时候朝歌城的群众意见统一了，所有的人都说她疯了，说她确实疯了。

这个可怜的女人已经不知道家在何处，天黑以后她站了起来，然后在我们朝歌城的大街小巷到处寻找她的住宿。深更半夜像个鬼魂似的悄无声息地走来走去，常常把我们朝歌城的人吓得喊爹叫妈，差一点灵魂出窍。

后来她连饭铺原来的地方也记不住了，整个白天她都像是一个赶驴的人那样急急忙忙，匆匆地走过来，又匆匆地走过去，嘴里一声声地念叨着该做大饼，该做大饼了，来客人了……

再后来姜寡妇从我们朝歌城消失了。她消失了差不多二十天，我们朝歌城的人才想起来很久没有看见她了。人们互相打听，说那个开饭铺的姜寡妇怎么突然不见了？没有人知道，也没有人想知道。

微子的痛处

有时候我真的无法理解微子的做法，因为我无法想象一个人竟然可以阴暗到如此地步。

申公豹对我说，其实人生下来跟畜生一样，都是自私残暴的，这跟水往低处流是一个道理。但人之所以为人，主要是后天的教养和环境的影响，一般人做任何一件事潜意识里都有一个对和错的概念，人一般都朝着对的方向努力，但有一点，就是他认为是对的事情未必是世人所接受的。

因此，这个世界上可以有很多奇怪的人，做一些奇怪的事。

一个月后，姜子牙被放了出来，那是一个黄昏。

他是这个时候知道姜寡妇疯了，知道姜寡妇赤身裸体在大街上走来走去。

幸灾乐祸的朝歌人站在他面前，嬉笑地议论着他妻子的身体，说她的奶子很大，可惜下垂了；说她的阴毛很多，可是太脏了，上面还沾着麦草……

姜子牙当时一屁股坐在了地上，低着头一动不动，难过得连眼泪都掉不出来了。他浑身疼痛地躺在朝歌城的大街上，这时候他的思想也疼痛了，他脑子里像是有无数只蛆虫在啃噬着他的脑浆，让他脑袋里疼痛难忍。他想到疯了的姜寡妇，想到她从此流离失所，不由流下了眼泪。

他最后想到的是那些欺辱他们的恶棍，他一下子仇恨满腔怒火冲天，瞪圆了眼睛，在黄昏里对着假想中的微子，疯狂地吼叫了一声，我要操死你们!

姜子牙使出了生命里所有的力气，他的那声怒吼，让朝歌城所有的人都从睡梦中惊出一身冷汗。

我以为姜子牙是傻了，或者是疯了。我凑近他，很是心酸地问，姜子牙，跟我回去吃点东西吧。

姜子牙没有理睬我，只是目光呆滞地望着前方。我好奇他在看什么，顺着他的目光也往前看，除了灰蒙蒙的街道，我什么都没有看到。

这时候我又听到姜子牙喃喃地说道，我要操死所有朝歌人——

他的声音不大，但这话从他的口中说出来，让我不寒而栗。我呆呆地望着姜子牙，仿佛我自己也傻掉了，疯掉了，然后我看到姜子牙站起身，鬼魅一样往远处飘去。

那是我最后一次见到姜子牙。

朝歌人不会想到，很多年后，那个当年在南城卖烤腰子的姜子牙，会指挥着西岐的千军万马荡平大商的江山。姜子牙失言了，他没有如自己所说操死所有朝歌人，但还是有无数的朝歌人惨死，朝歌城也不复存在。

一般老实人是很好欺负的，但不能老去欺负他，兔子急了会咬人，老实人急了后果是很严重的。因为他老实，人们也就不会以为他会做出什么出格的事，也恰恰是这样的人，一旦做出了事，那将是不可挽回的后果。

姜子牙证明了这一点。后世的人都说是武王姬发伐纣，可实际上是姜子牙在报复，朝歌人也的确该死。

姜彧头发散下来很香，油光水滑，又直又顺，遮住半边脸和一只眼睛。她没有哭泣，只是无声地坐在屋里，只是不断地摇着头。晁田、晁雷在窗前探头探脑地看了几下，又走进来和姜彧说话，她不是点头就是摇头，还是一声不吭。当他们走后，姜彧就关上了门窗。到了傍晚的时候，她又移坐在床沿上，呆呆地看着映在窗户上的晚霞。

她最近的状态很让人担心。

与此同时，晁田、晁雷也按捺不住怒火，天天嚷着要去报仇，好好的饭铺就让微子给拆了，姜寡妇疯了，姜子牙走了，这口气恐怕是谁也咽不下去的。倒是武吉沉得住气，他一直在磨一把短剑，磨得寒光四射。

深更半夜，翻墙入户，这是我的长项。我领着晁田、晁雷，还有武吉摸进了微子的府上，其实微子的家，我是门清的。

这次不是为别的，即使不把微子给杀了，也要把他给废了。

我们四个从窗户爬进微子的房间，在他的前后左右站定，我看到了微子那张漂亮的面孔。

我没有丝毫的犹豫，挥起拳头在微子的脸上一通乱砸。微子或许是被这突如其来的袭击吓蒙了，竟然没有发出一声喊叫。不过他漂亮的脸变得七零八落起来，鼻子软塌塌地不是贴着而是挂在脸上了，鲜血像是伤心的眼泪一样流。

晁田、晁雷兄弟俩也没闲着，一个拽微子的左脚，一个拽微子的右脚，一使劲把他给摔在地上。

微子挣扎着爬起来，武吉趁机一脚踹在他的要害上。我看见微子捂住裤裆，在那里一跳一跳的，嘴里发出凄厉的惨叫。

武吉紧接着拔出短剑，逼近微子说，你再敢出声，老子就把你舌头割下来。

微子听到这句话时身子猛地一颤，目光惊恐地看着我，乞求道，子辛，咱们是兄弟，你可不能杀我啊……

我嗯了一声，说，我不杀你。

微子一听我这么说，稍稍镇定了些。我又回头对武吉说，还是你来杀吧，我杀不合适。

武吉当仁不让地点点头，低下头悄悄问我，怎么杀？

我还没来得及开口，微子慌忙抢说道，子辛，你要非杀我也行，但我得给你看一样东西——

说罢，微子开始脱他的裤子。他这一出倒真是出乎我们的意料，都愣在了那里。

微子脱下他裤子的一瞬间，我无法克制地朝那里看了一眼。

微子的阴茎把我吓着了——它像一只废弃的蚕茧，小心翼翼地躲藏在毛丛里。它的形状超出了我的想象，比我想象得更丑陋猥琐，散发着一种凄苦的气息。

微子声音凄凉地说道，看到了吧，这东西是在出征东夷的时候受的伤，东夷人的箭从我的裤裆穿过，射烂了我一半的鸡巴。因为少了这一半鸡巴，我不能和女人睡觉，也不能做大商的大王——

说完这些，微子悲哀地低下了头，嘤嘤嗡嗡地哭了起来，哭了一阵，他又悲哀地说，它没用，我也没用了——

我下意识地蒙住了眼睛。

我蒙着眼睛往门口走，走到门外我才放下了双手。我不知道我哭了，当我松开手，觉得手上湿漉漉的，我看见我的两只手，手掌心和指缝间都是泪水。

武吉追出来问，子辛，还杀不杀？

那个晚上，冬夜凄冷，北风凌厉，我抹了把泪水，一字一顿地说道，咱们走。

大王

漫长的岁月无声无息地走过了我的朝歌城，一晃几个月过去了。

这几个月中，又发生了很多事，比如说武吉走了，说是去找他的师父姜子牙。还有那个卖烂杏的土行孙竟然娶了裁缝铺掌柜邓九公的女儿邓婵玉，晁雷为此痛不欲生。再有就是姜彧说想给我生个孩子，我没敢同意，我觉得我年纪还小。

当然，最重要的是，我被我的父亲帝乙正式确立为大商族的下一任大王，朝歌城新的主人。这出乎我的意料，但也在情理之中。

不过我一点也不高兴。

帝乙已经是风烛残年，不久就病了。帝乙发病先是眼睛黄，后来浑身黄得像土，再有就是肚子泄。这个曾经精力充沛的男人开始卧床不起，几天才吃下几口粥，喝下几口水，瘦得只剩下一把骨头。

帝乙知道自己要死了，他温情脉脉地拉住我，眼睛看着门外不肯松手。

我知道他的眼睛里在说些什么，于是在那些没有风雨的傍晚，我就会背上他，在朝歌城里缓慢地走过一条条街道、一家家店铺，帝乙告别似的看着城里熟悉的一切。有时候，帝乙的眼睛也会像婴儿的眼睛那样，惊奇地看着街上的行人和房屋，疑惑朝歌城什么时候添加了这些人和房屋。

有几个眼尖的认出了他，还叫他大王，问他身体好些了吗？

帝乙显得非常高兴，他说好些了。

有时候会路过黄飞虎的家，我站在大门外，帝乙趴在我的背上，两个人无声地看着落日西沉，晚霞消失。黄飞虎的家已经破败得不成样子，贾婆娘也不见了踪影，成群的野狗在里面做窝。触景生情，我很是悲戚，帝乙也掉了两滴眼泪，说黄飞虎救过他的命。

几天后，我觉得背上的帝乙轻得像是一小捆柴草。每个晚上从宫外回来，我将帝乙从背上放下来时，帝乙都像是死去一样没有声息，可是第二天帝乙的眼睛又会跟随着晨曦逐渐睁开，生命之光仍在闪烁。

日复一日，帝乙仿佛死了，其实还活着。他已经没有力气说话，也没有力气微笑，在死亡之日来到的那个黄昏里，我背着他去看那座嘎吱嘎吱响着的木桥。

在宁静的洹水河边，在初春的暮色里，帝乙突然抬起头微笑了一下。

我没有看到帝乙在我背上的微笑，只是听到帝乙在我的耳边咝咝地说，就到这里吧。

帝乙的头掉落在我的肩膀上，睡着似的一动不动了。

我仍然背着帝乙站在那里，看着延伸到城外的河水在夜色里逐渐模糊起来，转身在月光里走向商王宫。我觉得肩膀上帝乙的头跟随着我的脚步在晃动。

回到宫中，我像往常一样小心地将帝乙放在了床上，给他盖好被子。这个晚上帝乙两次微微地睁开了眼睛，似乎想看一眼我，可是他只能看到无声的黑暗，然后他的眼睛永远闭上了，没有再次跟随着晨曦睁开。

我早晨起床后，不知道帝乙已经离世而去，整整一天都不知道。

帝乙躺在床上无声无息，不吃不喝，这样的情景有过很多次了，我没有往心里去。到了傍晚的时候，我依然背起了他。

我觉得帝乙的身体似乎僵硬了，在走出屋门时，帝乙的头从他的肩膀上滑落了，我腾出一只手将帝乙的头在他肩膀上放好了，继续在城里一条条街道、一家家店铺门前走过，帝乙的头也继续跟随着我的脚步晃动。

帝乙的头在我肩膀上硬邦邦的，像是一块晃动的石头。我走向城门的时候突然感觉到了什么，帝乙晃动的头几次滑落肩膀，我伸向后面的手摸到了他冰凉的面颊。

我站在了熙攘的朝歌城里，手指伸到肩后，贴在了帝乙的鼻孔上，很长时间没有感受到帝乙的气息，而感受到自己的手指凉了下来，这时候我知道帝乙真的死了。

那天黄昏，朝歌城里的人看着我弯着腰，双手托着背上死去的帝乙，朝着走近我的人，神情凄凉地说，帝乙死了。

我一遍遍地说着，却突然间释然起来，似乎在一瞬间，以往所有的屈辱，全部随风而逝。

我不确定妇戊对帝乙有多深的感情，但帝乙死后，妇戊的情形每况愈下，不久也病了。

原本精干的妇戊，如今走路都喘气了，她走上两步就要找墙角靠着歇一会儿，呼哧呼哧地喘粗气，后来索性就不活动了，躺在床上生气全无。我吃惊于妇戊的衰老如此之快。

像帝乙一样，妇戊在感觉自己死期将近的时候，也提出要去外面走动下，只不过她想去的是城外。

我赶着辆牛车，载着将死的妇戊出了南门，走上了城外的泥路。

牛车在乡间的泥路上颠簸着，车轮子的嘎吱声很是响亮。妇戊呼吸到了乡间的气息，清新的春风扑面而来。妇戊在牛车上支起身体，她看到金黄的油菜花在田野里一片片地开放，在阳光下闪闪发亮；她看到田埂弯弯曲曲，两旁的青草像是让田埂上了两条绿边；她看到了房屋和树木在远处点点滴滴；她看到近处池塘里的鸭子在浮游，甚至看到了鸭子在水中的倒影；她看到了麻雀在路旁飞翔。

在牛车的颠簸里，妇戊看到的春天是如此广阔和美丽。这也是她最后一次看到这些。

回到宫中，妇戊无限深情地看着华美的衣服和精致的铜器，无限深情地看着墙壁和窗户，无限深情地看着屋顶的雕梁和跳动的烛光，她看来看去的眼睛显得熠熠生辉。

她在凳子上坐下来，我站在身后扶着她，她让我把抹布拿给她。她细心地擦起了桌子上的铜器，一边擦着一边说，活着真好。

说完这句话，妇戊一头栽在了地上，再也不动弹了。妇戊也死了。

我开始跪在地上哭得浑身哆嗦，后来我把妇戊抱上床，又站在床前哭得像风中的小树那样抖个不停。

我哭上一阵，就叫一阵妈妈，我是在这一刻才真正感到自己是这个世界上的孤儿了。

晁田、晁雷兄弟俩这时候也摸到我身边，晁雷走过来时泪流不止，晁田也是不断地擦着眼泪。天黑下来了，我也没有力气号啕，只剩无声地哭泣。

第六章 战

邓婵玉

天暖和起来，朝歌城的女孩子们一天天莹润起来。春花上颊，春桃胀胸，心中不清不楚的秘密将周身笼罩上神秘。

裁缝铺掌柜邓九公家的女儿邓婵玉，有着不黑的头发，脸一巴掌宽，两颊有着浓浓的血色，是朝歌城茁壮成长的那批姑娘之一。她穿了件丝质半透明的衫子，走在大街上。迎了光，可以看见身体走动时变形的乳房的阴影。

说实在话，邓婵玉称不上漂亮，但让人觉得挺舒服，细细看去，眼底眉间有种与众不同的东西。到底是什么，我也没有去细想。

不过，晁雷是仔细想过的，并且颇有心得。

晁雷这个人，跟我有着相似的癖好，从小热爱妇女，看到姑娘们的裙裾飞扬和看到饭铺外的槐树花开一样欢喜。所以他最近出了点事，这小子打主意打到了邓婵玉身上。

其实晁雷已经有了女人，样子也不算丑。我好心提醒他说，你这样老往裁缝铺那边跑，挺招人嫌的。

晁雷一瞪眼，也不跟我说话。自己的东西永远是好的，但对男人来说，也许有一样例外，老婆总是别人的好。妻不如妾，妾不如偷，偷得着不如偷不着，越是偷不着他就越是心急火燎，一见到邓婵玉就毛手毛脚，终于乱了分寸。

街上人都说晁雷讨了便宜，把邓婵玉给睡了。我问晁雷是否属实，不想这小子笑而不语，一脸的得意之色，溢于言表。

晁雷再次上街时，就是带着那一脸的得意，直到跟土行孙偶遇。

土行孙五短身材，孔武有力，浓眉大眼，马鬃似的头发一丝不乱。卖烂杏时，富于节奏感地用柴刀敲着藤筐，一副坚贞不屈的表情。

土行孙不光夏天卖烂杏，冬天也会卖些干枣，而且他夏天卖的杏都是精挑细选的，一个都不烂，但朝歌人还是喜欢叫他卖烂杏的。

土行孙虽说只是个卖烂杏的，但也绝不是个善茬，光从他手里那把柴刀就能知道。谁卖东西时会提着那玩意？所以对晁雷来说，与土行孙的偶遇绝对是场灾难。

晁雷本来是笑着的，但笑声戛然而止。晁雷看见土行孙一只手里提着的柴刀了。

土行孙卸下藤筐，提着柴刀用眼睛瞄了几下左右，就直直地盯着晁雷了，然后就直直地冲着晁雷过来了。

见土行孙提着柴刀冲自己走来，晁雷当时的脸色都变了，心里说完了完了，身子一转撒腿就朝王宫的方向跑，一边跑一边往后看。土行孙也不含糊，那个追啊撵啊，不要命地追撵，离晁雷越来越近。

晁雷不往后看了，往后看很影响奔跑的速度。晁雷抡起胳膊，仰着脸，张着大嘴，死命地跑，他想只要跑到王宫土行孙就不敢追撵了。

晁雷没跑到王宫，因为晁雷的腿脚跟不上他的心思。很快他就听见土行孙的脚步声了，一听见土行孙的脚步声，晁雷的胳膊就抡不开了，腿就发软了，脚一歪，就扑爬在地上了。晁雷扑爬在地上的样子很奇怪，像只烤得半死的青蛙，挣扎得很无力，但他还是往前爬了两步。

土行孙撵上了，晁雷脸上呈现一种极为痛苦的表情，仿佛柴刀已经砍进他的脖颈。

晁雷哀求说，我没睡，我真的没睡邓婵玉啊，你别砍啊土行孙！

土行孙没砍。土行孙骑在晁雷身上，一只手掐着他的脖子，一只手揪着他的头发，把晁雷的脸往地里摁。

晁雷是鼻子压进脸里了，脸就完全和地贴在一起了，晁雷就没法说话了，只能在喉咙里呜呜啊啊。但晁雷最担心的事没有发生，土行孙的两只手都占着，证明柴刀不在手里。

晁雷稍稍镇定下，呜啊就呜啊吧，不至于被砍死。可不一会儿，晁雷又不能呜啊了，因为土行孙摁着晁雷的脸不让他换气，好像要摁死他。

晁雷又害怕了，自个儿的小命八成是要丢在这大街上了。

当然晁雷没有死，因为土行孙把晁雷的头揪起来了，晁雷趁机换了口气，土行孙又把晁雷摁下去了。

土行孙就这么揪着晁雷的头发让他一仰一贴呜啊了好长时间，烦了，就松开揪晁雷头发的手，拾起柴刀。这一举动再一次把晁雷吓得半死。

当然晁雷又没有死，土行孙只是拿刀面敲晁雷的脑袋，就像敲装杏的藤筐一样，一下一下地敲，也不使很大力气，晁雷又开始嗯啊大叫。

土行孙又敲了好长时间，累了，才放开了晁雷。

晁雷嘴里眼里鼻子里塞满了土。晁雷吐着嘴里的土，抹着脸上的土，还有眼里憋出的泪水、脑袋上的血水，和土搅和在一起了。

晁雷吐着抹着跟土行孙说，我没睡，都是街上人瞎说的，我连邓婵玉的奶子都没碰着，真的没睡……

晁雷吐完了抹完了说完了，土行孙也早走远了。晁雷的话全跟他自个儿说了。

晁雷长长地舒了口气，摸了下裤裆，湿乎乎的。

晁雷找到我时，显得又羞又怒，踢坛子摔罐子，咋咋呼呼地喊着要去报仇，说一定要把土行孙给剁了。

我则是乐不可支，说，你这是活该，自己有女人还去睡别人的，你得感激人家土行孙没把你给砍了。

晁雷转过头，不可思议地看着我，继而把满腔的怨气撒在了我身上，要不是打不过你我就跟你拼了，跟着你，我真是憋屈，越活越憋屈——

我白了他一眼，也懒得说他。后来他也就没再提这事。

几天后的一个早晨，我起得比较早，于是便独自去街上逛。此时天色微明，朝歌人有的已经起床了，有的则还在酣睡。转了一圈，没发现什么有意思的，正想回去，忽然看到了邓婵玉。

她依旧一身丝质薄衫，皮肤像雪一样白，像银子一样闪亮。嘴唇像花一样红，像蜜糖一样湿润。她不是一个人，身边多了一个年纪大些的男人，那是朝歌城有名的铸造师费仲。这人瘦高，七尺上下，面容阳光，眼神温润，眼角皱纹舒展踏实。

费仲的胳膊很长，右手伸出，蜿蜒缠绕，悍然从后面搂住邓婵玉的腰，手掌绕了一圈，在前面斜斜地搭在邓婵玉的小腹上，中指尖伸直，触及邓婵玉左胯骨的前上棘。

不知道晁雷看到这情景会作何感想，还有土行孙，不知道他还会不会拿柴刀敲这个费仲的脑袋。

不过，我不会把这次的所见告诉晁雷，或者土行孙，因为这不是什么新鲜的故事。在世道浇漓，人心不古的朝歌城，这只是一个非常简单、普通、古老的故事，一个有点地位有点闲钱有点伤逝的老男人，在勾搭有点姿色有点气质有点糊涂的小姑娘的故事。

想到这些，我呵呵笑了起来。

帝乙十七年，那一年我经常笑，因为那一年帝乙死了，我成了大商族新的大王，朝歌城的君主，天下人都尊称我为帝辛。

烤蜗牛

刚做大王那会儿，说实话我着实兴奋了一阵子。

我经常独自坐在九间殿上，心绪不宁，胡思乱想，自言自语些激情飞扬的语句，总之都是激励自己的话。激励自己励精图治、蔑视女色，成为顶天立地的大王，做一个万世敬仰的君主。

姜彧当时也沉浸在极大的幸福里，她眼泪汪汪，嘴唇颤抖。她是所有朝歌城女人羡慕的德性贞静、柔和贤淑的姜王后。

不过，这样的幸福总是短暂的，很快我就发现，做大王没那么幸福，或者说比我想象中的还要不美好。

虽然我经常笑，但笑只是一种表情，与快乐无关。我的这个大王做得并不快乐。

我不快乐的程度，甚至比原来我在饭铺里的时候都要差得多。朝歌城里到处都有仇视我的人，他们满腹心事，他们依旧看不上我。

首先是微子，我的这位只剩下半根鸡巴的哥哥，面容阴郁无常，时不时地发出两声不怀好意的冷笑。其次是我的叔叔比干，更是居心叵测，他不会甘心做一个平头百姓，我不知道他以前的目标是什么，但我知道他现在想做大王。至于那些形形色色的臣下，他们身上有许多令人厌恶的恶习，最常见的就是好为人师和妄自尊大。

这些人都在期盼着我不得好死，比如走路不稳摔死，站得太高被雷劈死，喝酒太多吐死，吃肉太多撑死等。细细想来，我二十几岁时的孤僻和易怒，是与这些人的冲突有关的，他们让我的人生乌云密布。

我是一个危机意识浓重的人。每次上街，一看到申公豹，就想，自己有一天也可能沦落到那般境地。这不是危言耸听，依朝歌城上下对我的态度，弑君篡位都有可能，更不用说哪天把我赶下王位，贬为庶民了。

我天赋不足，当不了苦力，又不爱逞强斗狠，所以我很缺乏糊口的本领。

以前我热爱画画，在朝歌城的墙壁上展示过自己的才华，但没有得到朝歌人的认可，这也充分说明我不是一个做画师的料。

后来我专注做猪头肉，虽说手艺不错，但自从姜寡妇的饭铺被拆后，实在是没有做菜的心情了。一提起菜刀，就会想起姜子牙、姜寡妇，还有黄飞虎，禁不住潸然泪下。人在悲伤的情形下，怎么可能做得出美味佳肴？

还好，我又有了新的爱好。

我对铸造铜器产生了浓厚的兴趣，相比画画和做猪头肉，铸造铜器是件高深的事，工序极为复杂。不过对我来说，倒是手到擒来。我经常有些奇思妙想，做出一些稀奇古怪的样式，这一点让铸造师费仲佩服得五体投地。他说如果我要不是当大王的话，肯定是个比他更牛的铸造师。我并不否认。

为此，我很是欣慰地睡了几个好觉。

连着下了几天的雨，整个朝歌城都湿乎乎的，也没有办法点火铸造铜器，弄得我心情很坏，总想找谁骂一顿。晁田却风风火火地跑来，乐呵呵地说要跟我喝酒。

相比晁雷，我不是很喜欢晁田。这小子，胆子和个子也般配，当众说话的时候，脸会像小姑娘一样变红，嗓子里像含了个热茄子，说不出一句清楚的话。最要命的是，他门牙上总是贴着块韭菜叶子，让人很不爽。

可谁让我这几天百无聊赖，又想找人来骂，也就很痛快地答应了。

我在晁田的脑后拍了一下，就像在马屁股上拍了一下，于是晁田欢快地冲出了宫门，像一匹兴高采烈的马一样欢快地奔跑了起来。我则换了便装，背起心爱的葫芦，跟在后面。

晁田领着我到了东街的屋舍，这地方现在是晁田、晁雷兄弟俩的家。正中的屋子里，果然摆着几坛子酒，还燃着个炭火盆。我跟晁田席地而坐，然后我就媚眼如丝地望着他，看得他浑身起毛。

我说，总得有个由头吧，不能无缘无故的就来喝酒吧？

晁田抬头挺胸，用一种觉得我很无耻的目光看了我一眼，说，那是当然！

他说这四个字时，像放屁一样声音响亮、心情舒畅，很显然他是有什么值得骄傲的事，要不也不会这么底气十足。

晁田稍作停顿，接着从身旁摸出两串东西，像是竹签上穿着鹌鹑蛋。顺便说一句，烤鹌鹑我内行得很。但那竹签上又不是鹌鹑蛋，我仔细一看，吓了一跳，竟是鹌鹑蛋大小的蜗牛。

我吃惊不已，大叫，你这是什么东西？

晁田不紧不慢道，从城外捡的蜗牛，我发现烤了很好吃。

我张大嘴巴，眨巴着眼睛，一时竟无语了。而我的两只耳朵却精神抖擞地耸在那里，期待着晁田的进一步解释。

谁知晁田也不理我，自顾自地烤起了他的那两串蜗牛。那样子让我想起了武吉，当年他就是这样惊世骇俗地烤青蛙。

两串蜗牛被烤得滋滋作响，不一会儿，一股怪异的香味飘散开来。晁田抬手递给我一串，就像当年武吉递给我烤青蛙一样，我还是没有接。

晁田没有再让我，心安理得地坐在地上吃起了烤蜗牛。蜗牛壳碎的声音很清脆，晁田吃东西的声音也很大，吧唧吧唧响个不停。

我看着硌硬，于是站了起来，两只手伸到后面拍打着屁股，左右晃了几步，结果一不小心踢翻了炭火盆。炭灰就在晁田脑袋四周纷纷扬扬，也落到了蜗牛上，晁田用嘴吹着炭灰，继续吃着外焦里嫩的蜗牛肉。

晁田的专注，让我有点生气，但我尽量不让自己表现得很激动，尽量保持内心的平静、安详与矜持。

可我终究没有矜持住，嘴里的口水横七竖八地流了起来，因为我看到晁田的竹签子上只剩下两只蜗牛了。

我挨近晁田，以迅雷不及掩耳之势，一猫腰，一伸手，拽下一只，也顾不得烫手，带着蜗牛壳就塞进了嘴里。

我嚼了几下，味道有点怪，但不难吃。

我和晁田面面相觑，互相取笑起来。我们每个人的脸上都沾了炭灰，腿上则是凝结了一层从街上走过时遗留下的黄泥浆，看上去像两个逃难而来的乞丐。

没有想到，外表如此粗糙之人，竟有这么细腻的心思，能琢磨出这么一手好菜。

晁田的成就，不得不让我对他另眼相看。这充分说明，就算是一坨屎，也有遇见屎壳郎的那天。所以你大可不必为今天的自己有太多担忧。

公鸡

从我当上大王的那年春天开始，整个天下充斥着躁动和不安，所有的诸侯部落都在互相攻击，争斗不休。他们开始用战争创造一段新的历史，那是个斗志昂扬的年代。

这些诸侯的争斗，没有像原始人一样厮打，不会满地拣石头砸对方脑袋，他们努力改进自己的格斗技术，让自己的动作更有杀伤力。他们有盔甲，有戈矛，有弓箭，有战车和投石机。

也就在这时，我有了想参与进去的想法，因为看着别的部落轰轰烈烈地争斗，我实在是耐不住寂寞。

当然了，我说我想参与进去，并不是说我要带领朝歌人马与诸侯们厮杀。这不是我的所好，也绝非我的擅长。我想参与进去是以我独特的方式。这得从我在朝歌城的一次所见说起。

那是在一个阳光明媚的下午，我在朝歌城的大街上看到了一件铠甲。那是用打磨工整的青石片连缀起来的铠甲，这种东西士兵穿起来很笨重，也磨身子，而且像一只立起来的乌龟。

我实在是很难想象，披挂这种东西还怎么去战场上厮杀，于是就有了参与进去的念头。我要做出简单、轻便，而又能抵御戈矛的铠甲。

对我来说，这并不是什么难事，很快，我就做出了用铜片连缀而成的铠甲。这种铠甲很坚固，也很轻便，而且我还发挥我的聪明才智，在铠甲内层衬上一层驴皮，这样一来就不会磨身子。

我做的这种铠甲很受争斗中各方的喜爱，他们纷纷涌进朝歌城，哭着喊着要买我做的铠甲。索性我就召集朝歌城的百姓，做起了这种生意，制作大量的铠甲，再卖给争斗中的各个部落。这的确是不错的生财之道。

没有想到的是，不久后，就有些部落跑到朝歌城来，向我打听，能不能制作些锋利的戈。因为我做的铠甲太过坚固，普通的戈很难刺穿，这样争斗的双方就很难分得出胜负。

我想这也是个问题，于是就又忙起来了。我在做这件事情时，精神亢奋，做得很有快感。那时我一天流的汗，比以前一年流的都要多。

这次比制作铠甲要难一些，我苦思几日，毫无结果，于是我不得不请教铸造师费仲。费仲说没什么难的，只要在铸造戈时，在铜里面掺入适量的黑色粉末，就能让长戈坚硬无比。

至于那黑色粉末是什么东西，费仲只是摇头不语。后来我也懒得再问，我在乎的是我做的戈好不好使。

很快，我做的这批长戈用到了前线。手持我制作的这些戈，不管对方穿什么铠甲，只要瞄准对方的人中或者印堂轻轻一扎，就是透心凉，就把他们扎死了。

想着那些被我所做的戈刺死的人，凭良心说，我是想哀恸，但是哀恸不起来。哀恸这种事，实在是勉强不出来的。我只觉得这些事很有意思。

姜彧可不这么认为，她觉得我做的这些事情很是无聊。因为我一会儿做最坚硬的铠甲，一会儿又做最锋利的戈，这很自相矛盾，说明我这个人很不专一，也很自相矛盾。

我一声不响，突然觉得我做的一切都没了意义。我又变成了个悲观的人。

那时冬天将尽，外面吹的风已经带有暖意。假如以春暖花开为一年之计的话，眼看又过了一年。天下的征战还在进行，太平岁月还遥遥无止期。

对于这样的一种局面，我有心做出些举措，比如我想让这些好战的部落停歇下来。

太师闻仲给出的建议是：由我带领朝歌城的强壮人马，把那些征战中的部落全部击败，这样他们就不敢再相互争斗了。简单地说，就是对付流氓，要用流氓的方式。

朝歌城是有这个实力的，我们兵强马壮，而且我能够制作最为先进的铠甲和长戈。

其实说我擅长制作铠甲和长戈是不全面的，我热爱并擅长制作一切武器。比如说投石机，这种东西在经过我的简单改造之后，能够投出更多、更远的石块，杀伤力很不一般。

但在我又变成了个悲观的人后，便有些不情愿做这些事情了。或者说，本来制作这些东西就是一件很枯燥的事，只是我以前偏把它想得很浪漫。这叫自欺欺人。

我又想，为了止住各部落之间的征伐，朝歌城损失的人马也会不少。虽说我们武器优良，但也并不能保证我们能最终取胜。倘若我们打不赢他们，那朝歌城亏得可太多了。

这样一琢磨，我很快就放弃了让部落之间的征伐停歇下来的念头。这也充分说明，我很缺乏作为一个大王的魄力，我不是一个称职的大王。

意识到自己不配做一个大王的那个中午，在朝歌城的大街上，我看到一只公鸡想要离地起飞，我觉得那是个令人感动的场面。它用力扑动翅膀时，地面上尘土飞扬，但是令人感动的地方不在这里。作为一只鸡，它怎么会有了飞上天的主意？我觉得一只鸡只要能飞上屋顶，就算没有枉活一世。我实在佩服那只鸡。

申公豹说我跟那只公鸡很像，根本就不是做大王的料，却偏偏想着让天下太平。这话说得我很伤心，但也无法反驳，于是就动手不动口，把申公豹揍了一顿。我这人从不记仇，一般有仇当场我就报了。这是我的长处，也是我的优点。

很多年后，姬发带领着西岐人马打到了朝歌城外。那个时候的朝歌城，群情激奋，斗志昂扬，每个人都是战士，每座房子都是工事，不管什么官，都是军事首领。

那天，我正在城墙上和一伙人汗流浃背地布置我的投石机，准备把进犯者通通砸死，忽听费仲带着一帮人在城里叫我，就心急火燎地跑下去。

你猜是叫我干啥吧——费仲他们都说让我出城躲躲，说我待在城里太危险，姬发指名道姓要弄死我。其实他们并不真想让我逃走，因为在打仗的时候谁都不希望自己的队伍里没有首领。但他们得让我活着，这样大商族就不会灭亡，还有东山再起的机会。

我劝他们都投降算了，他们不肯听，非要跟姬发拼个鱼死网破，他们都是英雄好汉，咽不下这口气。于是我就带着姜彧悄悄出城了，因为这再也不是我的事情。反正大商族气数已尽，凭我的力量也守不住朝歌城。就好比那只鸡，凭它的力量也飞不上天。

总而言之，我和姜彧是爬狗洞离开朝歌城的。还没等爬出狗洞，我痛苦地哭了起来，用拳头擦着眼泪。我身上的杀气毫无影踪了，无论是谁失掉了自己的城邦时都会是这样。

提起这些事情，不免带有一点悲凉的意味。

炮烙之刑

时光往前推移，我二十三四岁，做了大商的大王。

众所周知，我这个大王做得并不开心。因为从那一年开始，大商的各个部落之间开始征战，我原来以为这些部落是因为彼此之间产生了什么矛盾，后来太师闻仲告诉我说事情不是我想象的那么简单，他们的征战是在争由谁来做天下新的君主。换句话说，就是他们在争由谁来替代我。

这话说得我心惊胆战。我说过我不是一个做天下君主的料，但也不想让这些部落把我消灭掉。

后来我想到了一些办法，比如说制作很多功能强大的武器，这在朝歌人看来不是什么正经事，但我有我的良苦用心。

我想让那些征战中的部落，继续征战下去，打到最后统统完蛋。也可以说我用心险恶，可我真是想不到其他更好的办法了。

那年夏天，发生过好多场惊心动魄的战斗，死了很多人，我们朝歌城也因此得以喘息。

不过这种局面并没有持续很长时间，在第二年的夏天，我发现各个部落间的征伐少了起来。起初我以为是我制作的武器又不能够适应战争的发展了，还跟费仲苦心孤诣地寻找改进的方法，后来才知道，是这些相互征伐的部落觉悟了。

因为他们都很奇怪，为什么我乐此不疲地制作武器，然后以很低廉的价钱卖给他们，而且更奇怪我没有立场，往往是谁来买武器我都卖。他们就说我是个两面派。事实上我不是两面派。我哪派都不是，我自己单独是一派。这就是我的卑鄙之所在。

看来是我把这些想象得太简单了，他们原本就是像我一样聪明的。

这些部落停止了征伐，渐渐地开始联合起来，由许多小部落变成了几个大部落。这是一个很危险的讯息，他们不久就会把矛头指向大商，朝歌城危在旦夕。

忧患并不只来自于外部，就朝歌城内部而言，也足以令我痛心疾首。

最先发难的是上大夫梅伯，他曾经是朝歌城的祭司，掌握很大的权力。我在当上大王后，觉得他这人整天装神弄鬼，很不成体统，于是打发他去扫大街。

梅伯日后就拿着扫帚扫起了大街，上午扫过去，下午又扫过来。没多久，他就烦了，扔了扫帚，纠集了一大帮乌合之众，要跟我拼个鱼死网破。

梅伯这人是个矮子，粗脖子，大嘴巴，塌鼻梁，两只眼睛向外突出，有点像蛤蟆。

假如我本人也能算个例子的话，就可以证明男人都有过自命不凡的时期。梅伯的这个时期持续得比较久一点，直到他六十多岁了，还看不起一切人，包括我在内。

我从大街上走过时，梅伯带着一帮人朝我丢石头，我抱头鼠窜，逃回了王宫。接着我就召集齐大臣，准备对梅伯进行一次彻底的围剿。

让我想不到的是，那些大臣纷纷表现出不合作的态度，对我的提议置若罔闻，不说赞成，也不说不赞成。最后还是晁雷自告奋勇，领了一支人马去收拾梅伯。

结果很合情合理，晁雷被梅伯收拾了。其实晁雷跟我一样，跟那只想飞起来的公鸡也一样，他并不具备作为一个将军的才干。

晁雷灰头土脸地回来了，大夏天的，我觉得冷起来了，心里爱莫能助地想着，要不我还是不当这个大王好了，以我的手艺，做点别的也能生活得很好。这主要是因为我是一个很悲观的人。

我的这一想法没有得到其他人的同意，这包括闻仲和姜彧。姜彧的话很直接，她说我就是一个废物，一个糟老头子闹起来的一场暴乱而已，至于我这么伤心费神吗？

我是硬着头皮走上大街的。在我身后是一支千人的士兵队伍，还有一台完美的投石机。

关于这台投石机，我得特别说明一下。之前我虽然对于制作这些武器心灰意冷，但是人活着总得做点什么事。特别是在费仲的一再鼓动下，我咬着牙才把这台投石机完成的。

因此，我很感谢费仲。因为我活了这么大，只有一件真正属于自己的东西，就是那台投石机。

连我自己都不敢相信能造出这么结构复杂、设计巧妙、打击准确的投石机，这就是关键所在。那玩意是用来打死人的，我当时也愿意它打死人。

那玩意后来不知到哪儿去了，也不知道费仲他们有没有用它来抵抗姬发的进攻，只是当年在围剿梅伯时派上了很大的用场。

就那么一顿乱砸，接着是一阵声嘶力竭的哭喊声，梅伯的乌合之众就作鸟兽散了。大街上留下了很多尸体，后来那些尸体也没有及时清理，朝歌城还有很浓厚的尸臭味，永远也散发不出去。

那次围剿梅伯死了很多人，街上的许多房屋也被我的投石机砸得七零八落，当然也有一些冤死的人。但是我一点都不哀恸。我喜欢的时代忽然降临了人世，这是一个奇迹。

梅伯被砸断了一条胳膊，后来觍着脸跪在我跟前，信誓旦旦地向我保证，即使少了这条胳膊，他依旧能扫好朝歌城的大街。当时大街上死了很多人，又乱又脏，说实话很需要梅伯这样有热情的人去清扫，但我没有同意。我决定处死他。

处死梅伯的方式比较特殊，我把他绑在了一根烧红的铜柱子上。那场面很血腥，我懒得细细描述。

需要说明的是，处死梅伯的这种方式不是我的原创，这得归功于晁田。晁田当时发明了一种铜板烧的做菜方式，简单地说就是把生肉贴在烧红的铜板上，滋滋地响上两下，肉就熟了。

不过做这道菜一定要快速翻动生肉，要不很容易烤煳，就像梅伯一样，绑在铜柱子上后，没来得及翻动，直接就烤煳了。

肉烤煳的味道很难闻，这一点大商的大臣们深有体会。我就是当着众多大臣的面将梅伯烤煳的。

后来这种处死人的方式有了一种比较文雅的称呼，叫作炮烙之刑。大家都以为是我的发明，这对晁田来说很不公平，我也觉得挺不好意思的。

再征东夷

虽然我一生的主题是悲观绝望，但还有一种气质在主题之外。这种气质在我带领士兵围剿梅伯时，在我发射投石机时，还有在我处死梅伯时才会发挥出来。

我很难用一个词来命名这种气质，比如说残暴、血腥、内心阴暗等等，都不足以完美描述。

但这种气质我能发挥出来，的确是一个奇迹。朝歌城本身就是一个产生奇迹的地方。

我和别人一样，有爱有恨，不想让别人瞧不起我；我竭尽心力，想很好地活下去，却苦多乐少，带有一种失败了的气氛。倘若不是这个奇迹的出现，我的人生将会灰暗到底。

姜彧却满是忧虑，她觉得我这样的心态很反常，而且很危险。

我对她很反感，觉得她婆婆妈妈的。当初是她鼓励我去围剿梅伯的，现在又说我心态不好，她比我更自相矛盾。

但这是我清醒时候的事。到我睡着了，或是自以为睡着了的时候，我就不反感姜彧了，我会和她拥抱接吻，用双手爱抚她的乳房。姜彧的样子不丑，眉毛和头发很黑，皮肤白皙。我和她亲近时总是要勃起，而且我也知道勃起了是要干什么。

也是出于这样的一个原因，很多年后我决定逃出朝歌城时，还是带上了姜彧。

我们爬出狗洞后，发现城根一带尸横遍地，姜彧不敢睁眼睛，需要我在一边拉着她的手往前跑。这个过程风险很大，因为城外的西岐人马很容易发现我们，然后就会用弓箭射杀。

她简直是个累赘，还婆婆妈妈说我这不好那不好。很讨厌，十分可恨。可是我又舍不得她，我很爱她。这说明爱和恨原本就分不清，也是个奇迹。

不过，这是很后来的事了。当时我正忙着策划各种行动，白天操练兵马，晚上铸造兵器，我准备像我的父亲帝乙那样去征伐东夷。

东夷与朝歌城绝对是苦大仇深，早些年帝乙征伐过它，理由是要抢回东夷人的母驴，实则是要抢回东夷的女人。四年的战争下来，朝歌人没能如愿以偿，没能抢回女人，甚至连抢回来的母驴都数量有限。

在那次得不偿失的战争以后，东夷人始终没有放弃报仇的念头，他们终于东山再起，浩浩荡荡地对朝歌城发起了进攻。这对内忧外患的朝歌城来说，更是雪上加霜。

然而我的反应却有些反常，一改往日的愁眉苦脸，以一种很高涨的热情投入到战争的准备中去。关于这一点，大概有两个原因：

一是我身上发挥出某种气质，这种气质跟厮杀有关，这是一个奇迹。

二是妲己依旧是我的一个梦。

我每日精神饱满，天蒙蒙亮就起床，然后爬上九间殿的屋顶，伸个懒腰，看到四周朝雾初升。朝歌城是淡青的，天是淡青的，勉强能感觉到极远的山也是淡青的。我发誓，再没有一种景色让我这样满意了。

后来的人都说我穷兵黩武，爱好杀戮。这一点我决不承认，了解我的人都知道我胆小、懦弱，缺乏英雄气概。

但在我心情不好的时候，带着士兵们进行一场厮杀，内心会得到极大的满足。特别是千军万马的大场面，你来我往，左冲右突，极有快感。另外，指挥千军万马是很高级的智慧，多数男人都愿意做这种事。

当然，这样的厮杀难免是要死人的，不过我们要辩证地看待死亡这件事。在收获快感的时候，总是要付出代价的。而且一旦全身心地投入了某件事，好多东西就失去了它本来的含义，连死亡都会变得很有意义，都会有一种浪漫的情调。

何况，一个人一生能够收获的快感不会多于两种，我们应该珍惜和保持这些来之不易的浪漫情调。

对于我来说，另外一种快感主要是来自女人。这也不光是对我一个人来说的，对大多数男人来说都是这样。

我和姜彧拥抱接吻，之后会自然而然地收获另一种快感。这种快感在我跟邑姜抱在一起时也会有，但我更期待的是和妲己亲近时也能产生。

这么多年来，妲己一直令我魂牵梦萦。

在我的梦里，那个叫作妲己的女人，就简简单单地坐在离我不远的阳光下，摇曳生辉。穿着简简单单的罗裙，小腿灿烂。她脸很好看，细节经得起推敲。

我的想入非非在此刻像一只蝙蝠一样迅速飞翔至我身边，她用青春飘荡的眼睛看着我，阳光在她的白色罗裙上跳踩不止。

我竭尽全力向她靠近，却迈不出步子。这让我心神不宁，我觉得莫名其妙，继而惶恐起来。

后来，她好像是赤脚走在我的内心里，因此脚步声显得像鸭绒一样柔和。我似乎隐隐约约地看到了一双粉红色的脚丫，罗裙在窸窸窣窣摆动，于是我内心像是铺满了阳光一样无比温暖。

我在这种温暖中睁开眼，才发现阳光早已蜂拥进来了。

那是晴朗温和的中午，我躺在阳光的心窝里。那时的阳光非常美丽。

朝歌城对东夷的征伐，如火如荼地进行，先头人马已经到达东夷边境，甚至我的那台投石机也准备运至战场，但我没有去。这是我的悲剧之所在。

大商族内部波涛暗涌，一旦我出了朝歌城，情形就会有很大的变化。比如说，很快会有另外一个人宣称，他是大商族的新任大王。这个人可能是比干，也可能是微子，或者是其他的什么人。然后再纠集各个部落，把我毁灭掉。

太师闻仲领兵去的东夷，这是无奈之举。我能保证的是，闻仲绝对可以凯旋回城。但我也能保证，他对寻找妲己这种事情不会有兴趣。

当时我想，我跟妲己的缘分就是这么浅薄，这可能是命中注定的事。

哪吒

入秋后头几天，天气还是异常闷热。有一天早上下了一场大雨，雨后的朝歌城很是凉爽。我在九间殿惬意地喝着茶，想着以前的事情。后来，晁雷捉了一个人带到我面前，说此人在朝歌城里鬼鬼祟祟地窥视了好多天，并且还在腰里别着把切菜刀。

这个人还是个孩子，看样子也就八九岁，蓬头垢面的，穿的也很破，看起来是个流浪儿童。我问他，小混蛋，你到这里来做什么呀？

他抬起头直盯着我，他的眼睛很黑，一刹那间我感到了一种前所未有的寒冷，我从没见过一个孩子有如此的眼神。他一字一顿地说道，帝辛，我是来杀你的！

我弯腰笑起来，哦？为什么要杀我呀？

那孩子双眼喷射着怒火说道，你杀了我的父亲和两个哥哥！我一定要亲手杀了你！

我一愣，问道，我杀的人不计其数，你父亲和哥哥是谁？

那孩子的脸扭曲着，尽力把身子往前探，恨恨地说道，我父亲叫李靖，两个哥哥叫金吒和木吒，我叫哪吒。你记住了，今天落在你手里，任杀任剐，但我就是做鬼也饶不了你！

听他这么一说，我想起来了，他爹就是那个陈塘关的总兵李靖，印象不是很深。那只是个小人物，他没有多大能耐，却也想着杀进朝歌城。

当时的天下有很多的诸侯和总兵，那些人没有安生的主儿，个个想着带兵冲进朝歌城，把我烧死，然后他们自己做天下的首领。不过他们都是偷偷摸摸的，没有像李靖那样，整天把这话挂在嘴边。

后来我嫌李靖太不低调了，随便派了支人马，就把老家伙和他的两个儿子给弄死了。

但眼前这个口口声声要为父报仇的孩子却有点意思，于是我起身笑道，我一生杀人无数，你却是第一个找我来报仇的。也算我们有缘分，我就成全你，今天我不杀你，你回去练习本领吧，等你长大了再来找我，我项上的人头就在这里，等你来拿。

说罢我挥手让晁雷把他松绑，他愣愣地站在那里，咬牙切齿地说，好，我这就走，我要天天祈祷老天爷保佑你活着，总有一天我要亲手杀了你！

说完，那孩子转身头也不回地往外走。我听着他的脚步渐渐走远，一个八九岁男孩的脚步，走开时轻得像鸭子的脚步。

那孩子走了以后，我呆呆地坐在那里想了很久。人类的感情分好多种，仇恨是其中的一种，也是最奇怪的一种。比如这个叫哪吒的孩子，他可能在很小的时候就埋下了仇恨的种子，这么多年来他一直是为了仇恨而活着，他人生的主题就是复仇。

所以，他无时无刻不想着要复仇，而可悲的是他想杀的人——我，居然毫不知情。

后来，我脑海里时常出现那张孩子的脸。无论他如何年轻，一旦被复仇的欲望煎熬着，便会显得异常恐怖，哪吒的脸当时就非常恐怖。

总的来说就是这样，大商的天下已经日薄西山，朝歌城早就岌岌可危。这不是我的错，但后人会把这些错归在我的身上。这是我的可悲之处。

有时想一想，倘若当初不是微子只有半根鸡巴的话，我也许会成为一个出色的杀猪的，或者是个厨子，没准我还会想到很多菜样。这么看起来，现在我在朝歌城万人之上威风凛凛的样子也自豪不到哪儿去。

我甚至想过，要不带着姜彧离开朝歌城，但后来觉得这样的想法有些凄凉，不合时宜。我当时还很天真，以为我就是长在朝歌城里的一棵树，可以生长，可以枯萎，可以抱怨，可以喊叫，可以消失，但是不能离开。

放走哪吒那天晚上，外面开始下雨，雨很细，站在里面感觉很舒服。姜彧走过来，安静地站在我跟前。

我两手抱住姜彧，感觉她很小，软得像柳絮一样。我两臂一用力，姜彧就缩成小小的一团，仿佛能够装进我的怀里。她的头发就在我的鼻子下面，在灯火的照耀下，她的头发上雨珠晶晶亮。我的鼻子刚好架在她的头发分际处，左边和右边是一样的油光水滑，虽然我心情沉重，大脑发呆，还是闻得见香气。

后来姜彧说回去吧，我点点头。

这个晚上我和姜彧两个人像新婚之夜那样紧紧抱在一起，过去的幸福回来了。

乱世

帝辛三年的秋天，可以看到我们的朝歌城呈现出一种怪模样，以前它不是这样，后来也不是这样。

早在帝乙当大王的时候，朝歌城房子的结构是缺乏想象力的方形，方形暗示了我们生活是如何的简洁和明确。这一点恰恰不是我想要的，甚至我对所有的房子都刷上白色的石灰，倍感愤怒。

于是在我做了大王以后，允许朝歌人可以把房子造成自己想要的样子，还有他们要刷成什么颜色，完全由他们自己决定。

这样一来，朝歌城就有些不同于以前了。比如说街上的房子，当然还保留有那些中规中矩的类型，跟原来的模样没有什么差异，但更多的是千奇百怪的造型。

对于造房子这种事，有些人生而知之，充满世俗智慧，朝歌城中不乏这样的人才。他们充分发挥自己的聪明才智和奇思妙想，造出的房子高矮不一，风格迥异。加之刷上五花八门的色彩，画上了各种各样的图案，朝歌城简直成了一个梦幻中的世界。

其实每个人心中都有特立独行的品质，只不过大多数情况下，大多数人不愿或者没有机会表现出来而已。

但这些也遭到了许多大臣的反对。他们说朝歌城是王城，本来就应该有规矩的，现在城里的房屋建得乱七八糟，有失大商族的颜面。

我置之不理。不管做什么事，总会有人在一旁磨磨叽叽，还总会有下绊子使坏的人。

当时的天下，部落之间相互征战，于是有很多流离失所的人，我们管这些人叫作难民，当然也可以叫他们奴隶，反正就是没吃没喝没地方睡。他们成批地涌进朝歌城，在大街上四处晃荡。

这一状况引来了朝中大臣的极大不满，纷纷要求把他们赶出朝歌城，或者杀了也行。我不这么想，我觉得这些人还有可用之处，比如一些年轻力壮的，可以把他们训练成士兵，这两年我们朝歌城没少打仗，也缺少士兵。那些会手艺的，可以留在朝歌城做事。年纪太大或者太小的，干脆就分他们点吃的，总之先让他们活着吧。

无论是什么地方的人，不管出身，都可以在朝歌城世俗的街道上，从容不迫地行走、生活。

我当初就是这么想的。现在回头想的确很幼稚，有欠思考，因为光要养活那些年纪太大和太小的人，就已经让朝歌城捉襟见肘了，出岔子也是迟早的事。

我们朝歌城对外的战争还在继续。

太师闻仲的人马在三年后终于消灭了东夷部落，依旧没有妲己的下落。其实那时候我也不怎么想妲己的，因为我整天要忙的事情很多，要处理朝歌城的大小事务，还要应付跟各个部落的战争。

闻仲的人马也没有班师回城，而是转战到了下一个部落——犬戎，之后又是密须和耆国。总是有各种战争要打的，那是个乱世。

当时的朝歌城是一种火辣辣的肃杀之气，就像火烧场的气味，或者生石灰的味道。一个不安定的时代就该充满这种味道。走在大街上时，总是能感到一种浪漫气氛。

在朝歌城里，比干是我的心头大患，他处处与我作对。他那时虽然是个庶人，却有通天的本领，朝中的大臣一有什么事就往他的府上跑，弄得好像他才是大商族的大王一样。我也隐隐约约听到一些传闻，就是很多大臣都在撺掇比干把我废掉，然后取而代之。

我这个大王做得很是憋屈。我有杀他的心，可没有那个勇气，没有恰当的理由贸然把他处死，大臣们会不服的，落个暴君的骂名倒是小事，弄不好还要赶我出朝歌城。

我恨比干恨得要死，每天晚上在床上时都要在脑子里把他肢解掉。可第二天早上，他居然还是好好地活着，真叫我束手无策。

而且说实话，耍心机我绝对不是比干的对手，大多数情况下，我被比干逼得无路可走。还拿难民的事情为例，让他们给朝歌人打仗、做工可以，这样朝歌城会给他们吃的，让他们活下去。可那些年纪太大的和年纪太小的就麻烦了，朝歌城是不愿意养活这些废人的。

本来朝歌人就怨声载道了，比干却又在一边煽风点火，说朝歌城也没有那么多粮食，朝歌人自己还养不活呢，还要养这些废人。

大臣们跟着附和，朝歌百姓也义愤填膺起来，这种群体无意识的情景是很恐怖的，人们纷纷走上街头，高喊着口号，发泄不满。后来的结果很悲惨。

虽然我是大商的大王，可依旧没有改变什么，那些老人和小孩就是生生地被赶出了城外。据出过城的朝歌人说，七天后，就没有几个活口了。

我无可奈何，对比干深为憎恶，但是光憎恶没有用处，必须做点什么来疏解憎恶。我想到了闻仲，在朝歌城能整治得了比干的，只有他了。

比干的死

在当时的天下，还有很多地方，风俗仍然很原始。那里的男人基本只干两件事：一是扛着长戈巡视部落边界；二是干女人。所有的生计和家务都是女人做的。女人从早到晚手脚忙个不停，走在路上还要被男人拖进树丛强奸。

女人实在是伟大的，这一点在我的母亲妇戊，还有姜彧身上可以显现出来。

她们两个，一个给我惨淡的童年，一个给我疯狂的成年。

众所周知，我并不是一个志向远大的人，甚至我还考虑过将杀猪作为我谋生的手段，但现在我得靠杀人谋生。

我不是在抱怨姜彧改变了我的初衷，事实上，我如果不杀人的话，朝歌城就很难太平。有人说我是暴君，也有人骂我是纣王，我只是想人畜无害地活着。

朝歌城当时的战事比较频繁，当然这不是因为我没事找事，非要去跟那些部落诸侯过不去，而是这些诸侯总是带着人马在朝歌城的周围晃悠，居心叵测，闹得整个朝歌城都人心惶惶的。

我一直坐镇朝歌城，征伐的事主要由闻仲他们完成。这就是说，虽然我没有在马背上驰骋，耳边没有战鼓声、喊杀声和惨叫声，眼前也没有成堆的尸体和鲜红的血河，但我天天都在杀人。这种生活足以让任何一个正常人变得不正常。

然而我惊奇地发现，朝歌城的大小房屋的墙壁上多了许多乱七八糟的画，要说起来，这些画的水准不高，比起当年我画的不知道要差多少。关键是这些画画的还都是我，画得丑陋不堪，甚至把我画得像一只乌龟。

很明显，这是有人在故意糟践我。

与此同时，朝歌城里开始流传关于我的各种恶劣的事迹，当然这些多数是捕风捉影，进而故意丑化，说我欺男霸女，草菅人命，杀人不眨眼什么的，我简直成了一个十恶不赦之人。这些说法，纯属瞎鸡巴扯淡。

后来一打听，这都是比干做的好事，其实也不难想象，也只有他能这么编排我。我忍无可忍。

我的确是要杀比干，可我还没来得及动手，比干竟然死掉了。

这事说起来颇为传奇，实在是出乎我的意料，甚至很是诡异，我至今都半信半疑。

这得从闻仲的老婆说起。

闻仲年轻的时候是个了不起的人物，是朝歌城里胳膊最粗、胸肌最饱满、眼神凶狠凌厉的男人，后来就娶了个很不一般的女人。这女人身大肉沉，狮鼻豹眼，一脸横肉，线条洗练，棱角分明，不含糊的剽悍。

当时闻仲刚刚班师回城没几天，四处找旧相识怀旧、喝酒。人老了都这样，喜欢唠唠叨叨，开始怀旧。闻仲虽然还没怎么唠唠叨叨，但有时无所事事的时候却忍不住回忆一些以前的事，往事无论是喜是悲，想到最后总有一丝淡淡的惆怅。接着就跟人喝酒，也叫借酒浇愁。

那天，朝歌城早起的人在街上走，迎面升起闻仲其大无比的猪头，看见他鼻孔里每根横斜的粗壮鼻毛，闻见他鼻孔里喷出的宿酒臭味。

不用说，闻仲又喝了一夜酒，早上才准备回家。

到了家，闻仲推开门，阳光刺眼，大捆大捆地从窗户投射到屋子里。闻仲的老婆一丝不挂，身体很白，很柔软，斜躺在那里，眼睛微微闭合，身上除了盖了早上温暖的阳光，还盖了一个一丝不挂的裸体小个子男人。那个男人也很白，毛发在阳光下是金色的，阳具又软又弯，搭在闻仲老婆的两臀之间，远远看，仿佛闻仲老婆的尾巴。

之后的事情可想而知，闻仲借着酒劲杀了那个男人。光杀了还不解气，闻仲竟然把那个男人的心给挖了出来喂狗。

那个男的不是别人，恰好是比干。

听到比干的死讯，我是很兴奋的，立马跑到了闻仲家里。

当时比干的尸体已经抬走了，心也让狗吃完了，闻仲的老婆在那里号啕大哭，说什么没脸活了。闻仲还是很激动，我看见他的鼻毛一翘一翘地抖动，最长的一根长长地弯出鼻孔。

我凑近闻仲，半是感激半是好奇，小声问，比干的心是什么色的？

闻仲眨巴着眼睛说，红的吧！

我噢了声，明显有点失落，原来比干的心真的也是红色的。

很多年后，关于比干的死因又有了更多的说法，流传最广的是说我叫人勒死了他，并且强行挖走了他的心。

都说是因为比干劝我不要沉迷女色，要好好治理朝歌城，我嫌他烦，才把他给勒死的。

还说，有关那一天刑场上的人，可以这样形容，真正达到了万人空巷，挥汗成雨。不光地面上满是人，大树上、墙头上也全是人，黑压压的一大片，全都目不转睛地盯着比干，心痛不已。

又说比干那天的表现很大义凛然，被人押到了刑场台上，他就神情自若地站在那里，一字一句地对刽子手说，快点吧，我早就不想活了。

真是有些莫名其妙。即使比干真是我杀的，依我对这个老头的了解，他也绝不会那么视死如归。比干活着的时候是很聪明，但要死的时候，肯定也是哆里哆嗦、浑身打战、透过打架的牙齿恳求刽子手下手准一点，好让自己少受点苦。

回头再一想，这个世道就是这样，好些故事的产生，不是真实发生了什么，而是编造了什么。大多数的故事都是编出来骗人的，千万别信。

杨戬

比干死后，我的心情明显好了很多。

有一天我心血来潮，决定给姜彧做我的拿手好菜——猪头肉。说实话，我做得很认真，但姜彧说味道不对，没有以前的好。

我尝了下，的确没有以前的好。也说不上为什么，选用的是上好的猪头，火候也不差，可做出来的东西变样了。

姜彧说我以前做得好，是因为以前我是个厨子，我现在做得不好，是因为我现在不是厨子了。

姜彧的话让我很伤心。我已经二十多岁了，这二十多年来我尝试做各种行当，杀猪也好，做画师也好，都没做厨子这么得心应手，这是我最值得骄傲的事情。如今姜彧对我的否定，等于是说我这人基本上是一无是处了。

我心情沉闷。

正好那天下雪，我就一个人去街上走走，顺便看看雪景。我站在空旷的大街上，像是一片树叶一样被西北风吹得上下抖动。当时雪花飞舞，天地同色，我突然感觉自己是如此的寂寞和凄凉。

后来我闻到一阵香味，这香味是我从来没有闻到过的。顺着香味我发现了在雪地里卖狗肉汤的杨戬。

杨戬个头不高，胖，但身胖脸不胖，倒显得眉清目秀。杨戬不爱说话，平日里总是低着头，不怎么看人。

他大概是一年前来到的朝歌城，是打北方的犬戎部落来的，据说那个地方人们都喜欢养狗。平时猪啊羊啊什么的，从来都不养，只是养狗。狗养大了，可以吃狗肉，穿狗皮，倒也生活的怡然自得。

来朝歌城讨生活的杨戬，在小巷里别人房檐下支起几片草排，在炭火池中安一个瓦罐，罐里就是他要卖掉的狗肉汤。

那时候天色向晚，外面飞旋的雪幕后已经显出淡淡的灰色。杨戬坐在条凳上，毡鞋被雪水湿透了，说不出的寒冷。他把脚放到炭火中去烤。可炭火将熄，也没有什么暖意。没有人来买他的狗肉汤，一个也没有。也是如此的寂寞而凄凉。

杨戬看到我时很兴奋，慌忙把条凳让给我坐，然后就要给我盛狗肉汤。我虚情假意地推辞了下，谁知他竟然真就不给我盛了。

我干笑了声，又跟杨戬唠了几句家常，接着就嗅着鼻子，咽着口水说，你说你这狗肉汤怎么这么香呢，我都没尝过。

杨戬这才明白过来，赶紧过来又给我盛，又问我是不是没吃饭。我不好意思地点点头。

杨戬又生起炭火，把狗肉干在火上烤软。他还烫热了酒，把肉和酒端到我跟前。

然后他坐在我对面，披着狗皮。我们开始吃喝、谈笑，度过这漫漫长夜。草排房里灯光如豆，雪光映壁，火盆里炭火熊熊，一碗狗肉汤下肚，我头上起了油汗。

当户外梨花飞舞，雪光如昼时，人不想沉沉睡去。这种感觉，好久都没有了。

其实，在朝歌城很少有人愿意吃杨戬卖的狗肉汤。这倒不是说他做得不好，就我看来，杨戬做狗肉汤的这手艺，绝不在我的猪头大菜之下。至于为什么少有人问津，就另有原因了。

自打杨戬支起这个摊位开始，朝歌城里流浪狗的数量就有明显减少。这也不难想象，杨戬完全有可能晚上去捉些狗来宰了，白天再做成狗肉汤去卖。

我倒是觉得没什么大不了，一只人见人嫌的流浪狗，转而成了绝佳的狗肉汤，就是那只狗也会含笑九泉的，毕竟狗肉汤还不那么招人嫌。

我很好奇杨戬是怎么做出这么好吃的狗肉汤的，所以就有心问了下杨戬。谁知这个人心气很傲，怎么也不肯开口。

于是我就打算利诱他，对他说，你这摊子实在是太寒酸了，要不我给你找一处好点的门面，你也不用感激我，告诉我你做狗肉汤的秘诀就行了。

杨戬若有所思地想了一会儿，语言严谨、逻辑严密地回答道，这摊子公道讲，破归破，倒也宽敞。我一个人住这里，除了冬天太冷，夏天太热，也说不出有什么不妥当。

杨戬的决心这么坚定，看起来是不会轻易说出狗肉汤的秘密了。但我也不会就此死心的。

隆冬的傍晚，我和晁雷来到杨戬的摊子，跟他在炉边对坐。

晁雷一上来就怒目圆睁，说了些狠话，诸如要是不说出狗肉汤秘诀的话，就拆了他的摊子，让他滚出朝歌城。

我给嘴角呲呲作响呈欲咬人状的晁雷一个眼色，面露慈祥地对杨戬微笑道，你看，你也差不多四十岁了，这四十年中，你肯定有想做而没有做成的事情吧，但现在我能帮你做成这些事，这挺容易的。作为回报，你只用告诉我做狗肉汤的秘诀就行了，其实你自己是做不成那些想做的事情的，这也挺难的。

杨戬表情木然，无动于衷。

一直到后半夜，杨戬依旧不肯开口，我和晁雷也没有离开的意思，磨磨叽叽地说个不停。后来杨戬觉得我的确是有诚意，终于开了尊口，他是这么说的，和人接触的时间越长，我就越喜欢狗，狗永远是狗，人有时候不是人！我觉得是这样的，咱们人啊，不该看的不看，不该说的不说，不该听的不听，不该想的不想，该干什么干什么去。

我和晁雷半尴不尬地笑笑，也不再说话。

不过杨戬好像也不是一个吝啬之人，做狗肉汤的秘诀也不是说谁也不告诉，这得分人。

有一阵子，晁田心血来潮，竟然找到杨戬，准备学做狗肉汤。他的理由充分得很：人生苦短，岁月易逝，得赶紧学一门手艺。

杨戬是个很认真的人，见晁田要学，把看家底儿的本事都拿出来了。晁田也披一件狗皮，手持一把木制的大勺，俨然一副厨子的模样，在草排房子里拉开架势，一招一式的倒颇有些杨戬的风范。

晁田坚持的时间比较长，有一个多月，后来那股子劲头过去了，便不再去找杨戬学习了。杨戬却也实在，两天没见晁田来学做狗肉汤，主动登门去找他，晁田支支吾吾地推说自己身体不适，最近犯了痔疮才搪塞过去。

后来杨戬出了门去，仰天长叹了一句，唉，可惜了如此一个做狗肉汤的奇才啊！

开战

前几天得到消息说姬发要东征，收了赵公明，取了孟津。当时整个朝歌城上上下下一片喧哗，因为孟津与朝歌唇齿相依，姬发取了孟津，势必挥鞭东往。

姬发派人传话说，虽然不能阻止我看到明天的太阳，但他却可以保证明年的太阳一定会照在我的坟头。

真是没有想到，姬发的实力会增长得如此之快，更没想到的是，他竟然如此仇恨我。要知道我并没有对不起姬发的地方，相反是他抢走了我的女人，应该是我对他有这种锉骨扬灰般的仇恨才对。

申公豹对姬发这种癫狂的解释是，姬发有吞食天地之志，改朝换代之谋。

依此说法，姬发要吞食天地，改朝换代，他吞食的天地包括我的朝歌城，他改换的朝代也就是我的大商王朝。

一时间兵士们都自发地开始磨枪擦剑，城中百姓则议论纷纷，心细者已经把家中的贵重物品打包，随时准备撤退。

朝歌城的将军们个个眉头紧锁，就连我自己也面色沉重，下令各关口将士做好备战准备。一直以来无论情形多么危急，太师闻仲似乎都是谈笑自若的样子，可这次看起来事态的确有点严重。

闻仲下令召集朝歌城中的年轻人，练兵备战。命令是下了，可响应者寥寥，完全不似前些年出征时那么踊跃。我觉得很纳闷，生逢乱世，没有比当兵更好的行当了，战死总比饿死强啊。于是我决定上街去看看什么情况。

那时候是个下午，有些从云隙里透下来的光斑在大街上移动。我正走着，忽然一个乞丐引起了我的注意，这人除了衣衫褴褛、面色憔悴以外，手里还拿着根狗骨头，敲着大陶碗大声唱歌。那歌声嘹亮雄厚，余音袅袅，我不禁暗暗称奇，一个乞丐竟然有这么好的气力。

我越看越眼熟，忍不住走过去。这可不是别人，是那个卖狗肉汤的杨戬，他憔悴得像一只孤魂野鬼，全无血色的脸，干瘦得一如麻秆。两只眼下陷，像骷髅头的两个黑洞。

没想到才几天的时间，这家伙竟然落魄到这般田地，来街头做了乞丐。我很是不解，想探个究竟。

杨戬见我来了却也不抬头，我掏出块大饼丢在碗里，他也不道谢，我越发觉得有意思。

我低下身来，问他，杨戬，我给你大饼你怎么不谢我呢？

杨戬这才抬头看了我一眼，说道，大饼是你的，你想给就给，我为什么要谢你呢？

嘿，我忍不住有点恼火，于是伸手去碗里拿大饼，嘴上说，那我现在不给你了，我再拿回来。

杨戬一抬手将我拦住，说道，慢着，现在这碗里的大饼是我的了，你要想拿得经过我同意。

我怒极反笑，哈哈，你这杨戬还真是条癞皮狗。算了，我也不跟你计较了。

我索性也坐了下来。坐下以后我问他，你好胳膊好腿的为什么不去干点别的而做乞丐呢？

杨戬反问我，好胳膊好腿为什么就不能做乞丐而非要去干别的呢？

他这么一问我倒愣了。良久，我说，你好胳膊好腿，可以跟着我征战沙场啊，或许我还能封你做大将军，你做菜的手艺也不错，当个粮草官也行，做乞丐低三下四的有何出息？

杨戬问，我当大将军或者粮草官干什么？

我答道，打败姬发。

杨戬又问，打败姬发之后呢？

我大笑着说，打败姬发之后，我们就可以在朝歌城过太平的日子，每天睡到自然醒，然后去街上逛一逛，晚上再去喝点小酒。

杨戬疑惑地说，我现在不就是这样了吗？

我一时无语。

杨戬摇摇头，叹口气说，人活了一辈子，就是三句话——莫名其妙地生来；无可奈何地活着；不知所以然地死掉。费那么多力气干吗呀？

要知道，成年后的我可不是以前的子辛了，那时候我叫帝辛，我是从尸山血海里站立起来的。我经历过无数的磨难，忍受过无数的痛苦，我不畏惧所有的恐吓，不惧怕任何的敌人。我拥有亮甲怒马、旌旗飘扬的大商军队，征伐过无数的不听话的部落诸侯，一个个盖世枭雄在我面前倒下去，我见过的死人比杨戬见过的活人还多！

我什么都不怕，但杨戬的这些话使我后脊骨发凉。后来杨戬站起身，走了。我坐在地上怅然若失。

那个下午，我对杨戬十分佩服，但是这种佩服却不是始于那时，起码可以上溯到几个月前飘雪的冬夜。那时候他还在卖瓦罐狗肉，自顾自地卖着，旁若无人。后来因为生活所迫，做了乞丐，竟然还是那么旁若无人。我所认识的乞丐里，就数他最体面了。

相较而言，杨戬活得比我洒脱。他的眼睛里没有任何时间的概念，没有将来，没有过去，只有现在，我在他的破落中看到一种贵族气。他完全不像我，如那只想要起飞的公鸡一样，做自己并不擅长的事。

几年后，申公豹的预言成真了，姬发吞了我的朝歌城，改了我的大商王朝。

我不是没有想过这一天的到来，但当它真的到来时，还是那么残酷。

朝歌城被围的那些天，申公豹经常跑来看我，满是同情地跟我说，做不成大王就不要做了，人生无非虚幻，只不过是一种想象而已，不要太在意了。

本来我是想把申公豹的嘴给撕了，或者把他扔到城外，可转念一想，他就是一个疯子，何苦跟他计较呢？再者，朝歌城都要保不住了，我跟他较劲又有什么用呢？

于是我笑了。

比之争取胜利，忍受失败更加永恒，而真正的失败又是多么的让人魂梦系之呀。

朝歌城，它的光辉，它的荣耀，是我拥有的；它的阴暗，它的丑恶，是我承受的。对着朝歌城，我双手交握，眼观鼻，鼻观口，口问心，问心无愧。

这是我的城。

金鸡岭

无论如何，我还是召集齐了人马，朝歌城的勇士们就要出征了。

这些平日里最为自以为是同时又互不相让的人，组成了这样一支威武之师。行进中骂声阵阵，叫苦连连，这是一支前所未有的队伍。

我们从朝歌城中走过，跟各自的亲人告别，整个城中哀号遍地。

此时，在对面一条幽暗的小巷里，有条佝偻的身影倚在壁上，一双凹陷的老眼一直盯着我这边。走过转角时，我不经意地往里面望了一眼，这一瞥却与一双似曾相识的眼眸对上。

眼眸的主人是个气息奄奄的老女人，她的形貌看得我胸口如重击般感到一阵剧痛。她是贾婆娘，黄飞虎的老婆。

这个曾经编得一手好席的女人，曾经在朝歌城声名远扬的女人，如今在这条幽暗的小巷里了此残生。我走上前，握住她干瘪、肮脏的手，她不看我，低着脑袋哀哀戚戚地哭了起来。

她这一哭，我也跟着泣不成声。

那不是个好兆头，很多年后，我这么想。

因为兵强马壮的朝歌军队失败了，大商兵败如山倒，一退千里。

晁田、晁雷兄弟俩都死在了金鸡岭。

晁雷死时的场面很吓人，无数支羽箭稳稳地插在了晁雷身上，晁雷仿佛一下子多出了几只手。他弓着背，不停地在原地打着转，痛苦地挣扎一阵，然后仰起头来，朝着我扬起一只手。那张脸拉得那么长，眼珠子几乎瞪出了眼眶，我还看见了他的全部眼白，外加拴着眼珠的那些韧带。他的嘴张得也极大，牙缝里全是血。然后他又转了半圈，就倒下了。

相比于晁雷的死法，晁田倒轻松得多，他死于一次坠马。他腿脚本来就不便，坠马之后没有迅速站起身，后面的马队跟着从他身上踩过，他吭都没吭一声就死了。明显比晁雷的死法好。

闻仲也被姬发的人马掳了去。其实这老头是大可不必死的，他是朝歌城的太师，威望甚高。被带到姬发帐下的时候，闻仲倚老卖老跟姬发套近乎，说些好久不见之类的话，然后又磨磨叨叨地与姜子牙搭讪。

姬发也没有杀闻仲的意思，但他还是很恭敬地看了眼一旁的姜子牙。

姬发本以为姜子牙会给闻仲求情，但姜子牙坐在那里岿然不动，眼睛眨都没眨，于是闻仲死了，一切都是偶然中的必然。

我曾经以为，金鸡岭的惨败是我这一生中最为悲剧的一次出征，没想到的是几年后，我训练有素的人马再一次失败了。那是在牧野，朝歌城的郊外。

牧野一战，朝歌城中像样的男人都死光了。后来西岐人打到了城下，微子带着一帮老弱病残跪在了姬发跟前。我无计可施，无能为力，无可奈何。

也就是从那一天起，朝歌城再也不是我的了。

此后很多年，我常在睡着时做这样的乱梦，漫山遍野的荆棘，蛇虫鼠蚁，我独个儿站在山谷深渊叫天不应，叫地不灵。一忽儿又在茫茫大海，我抱住一小片浮木，身子愈挣扎愈往下沉。

然后我又回到那熟悉的朝歌城，看见妇戊在掩面痛哭，她尖利的哭声使我毛骨悚然，我去拉她的手，她那浑浊又滚烫的泪水在我手上一塌糊涂地涂了开来。帝乙，他却盛怒地扬起胳膊，一巴掌打在我脸上……我整个人自睡梦中惊醒。

是我把朝歌城弄丢了。

危城

时光往前移，那时姬发的人马打到了朝歌城下。

他们小心翼翼地向朝歌城靠拢，手里举着盾牌，嘴里喊着些挑衅性的话语。

朝歌人看到这种景象，就唱起了悲壮的战歌，拿起了戈矛，想要冲出去应战。这叫悲歌一曲，从容赴死。他们仿佛喜欢这种情调。

我告诉他们说，现在还不是跟西岐人拼命的时候，我们有投石机，只要多准备些石头，很快就可以把他们打垮。我还能造出更精良的武器，外面的西岐人永远攻不进来。

没有想到，我在热火朝天地把投石机搬到城上时，费仲把我叫了下来，说让我赶紧逃离朝歌城。

之前，我还天真地想，即使朝歌城守不住了，我们也应该享受一个光荣的失败，奋力厮杀，到死方休。

所以，我视死如归地说，至少给我一场战斗，再给我一次失败，然后我就咽下失去城池的苦果。

费仲不耐烦道，别傻了，你到底走不走？不走咱们就都得死了。

我不再说话。我决定离开朝歌城，离开朝歌城之前，我又在城里晃荡了几圈，对这个我生活了几十年的地方进行了一番告别。

深秋时节我在朝歌城走动时，看到晨雾日深，一副破败的景象。假如朝歌城一直被围攻的话，大街上很快就会长满一人深的荒草，城里的人也会越来越少，野猫却会越来越多，最后总会有一天狼也会跑到这里来追逐野兔子。想到这些，心中不免有些悲凉。

因为最后还是失掉了我据守的朝歌城，那年我和姜彧逃出朝歌城时，感觉自己经受了挫折，像个丧家之犬。

我对姜彧说，我们打了败仗，要是不逃出来的话，咱们俩就会成为俘虏，我的下场可能是被火烧死，而你会更惨些，把你分给某个满嘴臭气、成年不洗澡的将军。

她说是吗，漂亮的脸上毫无表情。后来又说，别说这些了。

姜彧实在是太累了，没说几句就睡着了。我却毫无睡意。

我一个人在空旷的田地上坐到天快亮，我先是哭了一阵，接着就开始回忆我长大成人的过程，首先想起绝世美女妲己，然后又想到邑姜，最后想起姜彧。

其实这是不对的。如果按和我关系的亲密程度来排列，首先是姜彧，其次是邑姜，最后是那个绝世美女妲己——我连她长什么样都不知道。

我盼望着和妲己的相遇，并且想和邑姜永远睡在一起。这都是我想干的事，这些事都失败了。关于妲己只是一种美丽的传说，和邑姜仅仅是通奸。一直以来，也只有姜彧在我身边，听我发牢骚和胡说八道。

这样想来想去，我就像一只无头苍蝇。

在冷漠的雨雾中，我仿佛已经很老了，又好像很年轻。战乱时期好像是过去了，又仿佛还没开始。生活仿佛结束了，又好像还没有到来。我仿佛做过了大王，又好像还没到做大王的日子。这一切好像是结束了，又仿佛是刚刚开始。

之后

之后我和姜彧到了东夷，我决定去找妲己。到底能不能找到，我也说不大清楚。但是姜彧说，东夷那么大，你虽然很有毅力，但也很难找得到。何况尘世嚣嚣，我们不管干什么，都是困难重重。

所以，我估计我找不到妲己。

跋

如果“其实”和“也许”

陈彦青（清华大学艺术学博士）

“喝茶！”

我对面坐着几个人，灯光很暗，脸面并不清楚，但这不妨碍我知道他们是谁。

“吕埴，听说你又杜撰了个故事？据说这回倒了霉的是那个叫纣王的帝辛？”

我泡着茶，这壶一斤三百的叫作大红袍的茶已经被传说为十万上下的“金骏眉”了，可我依然喝不出传说中的味道！传说有时真的当不了真的，可是，传说本身就是一种味道。

“其实，很多年前我也写过小说的，似乎我的第一个小说就是因为看了《封神演义》和《平妖传》后一时头脑发热的结果，主角当然是个神仙和妖怪的结合体，一个很实在的故事，不过两三百字的样子。当然，我爷爷也一时间头脑发热认为我注定要成为大作家的，当然也就把这一页纸不到的小说夹在他藏书不多的书架里那本《金陵春梦》里，虽然那时候我不过十岁上下。当然，二十多年后这页纸的去处就像我爷爷的灵魂一样，知道他一定在某处，可就是无法找到！当然，他老人家也没想到，这么多年过去了，我还是没能成为他想象中的样子。”

“也许，你根本就没写过它！”

说着话的不是吕埴，是那个当了很多年“国军”飞行员的台胞林秀雄，他的声音不出意外的就像我在张大春的《如果林秀雄》里面想象到的那样，如果张大春写的是真的话。

“一定写过的，这是我志存高远的开始，怎么可能记错了呢？”

“这可不一定，如果我知道张大春这么糟践我的话，我当年和他透露的往事也许就是另一个样子了。”

“是啊，《如果林秀雄》通篇都是‘如果’，可我看着却像是真的。可是吕埴，我看着你的文字，看起来很实在的文字，感觉上却是如此的不确定呢？”

“也许，因为他挪动了经典吧。”

说这句话的人用一个很肯定的声音把这句话中可能的问号变成了句号，让我一下子模糊了自己的判断。

“你好像就是写了《一个人的村庄》的那位吧？”

我虽然语言天赋不好，听不出他说的是否汉语，反正是某种声音的表达，却认定他就是那位新疆的独活者，我曾经对他描写中的那个村庄是如此的着迷。

“他怎么会是写过《一个人的村庄》的那个人呢，人家说的明明是意大利语！”

有一个声音来自一个面目更为模糊叫波多里诺的家伙，虽然他的声音听起来没多少起伏，可我还是能听出那种嘲笑的味道！

“他写的不是《一个人的村庄》，是《看不见的城市》！”

这句话里嘲笑的味道更浓，虽然他说的是意大利语而我外语水平也差劲，可是他居然还能表达得让我清楚。我当然也知道《看不见的城市》，可是我哪知道他是马可·波罗呢？

“马可·波罗先生！”

话一出口我就后悔了，我知道更大的嘲笑会随之而来，马可·波罗只是《看不见的城市》里面的叙述者，写它的人应该是叫卡尔维诺的！

“对不起，卡尔维诺先生！我错了！”

“你是错了，可是原先是对的。我是马可·波罗啊！卡尔维诺先生不过是在很多年以后给我的叙述加上了一个看起来注定成为经典的名字，就好像他在《为什么读经典》里面描述的那样！”

马可·波罗一如波多里诺刚才的话语般平静，却少了嘲讽。其实，在我能想起这本书的偶尔的时间里，我对于《看不见的城市》里作为叙述者的马可·波罗的印象并不如对卡尔维诺般深刻。我一贯认为，这位马可·波罗先生是否存在是很有疑问的也并不重要，就好像波多里诺一样，如果不是安伯托·艾柯先生的安排，他也许不会出现在《波多里诺》里，也更不可能费尽心机地去寻找那个所谓的“真相”，而最后的结果，也许是另外一个结果。在这个意义上，马可·波罗其实就是卡尔维诺，而波多里诺就是安伯托•艾柯，而帝辛，其实就是吕埴，当然，只是我之所想。而吕埴描述里虚构的那种真实，就如妲己飘移在这种虚构中的再虚构一般，稳妥地安置在这故事的结构之中。这个世界里，真实又在哪里？

“马可·波罗先生，您和波多里诺先生的结伴而来，也许不会是因为我的‘大红袍’吧？而林秀雄先生，你其实是可以把张大春先生一起招呼过来的，毕竟这茶和台湾人民多少还是有点关系。”

“茶对我们来说好像不是目的，但聚会总是要有个由头，也算是吧！呵呵，我们是为帝辛而来，可惜，来的是吕埴。要知道这样，大老远从意大利过来的，就应该是卡尔维诺和艾柯先生了！我们本来很想知道，很多年前那个叫朝歌的城市里，究竟有哪些是所谓的真相，因为我很怀疑，在我自己记忆的城市里、在波多里诺先生记忆的世界里，有多少是属于我们自己的真相？”

“真相很重要吗？”我问。

“真相也许不重要，可是我已经有了怀疑。也许，真相只是在每个人自己的当下一闪而过，我们自己叙述里的‘真相’，已经是另一种加工了。所以，我们想找到帝辛，找到他最接近当下的这种真相，看看它和遥远的记忆是如何的纠缠，而不是吕埴的二手加工。”

“可是……”

吕埴说话了，这是他今晚的第一句话。

“可是马可·波罗先生，你和波多里诺先生的游历和寻找，和帝辛是交汇不到一起的啊！你们是一种虚构中的游荡，而帝辛，困守的却是‘我的城’。也许，林秀雄先生会有这种体会，毕竟，他也困守着一座岛屿。你们不如同林先生交流交流，说不定会有点结果。可是，林先生是个开飞机的，他困守的世界里还有一片天空，帝辛困守的城郭留下的，只是一种关于身体的思想，偶尔幻化成妲己，而多数时间里幻化成的，却是邑姜。”

“邑姜！前几天我去考察时见到邑姜了，在晋祠里，很端庄！”我接上话。

“是吗？在城里的时候，她大部分时间也是很端庄的啊！”吕埴笑了笑，嘴角在昏暗里挂了一下。

“马、波两位先生如果真想去见帝辛的话，在这估计是等不到的了，就像你们一贯的寻找，去那个城吧！”

“可那个城在哪？”波多里诺问。

“在我这里！”

“你的城？”

“不。”

“我的城！”